狼與辛香料 II

支倉凍砂
Isuna Hasekura

Illustration
文倉十
Jyuu Ayakura

為了表示合約成立，
羅倫斯伸手打算與牧羊女握手時，
才發現自己還不知道女孩的名字。
「方便請教妳的名字嗎？」

「啊，不、不好意思。」
牧羊人諾兒菈・艾倫

「妳不在就好——」

羅倫斯大聲斥罵，

等到他發現是自己不對時，已經太遲了。

「願神庇祐我們。」
雷瑪里歐商行馬汀・里貝特

如果沒有越過這裡平安抵達拉姆特拉，
並帶著黃金歸來，就沒有明天。
每個人互相看著對方，
彷彿約好了似的彼此點點頭。

Contents

狼與辛香料 II

第一幕

微陡的山丘連綿不斷。

遍地岩石，不見青草也不見綠樹。

由於道路是沿著山丘與山丘之間的縫隙延伸，因此時而會遇上只能供一台馬車通過的狹路。原以為還得走上一大段爬坡路，忽然就轉為下坡路；以為只能看見光禿禿的石地及乾枯灌木，眼前驀然出現一片遼闊的景色。

雖然比起走在無止盡的遼闊草原上，這樣的路途較不容易讓人厭煩，但相信到了第五天後，絕大部份的人都會厭煩起來。

在剛從逐漸轉為寂寞色調、意味著寒冬將至的草原，進入遍地岩石、一年到頭都呈現土黃色的景象時，因看到道路起伏與景色，而不斷傳來的驚喜聲，到現在也已無聲無息。回頭一看，才發現發出聲音的人似乎連坐在駕座上都感到厭煩，正躺在貨台上梳理著尾巴。

駕著馬車的是名年輕男子，對於夥伴如此任性的舉止，他露出一副早已習慣的表情。穿著打扮讓人一眼就能看出是位旅行商人的年輕男子名為克拉福·羅倫斯。年滿二十五歲的羅倫斯成為自力更生的旅行商人至今已邁入第七年，他披著皮外套從頸部緊緊包住身體，彷彿道出深秋漸入初冬的寒意。

羅倫斯時而會撫摸下巴上常見於旅行商人的適度鬍鬚，因為一直靜靜坐著不動總是有些冷。羅倫斯呼了口氣，感覺只要再接近日落時分一些，呼出來的氣似乎就會化為白霧，他轉過頭瞥了一眼貨台的方向。

總是堆滿瀕臨超載邊緣商品的貨台，這回顯得有些冷清。貨台上堆放最多的貨物是夜晚取暖用的薪柴及稻草，剩下的就只有連孩童也都抱得動的袋子，夾雜在這些薪柴及稻草之中。

然而，如此小巧的袋子裡裝載的商品，卻擁有就算整個貨台都裝滿上等小麥，也無法與之匹敵的價值。

袋子裡裝的是上等的胡椒，以崔尼銀幣來計算的話，其總價值約為一千枚。如果拿這些胡椒到山中城鎮裡去販賣，估計不難賣得一千七百枚銀幣。然而，裝有如此超高級品的袋子，如今卻成為躺在貨台上悠哉梳理著尾巴，羅倫斯夥伴的枕頭。

這名夥伴個子嬌小，五官看來也算是稚氣，但她卻像個慵懶地躺在王宮裡的女王般，靠在裝滿胡椒的袋子上，無精打采地梳理著自己的尾巴；原本套在頭上的長袍帽子也褪下，露出一對尖尖的耳朵。

說到尾巴、尖耳朵、旅行商人的夥伴，一般都會聯想到狗。但很不巧，這傢伙不是狗。

聽說她是住在北方大地森林裡的賢狼，但羅倫斯不確定能否單純以狼來稱呼她。

畢竟這隻賢狼有著少女的外表，要稱她是隻正統的狼總有點不對勁。

「差不多快到城鎮了，注意一點啊。」

少女擁有動物的耳朵及尾巴，如果被人發現可是大事一樁。不過，話說回來，這傢伙機靈的程度連商人都自嘆不如，相信不用提醒她也不會有事；然而她完全不顧形象的放鬆表現，卻讓羅倫斯忍不住想說上幾句。

少女聽了，連看都不看羅倫斯一眼，甚至還打了個大哈欠。

少女「呼」地發出毫無警覺性的吐氣聲，羅倫斯心想少女總算打完哈欠了，不料她接著把末端帶有雪白毛髮的褐色尾巴拉近身子；可能是覺得尾巴癢吧？她像隻幼犬似地輕輕咬著尾巴末端，似乎完全沒有回應羅倫斯的意思。

羅倫斯至少能確定這名擁有狼耳朵及尾巴，自稱賢狼的少女赫蘿，確實有可以像動物般完全不顧形象放鬆的能力。

「……嗯。」

當無法分辨是回答、還是因為搔癢的感覺得到舒緩而滿足的聲音，傳進羅倫斯耳中時，他早已等得不耐煩而轉向前方了。

羅倫斯與如此任性的赫蘿是約莫兩個星期前相遇，羅倫斯在行商途中路過某村落時，奇妙的因緣際會讓他撿到赫蘿，於是兩人展開旅程。擁有狼耳朵及尾巴的赫蘿是一般世人口中的惡魔附身者，對致力於維持世上神明秩序的教會來說，赫蘿是他們追殺的對象。

然而，赫蘿並非單純只是擁有狼耳朵及尾巴的人類。到了現在，羅倫斯對於這點沒有半點懷疑，他確信赫蘿正如她自稱，是住在北方森林的賢狼。

在沿著河川建造的河口城鎮帕茲歐所發生的一連串銀幣事件，正好於九天前落幕。羅倫斯在事件最後，親眼目睹了赫蘿的真實模樣。

名為赫蘿的巨大褐毛狼懂得人類的語言，牠散發出壓倒性的存在感，簡直就是神。

如果要提到這隻可尊為神的賢狼赫蘿，與羅倫斯之間的關係呢——在金錢方面他們是借貸的對象，在世人眼中是旅伴，在私交方面是朋友；至少羅倫斯是如此認為。

羅倫斯再回過頭一看，赫蘿似乎是縮著身子睡著了。赫蘿在長袍底下穿著長褲，所以她的雙腳不致於裸露在外；但為了梳理尾巴而捲起長袍到腰部，卻直接睡著的模樣，要說煽情倒也真的很煽情。

赫蘿的睡姿只能用毫無防備來形容。嬌小的身材讓她看起來不像隻狼，反而更像會被狼吃掉的柔弱少女。

儘管如此，羅倫斯還是不敢輕視眼前的少女。

因為羅倫斯才發現赫蘿的狼耳朵突然動了一下，就看到她緩緩伸出手套上帽子，拉下捲起的裙襬遮住尾巴。

羅倫斯轉過身子面向前方，便看見徒步的旅行商人，正好從沿著山丘斜坡往右邊延伸的道路那頭出現。

果然沒有必要提醒赫蘿。

高齡數百歲的賢狼赫蘿的境界，豈是只活了二十五年的小毛頭能夠追得上。

儘管如此，赫蘿的外表怎麼看都比羅倫斯年幼，就算她的實際年齡是羅倫斯的數十倍，羅倫斯有時還是會有點看不慣她的舉止。

羅倫斯期望擁有的兩人關係是如外表年齡差距一樣：只要他提醒赫蘿，赫蘿就會坦率聽話，並因為羅倫斯的提醒而避開各種困難，並深深感謝他。但是非常遺憾地，現實中卻經常發生相反的狀況。

羅倫斯又稍稍回過頭看。

羅倫斯原以為自己是緩慢且安靜地回過頭，卻被抱著裝有胡椒的袋子睡覺的赫蘿瞄了一眼。看到羅倫斯露出有些吃驚的表情，赫蘿一副一切都在她的掌握之中的模樣，惡作劇地笑了笑後，又闔上眼睛。

羅倫斯轉過身子面向前方。

馬兒像在嘲笑他似的，左右搖擺著尾巴。

有一個命名特殊的城鎮叫波羅遜。

只要穿過這個城鎮，朝北邊或東邊順著高原地連續前進好幾天，再穿過那裡的城鎮與村落繼續旅行的話，就可以通往異國。如異國的字面意思，在那裡人們的食物穿著有所不同，就連崇拜的神明也不同。

羅倫斯曾耳聞過波羅遜在不久前，還一直被稱為通往異世界的玄關口。

只要從遍地只見岩石的這座高原往西邊下去，接著無論是往北走還是往南走、或者往西行，都可以遇上一大片肥沃的土地與森林。然而，那裡的土地只有少量的泉水湧出，再加上四周被岩石包圍，所以沒多少土地可用來耕作。儘管如此，在這樣的土地上仍特地建造了城鎮，正因為這裡是通往異世界的入口。

羅倫斯在晨霧之中，一邊朝著傳來山羊叫聲的田地之間前進，一邊細數如墓碑般豎立在四處的木樁。木樁上刻有走過教會的漫長歷史後，仍留名青史的歷代聖人名字，聖人們至今仍持續淨化著這塊土地。

波羅遜還沒被稱為通往異世界的玄關口之前，據說曾經是某異教的聖地。

教會遵從神的教誨，逼迫異教徒們改變信仰，並決定由正教徒親手針對這塊受到錯誤文化污染的土地展開淨化之戰，至今已過了很長一段歲月。波羅遜曾是在這些過程中遭到滅跡的某異教的精神支柱。傳說教會展開激烈的戰爭，最後一掃這個地方的異教徒之後，由正教徒建造了波羅遜這個城鎮。

據說異教徒們後來遷移到比波羅遜更北邊與東邊的地方，而波羅遜也成了打算出征的傳教士與騎士們的據點。其後波羅遜成為人們與物資的中繼站，繁榮至今。

然而，如今在波羅遜已見不到全身包裹著破布，如隱者般裝扮的傳教士；也見不到佩戴長劍，宣言要為真神奪回土地揚長而去的騎士們了。

現在會經過這個城鎮的，是從北方或東方送來的毛織物、鹽或鐵，以及從西方或南方送來的穀物或皮革等物品。波羅遜被當成與異教徒的戰爭舞台已成為久遠的往事，如今只有精打細算的商人們會不斷出入這個城鎮。

因為有赫蘿在，所以羅倫斯刻意經過路人較少的商業道路，但這裡不愧是自古就有的商業道路，滿載著珍奇貨品的馬車不斷與兩人擦身而過。貨品當中，尤屬稀有紡織物特別多。

然而，波羅遜的貿易活動雖然頻繁，但城鎮卻顯得樸素，這是當地居民的特質使然。雖然這裡因為有豐富的石材可取，所以保護城鎮的城牆蓋得十分氣派，但一旦進到城裡，映入眼簾的盡是簡單堆起石塊，再鋪上稻草的簡陋建築物。雖然人們常說貨物及人們頻繁往返的地方一定財源滾滾，該地不久後將變得富裕，但波羅遜的情況似乎有些不同。

這裡的居民都是熱忱的正教徒，他們賺來的錢幾乎全數捐贈給教會。另外，波羅遜並不屬於任何國家的領土，而是由位在波羅遜西北方的教會城市留賓海根管理。所以捐贈金並非給城裡的教會，而是流向留賓海根的教會。不僅如此，土地的納稅帳簿也是由留賓海根的聖堂參事會管理，連居民的稅金都並非直接繳納給波羅遜。

波羅遜的居民只對樸實的生活感興趣。

所以當朦朧的清晨之中傳來鐘聲時，在田裡工作的人們便會一齊放下手中的工作，朝鐘聲傳來的方向閉目，雙手合十。

如果換成是一般的城鎮，商人們為了搬運商品到市場兜售，此刻早已面色泛紅地四處忙碌奔波，但這個城鎮裡似乎見不到這樣不識風趣的人。

羅倫斯怕打擾到四周人們祈禱，於是停下馬車。

然後他也雙手合十向神祈禱。

等到鐘聲再度響起，居民們重新開始工作後，羅倫斯才又駕著馬車繼續前進。這時赫蘿突然開口說：

「搞什麼，原來汝是教會的爪牙啊。」

羅倫斯心想赫蘿只是在開玩笑，他一邊注意不讓馬車撞上路邊的蔬菜堆，一邊敷衍地回答：

「只要能夠保證我旅途平安與生意興隆，不管對象是誰我都願意祈禱。」

「如果是豐收，咱也可以保證。」

因為赫蘿說完後，就直盯著羅倫斯瞧，於是羅倫斯也斜眼看著赫蘿說：

「妳希望我向妳祈禱?」

赫蘿深知被尊稱為神的孤獨，並且厭惡那樣的感覺。羅倫斯明知道赫蘿不可能如此希望，還是故意這麼說。

那是因為羅倫斯猜到赫蘿可能是太無聊，所以想與他鬥鬥嘴。

不出所料地，赫蘿故意用撒嬌的聲音說：

「嗯，咱要汝向咱祈禱。」

「妳要我怎麼祈禱啊?」

越來越懂得如何應付赫蘿的羅倫斯只好這麼問。

「什麼都可。豐收當然就不用多說，要咱保證旅途平安也行。咱多少能夠預知風雨，也知道泉水的好壞。要擊退狼或野狗，咱更是最佳人選吶。」

赫蘿的回答簡直像剛離開村落的少年向商行推銷自己時的說法，羅倫斯稍做思考後回答：

「也是，就旅途平安來說，確實似乎很有幫助。」

「是唄?」

赫蘿微傾著頭，笑容滿面地說道。

看著赫蘿毫無顧慮的天真笑臉，羅倫斯不禁認為赫蘿或許只是單純想表示自己比教會的神還要厲害。赫蘿時而會有這樣特別孩子氣的表現。羅倫斯不禁心想，如果赫蘿平時也是這副模樣會更可愛。

「這樣啊，那就旅途平安好了。想要避開狼，有妳在確實可以很放心。」

「嗯。汝說旅途平安，是唄？」

「沒錯。」

羅倫斯一邊回答，一邊操縱韁繩避開正在路上悠哉啃草的載貨驢子。

城牆的入口已近在眼前。羅倫斯在晨霧之中，看見等待盤查的隊伍末尾。

雖然波羅遜整個城鎮就彷彿一間教會，但是正因為這裡有許多從異教國家來的商人，所以比想像中還要通融，檢查的重點也在於商品而非入境者。羅倫斯想著不知道放在貨台上的胡椒會被課上多少稅金，突然感覺到有一道目光從旁邊射來。除了赫蘿，當然沒別人了。

「就這樣？」

她的聲音聽來帶點憤怒。

「嗯？」

「咱是在問汝拜託人家保證旅途平安，就這樣沒任何表示啊？」

羅倫斯露出有些難以置信的表情看了赫蘿後，才察覺到赫蘿的本意。

「怎麼，妳要我雙手合十向妳祈禱？」

「笑話。」

赫蘿焦躁地瞪著羅倫斯。

「汝要求咱保證旅途平安，難道想靠祈禱那種根本不能填飽肚子的東西打發咱啊？」

羅倫斯的腦袋有如風車般轉動著，一下子就得到了結論。

「妳的意思是要貢品？」

「呵呵。」

赫蘿一臉滿足地點點頭。

「妳想要什麼貢品啊？」

羅倫斯一邊跟在等待盤查的隊伍最後頭排隊，一邊嘆了口氣問道。

「羊肉乾。」

「昨天不是吃很多了嗎？妳吃掉的量原本應該要撐一個星期的。」

「只要是羊肉，有多少咱都吃得下。」

可能是想起羊肉的美味吧，赫蘿不但沒有歉意，甚至還舔著舌頭。再高貴的狼，面對肉乾也只能像隻狗一樣。

「烤過的羊肉雖然也不錯，但那羊肉曬乾後的口感更是讓人受不了。汝啊，如果希望旅途平安，就準備羊肉乾唄。」

赫蘿的雙眼閃爍著光芒，長袍底下的尾巴不停發出唰唰聲響。

然而，羅倫斯完全不理會這一切，他的視線落在排在前面的商人牽著的馬背上。馬背上看似暖和的羊毛堆積如山。

「那些羊毛如何？是好貨還是劣等貨？」

赫蘿聽到羊毛，似乎是聯想到了羊。她露出越來越充滿期待的眼神，朝眼前羅倫斯所指的羊毛看去，立即回過頭說：

「相當不錯，甚至可以聞到那些羊啃食的草香。」

「果然是這樣沒錯，這樣看來胡椒也不難賣得好價錢。」

羊毛的質感越好，羊肉當然就越美味。而羊肉越美味，肉食消費也會隨之增加。這麼一來，用來調味或保存肉食的胡椒價格就會跟著水漲船高，這讓羅倫斯不禁開始期待起自己的胡椒能夠賣得多高的價格。

「然後吶，肉乾要鹹味夠重的比較好，鹹味太淡的不行。還有吶，不要腿肉，側腰部位的肉質最好……汝啊，有在聽嗎？」

「嗯？」

「咱說要鹹味夠重，且要側腰部位的肉乾。」

「妳的嘴還真挑啊，價錢會很高的。」

「這樣還算便宜唄。」

赫蘿如果真願意保證旅途平安，一點兒羊肉的確算是便宜。不管怎麼說，赫蘿的真實模樣是隻巨大的狼。只要她認真起來，就算被惡劣如凶狠盜賊的傭兵團包圍，應該也能平安。

不過，羅倫斯故意擺出裝傻的表情面向赫蘿。

難得赫蘿被食物蒙蔽了機靈，怎能放棄捉弄她的機會呢？

「喔，妳真是有錢呢。如果這麼有錢，不如還錢給我吧？」

然而，對手可是自稱賢狼的赫蘿。她似乎立刻就察覺到羅倫斯的企圖。

赫蘿突然露出嚴肅的表情，瞪著羅倫斯說：

「咱不會再上同樣的當了。」

上次的蘋果事件似乎讓她學乖了。羅倫斯輕輕咋了一下舌頭，擺出同樣嚴肅的表情說：

「既然這樣，一開始老實說想吃肉乾不就得了?那樣還比較可愛呢。」

「咱如果裝可愛求汝買，汝會買給咱嗎？」

光聽到這樣的話，就已經讓人覺得不可愛了。因為隊伍往前進，於是羅倫斯一邊駕馭馬車前進，一邊斬釘截鐵地說：

「怎麼可能買給妳。妳應該學習牛或羊，反芻昨天吃下的食物。」

羅倫斯自覺剛剛的話說得漂亮，不禁笑了出來，但赫蘿卻因憤怒瞬間失去了表情，她沉默地坐在駕座上用力踩了羅倫斯一腳。

踏平泥地而形成的道路，旁邊是隨便堆起砌好的粗糙石塊，再鋪上稻草的簡陋房子。

因為城裡的居民只購買生活必需品，就算設置攤販也不會有人光顧，所以波羅遜的攤販數量之少超乎想像。

在城裡活動的人數並不算少，儘管滿載商品的馬車或扛著眾多行李的商人不斷往返其中，城裡卻顯得安靜無聲，彷彿整座城鎮飄蕩著如棉花的空氣，不斷吸去人們的吵嚷聲。

如此安靜又樸素、塵土四處飛揚的城鎮，竟是與遠方國家的重要貿易中繼站，而且每天創造出金額令人目眩的利益，這實在教人有些難以置信。

在其他城鎮，人們幾乎不會理旅行佈道士；但換成在這個城鎮，居民卻會露出充滿感激的目光，群聚在佈道士身邊聽取路邊佈道。這教人如何想像這樣的城鎮會有人從事利益行為？

這個城鎮總是讓羅倫斯感到非常不可思議。

「好無趣的城鎮吶。」

在赫蘿的眼中，整體散發出如教會般獨特氛圍的這個城鎮，似乎也只值得這麼一句形容。

「這裡沒有賣食物的攤販嘛。」

「汝這話聽來好像咱只知道吃似的。」

「不然要順便聽聽佈道嗎？」

正好前方有人群聚集，旅行佈道士正單手拿著聖經佈道。

聽眾當中似乎不只居民，也有幾名平常只顧祈禱生意興隆的商人。

看到羅倫斯指向那些人，赫蘿一副像是喝了苦水似的痛苦表情哼了一聲說：

「要對咱佈道，再等五百年唄。」

「我是覺得妳有必要聽一次有關樸實節儉的佈道。」

羅倫斯看著赫蘿在駕座上百無聊賴地把玩絲質腰帶的模樣說道。赫蘿聽了用手遮住嘴巴，打了一個大哈欠。

「咱是狼吶，根本聽不懂什麼難懂的佈道。」

赫蘿一邊拭去眼角的淚水，一邊佯裝不解地說。

「反正，神對於樸實節儉的教誨，應該只有在這裡才具說服力吧。」

「嗯？」

「因為這裡賺到的錢，幾乎都會流向位在西北方的教會城市留賓海根，到了留賓海根，沒有人會想要認真聽佈道的。」

掌控這一帶地區的教會城市留賓海根，被形容成在不久的將來，會改用黃金打造城牆的富裕城市。據說控制這個城市的聖堂參事會高層，甚至把教會歷經好幾百年的異教徒討伐當成謀利行為，高層裡盡是一些連商人都自嘆不如的主教或祭司。

留賓海根也是因為這樣才會有那麼多發財機會吧？就在羅倫斯這麼想著時，赫蘿一臉思考狀地傾頭說：

「汝剛剛是說留賓海根，是唄？」

「妳知道啊？」

羅倫斯一邊斜眼看著赫蘿，一邊駕駛馬車往分成兩條岔路的右邊道路前進。

「嗯，想起來了。不過咱聽過的不是城市名，而是人名。」

「喔，是人名沒有錯。雖然留賓海根現在是城市的名稱，但原本是率領討伐異教徒聖騎士團的聖人名字。因為是很古老的名字，所以現在很少聽見了。」

「哼。該不會是在說那傢伙吧？」

「怎麼可能。」

羅倫斯輕笑了一下，但突然記起赫蘿在好幾百年前就出來旅行過的事實。

「那傢伙是留有一頭火紅色頭髮，鬍鬚蓬蓬並面帶威嚴的男子。一看到咱可愛的耳朵及尾巴，那傢伙二話不說直呼咱是惡魔的爪牙，領著騎士們拿著長劍長槍追殺咱。後來咱真的生氣了，所以就變回原來的模樣打退那群騎士，最後還咬了留賓海根的屁股一口。那屁股太硬，一點也不好吃吶。」

赫蘿驕傲地敘述著自己的勇武事蹟，還用鼻子哼了一聲大笑出來。但一旁的羅倫斯卻是有些吃驚，連話也說不出來。

教會城市留賓海根到現在還留有關於聖人留賓海根擁有紅色頭髮，或是當初在現在的城市位置建築要塞時，聖人與異教眾神打鬥的記錄。

只是記錄中聖人留賓海根與異教眾神打鬥時，不小心被吃掉的是左手臂。因此大聖堂的壁畫上所描繪的聖人是沒有左手臂，身上穿著沾滿鮮血的破爛衣服，但仍勇敢地指揮著神明庇祐的騎士團，與異教徒對抗的模樣。

聖人留賓海根總是被畫成身穿破衣，猶如赤裸的畫像，或許就是因為他的衣服被赫蘿咬得破爛不堪。畢竟赫蘿原本的模樣是隻巨大的狼，她只要輕輕咬一口，對方應該會立即血染全身吧。

而且，如果赫蘿所言不假，那麼屁股被咬到的事實應該會因為太過羞恥，而沒留在記錄上。

這麼一想，就覺得只有左手臂被吃掉的傳說顯得很不自然。

或許被赫蘿咬到的人真的就是聖人留賓海根。

這感覺像是不小心得知歷史背後的秘密，羅倫斯不禁笑了出來。

「啊，可是汝啊。」

「嗯？」

「咱只是咬了那傢伙一口，咱沒殺死那傢伙吶。」

赫蘿露出不同於先前的表情，像在窺伺羅倫斯的反應似地說道。

羅倫斯一時沒能搞懂赫蘿的意思，但後來總算察覺到了。

赫蘿應該是擔心她如果殺了人，同樣身為人類的羅倫斯會因此生氣。

「妳會掛心的事還真奇怪呢。」

「這是很重要的事。」

看見赫蘿一臉認真地說道，羅倫斯也表示贊同，沒再多開玩笑。

「話說回來，這個城鎮還真是無趣至極吶，森林裡都比這兒熱鬧。」

「賣了胡椒後，馬上就會載著新貨去留賓海根，在那之前先忍耐一下。」

「那城鎮很大啊？」

「留賓海根比帕茲歐還要大。與其說那裡是城鎮，不如說城市比較貼切。那裡也有很多熱鬧的攤販。」

赫蘿的目光突然變得炯炯有神。

「也有蘋果？」

「不確定有沒有賣新鮮蘋果。冬天快到了，應該會有醃漬的蘋果吧。」

「……醃漬？」

赫蘿露出訝異的表情反問。在北方一提到保存食物，不管什麼食物都是用鹽漬的方法，想必她是聯想到鹽漬蘋果吧。

「用蜂蜜醃漬的。」

赫蘿的耳朵明顯動了一下，連她頭上套著的帽子形狀都變了形。

「用蜂蜜醃漬的梨子也很好吃。其他……我想想……對了，雖然很少見，不過也有醃漬的桃子。最上等的醃漬物就是把桃子切成薄片，然後塞進桶子裡，中間還不時加上一些無花果和杏仁，等到塞滿整個桶子後，從上面淋上大量蜂蜜，最後放進少許薑片加以醃漬。大概放個兩個月後，就是最好吃的時候。我曾經吃過一次，那甘甜的程度甚至連教會都一度協議要禁止醃漬……喂，妳口水滴下來了。」

赫蘿聽了，驚訝地擦擦嘴角。

跟著慌張環視四周一遍後，突然用懷疑的眼神看著羅倫斯說：

「汝……一定又想要陷害咱，是唄？」

「妳不是看得出來我有沒有說謊嗎？」

可能是找不到話可回，赫蘿稍稍壓低下巴。

「我沒有說謊，只是不知道有沒有就是了。那東西多是貴族或有錢人的專利，本來就不會擺在店面兜售。」

「萬一、萬一有擺出來呢？」

唰唰唰，長袍底下的尾巴像隻幼犬一樣激動地甩著。赫蘿的眼神充滿期待，雙眼泛著淚光，一副痛苦難耐的模樣。

赫蘿的臉向前貼近，差一些就要靠在羅倫斯的肩膀上。

她眼神認真得嚇人。

「……知道了啦，我會買給妳吃啦。」

羅倫斯說完話的那一刻，赫蘿雙手用力握緊羅倫斯的手臂說：

「不得食言吶。」

羅倫斯心想這時如果搖頭，不敢保證赫蘿不會撲向前咬他一口。

「只買一些喔，一些而已喔。」

雖然羅倫斯如此叮嚀，但他不確定赫蘿是否有聽進去。

「汝啊，要守承諾吶。嗯？」

「知道了，知道了。」

「那快走唄，汝啊，快走唄。」

「喂，別拉我啊。」

儘管羅倫斯無情地撥開赫蘿的手，但赫蘿的思緒早已不知道飄向何方去了。她的視線注視著遠方，一邊咬著中指指甲，一邊喃喃自語說：

「有可能會賣光，要是賣光了怎了得……」

羅倫斯暗自對自己說：「早知道就不要提蜂蜜醃桃子的事。」但現在後悔已經太遲了。

如果現在反悔說不買了，恐怕會被赫蘿活活咬死。

蜂蜜醃漬的桃子，根本不是一介旅行商人隨隨便便就能買得到的東西。

「不用說賣光，可能連買都沒得買。這點妳要先搞清楚啊。」

「桃子加上蜂蜜吶。怎麼會這樣，太令人難以置信了。」

「妳有沒有在聽啊？」

「可是，要放棄梨子也很可惜，是唄？」

赫蘿反過來正視羅倫斯這麼問。

羅倫斯沒有回答，取而代之的是重重地嘆了口氣。

羅倫斯前往銷售胡椒的地點，是一家店名的特殊程度不輸給城鎮名稱波羅遜，名為拉多培隆的商行。

想必只要循著世系追溯，就能夠查出拉多培隆是這個城鎮建立以前，就已經住在這一帶的異教徒了吧。據說特殊的名字都是從很久以前流傳至今，不過到了現在，這些名字特殊的人已是徹頭徹尾的正教徒，他們的熱衷程度甚至不是一般人比得上。拉多培隆商行的老闆年近五十歲，或許是這樣的年紀，讓他的信仰心越來越虔誠了。

因此當羅倫斯經過半年後再踏進商行時，商行的老闆一見到許久沒來到商行的羅倫斯，就先為他的平安無事說出祝福話語，接著又說服羅倫斯應該去聽一次教會新來祭司的精采佈道，並開始對羅倫斯說教，告訴他聽佈道可以讓心靈如何獲得救贖。

更慘的是，商行老闆似乎把身穿長袍的赫蘿當成是正在巡禮的修女，他還拜託赫蘿要嚴厲告誡羅倫斯。

赫蘿裝作一副很能理解的模樣，狠狠地批評了羅倫斯一頓，還只在羅倫斯面前露出不懷好意的笑容。

等到羅倫斯好不容易從老闆及赫蘿兩人的說教當中解脫時，他對自己發誓，絕對不買蜂蜜醃漬物給赫蘿。

「那麼，時間拖的有些久了，是不是該談談生意了呢？」

「麻煩您了。」

雖然羅倫斯顯得有些疲累地這麼說，但看到老闆突然擺出商人面孔，他就知道不能大意。說不定老闆的生意手段就是故意花時間說教，先讓對手的思考能力變差，再狠狠展開攻擊。

「那麼，今天是要賣什麼樣的商品呢？」

「商品在這裡。」

羅倫斯振起精神說道，並拿出裝滿胡椒的皮袋。

「哦喲，這是胡椒嗎？」

還沒鬆開綁住袋口的皮繩，就被猜出袋裡的商品讓羅倫斯感到吃驚，但他勉強不讓這樣的情緒表露出來，並展露笑容說：

「您怎麼知道？」

「聞味道啊。」

雖然老闆有些惡作劇地笑著說道，但還沒磨成粉狀的胡椒不會有明顯的味道。

羅倫斯斜眼偷看站在一旁的赫蘿，發現她笑得正開心。

「看來我磨練得還不夠。」

「歷練不同啊。」

看到老闆毫不驕矜、笑容沉穩，一副從容不迫的模樣，羅倫斯心想或許他剛剛是故意把赫蘿錯認成修女。

「不過，羅倫斯先生每次都選在最適當的時機帶來好商品。今年因為承蒙上天保佑，糧草長得不錯，讓豬隻只不過在城裡的路上隨便走動，就可以吃得肥滋滋，接下來的胡椒需求量會呈直線上漲好一段時間。真是的，如果您早一個星期來，我就可以殺價殺得便宜些呢。」

羅倫斯見老闆笑得開朗，只能還以苦笑。對話的主導權完全掌握在對方手中。被老闆這麼一說，羅倫斯交涉價格時就沒法太強勢，想挽回局面恐怕很難了。

「那麼，我們來秤重吧。您有帶天秤來嗎？」

不同於視天秤的精準度如自身名譽的兌換商，商人們持有的天秤通常都會動一些手腳。如果碰到要秤的商品是胡椒或砂金等，只要在刻度上稍動手腳，秤出來的重量就會有很大差異時，賣方就會準備天秤，與買方的天秤合用。

然而，羅倫斯並非平時就經常販賣胡椒這類高級商品，因此他沒有準備天秤。

「沒有，但我相信神的安排。」

老闆聽了，露出笑容點點頭後，特地從擺在櫃子上的兩台天秤當中，取出位在後方的天秤。

羅倫斯不禁暗自鬆了一口氣，但他知道自己沒把這樣的心情表露在臉上。

就算老闆是忠實於神的教誨，再虔誠不過的正教徒，終究改變不了他是商人的事實。想必擺在前方的是被動過手腳的天秤。

要是用被動過手腳的天秤，根本不知道會造成多大虧損。畢竟一粒胡椒可是相當於一枚銀幣的價值。

羅倫斯在心中對上天表達感謝之意。

「人們再怎麼相信神的公正，也應該要有辨別眼前聖經真偽的判斷力。就算再怎麼信仰真神，要是記取錯誤的聖經內容，那等於是做了冒犯神的行為。」

老闆這麼說，並把天秤放在身旁的桌上。

他的意思應該是要羅倫斯確認天秤有沒有被動過手腳。

雖說商人總是習於互相欺瞞，但這並不代表商人之間就不需要有信賴關係存在。

「那麼，不好意思。」

老闆聽了，點點頭往後退了一步。

放在桌上的天秤是用暗金色的黃銅製成的天秤，看來十分華麗。像這種要大城鎮裡的有錢兌換商才能擁有的天秤，竟然會出現在這家商行裡，顯得有些不合稱。

拉多培隆商行的門面樸素無華，會讓人錯以為來到一般住家；商行除了老闆之外，就只有幾名男工。商行裡的擺設也相當簡素，只看得到牆邊擺了兩個櫃子，裡面只放了應是裝有辛香料及南北貨的罐子，還有筒狀的紙張及羊皮紙文件。

雖然這家商行與眼前的天秤並不合稱，不過天秤的兩端卻是相當合稱。

天秤的指針確實停在正中央位置不動，在左右兩端的秤盤擺上砝碼後，指針也同樣指著正中央位置。

這天秤似乎沒被動過手腳。

羅倫斯安心地對著老闆露出笑容。

「那麼，是不是可以秤胡椒的重量了呢？」

羅倫斯當然沒理由拒絕老闆的提議。

「這樣的話，我們需要紙和墨水。請等一下。」

老闆一邊這麼說，一邊從房間角落的櫃子抽屜裡取出墨水壺及紙張。羅倫斯心不在焉地望著老闆的舉動，這時衣角突然被拉了一下，於是羅倫斯回過頭看。除了赫蘿，當然沒別人了。

「怎麼了？」

「咱口渴。」

「忍住。」

羅倫斯沒多加思索地這麼回答後，才重新想了一下。

眼前的人可是自稱賢狼的赫蘿。她會突然說出毫無關聯的話，或許是有什麼用意。

就在羅倫斯改變念頭打算再問赫蘿時，傳來老闆的聲音：

「如果少了水，就是聖人也活不了命。幫您準備水就好了嗎？還是要葡萄酒呢？」

「能請您給咱水嗎？」

看見赫蘿以笑臉回答，羅倫斯心想赫蘿應該真的只是口渴而已。

「請等一下啊。」

老闆把筆記兼用的合約用紙、墨水及羽毛筆放在桌上後，沒有呼喚他人，便走出房間親自拿水去了。

老闆這樣的作風比起用商人來形容他，更像是正教徒的典範。

羅倫斯一面對這樣的老闆感到欽佩，一面瞪著赫蘿說：

「或許這對妳來說沒什麼大不了的，可是對我們商人來說，談生意就等於在戰場上打仗。要喝水晚點再喝不就得了？」

「可是咱口渴了。」

赫蘿可能是因為挨罵而感到不悅，她別過臉不理睬羅倫斯。明明反應快得驚人，但有些地方卻又表現得孩子氣。羅倫斯心想就算再多說什麼，赫蘿也聽不進去了吧。

羅倫斯聳了聳肩，把赫蘿的事從腦海中驅除，開始概算起胡椒的金額。

過了一會兒後，老闆端著上面放有鐵製水壺和杯子的木頭托盤回來。讓交易對象、而且還是長輩的商人為自己做這樣的服務，令羅倫斯十分過意不去。不過他看到老闆臉上掛著笑容，彷彿在說這些事情與談生意無關。

「那麼開始秤重吧。」

「好的。」

赫蘿在距離稍遠的牆邊，用雙手捧著鐵製杯子一邊喝水，一邊望著秤重作業進行。

秤重的動作相當單純，先在一端的秤盤擺上砝碼，接著在另一端的秤盤擺上胡椒。兩端的重量對稱時，就先把秤盤上的胡椒移至別的位置，再擺上新的胡椒使兩端重量對稱。

雖然這是單純的作業，但假設擺有砝碼的一端只要有些微傾斜，而秤重者因為嫌麻煩而忽略之，就這麼直接繼續秤重作業的話，累積下來的差距將可能造成意想不到的大虧損。

因此，老闆與羅倫斯兩人互相確認天秤是否對稱，等到兩人得到共識後才繼續下一批秤重。

單純卻挺傷神的秤重作業一共進行了四十五次。雖然胡椒依產地不同，價格會有所差異，但羅倫斯帶來的胡椒以一顆砝碼的重量來說，價值應該相當於一枚盧米歐尼金幣。如果依羅倫斯所了解的行情來計算，一枚盧米歐尼金幣相當於三十四又三分之二枚大量流通在河口城鎮帕茲歐的崔尼銀幣。現在有四十五枚盧米歐尼金幣的價值，也就等於一千五百六十枚崔尼銀幣。

胡椒的進貨金額是一千枚崔尼銀幣，這麼概算起來可有五百六十枚銀幣的利潤。辛香料的交易果然相當有賺頭。當然，如果是黃金或寶石、或是高級染料的原料等商品，有時還能賣得進貨價的兩、三倍價格。雖然胡椒的利潤與這些商品比起來可說微乎其微，但對餐風露宿的旅行商人來說，這已是沒得挑剔的高獲利率。缺乏資金的旅行商人扛著重量達體能極限，而且是麥子裡等級最低的燕麥商品越過山頭，拖著身心俱疲的身子到城鎮交易，結果只賺得一成利益的情況，一點也不稀奇。

搬運輕輕一只皮袋的胡椒，就能夠賺取五百枚銀幣的利潤，這生意簡直是太好賺了。

羅倫斯滿面笑容地把胡椒裝回皮袋裡。

「呃──所以是四十五顆砝碼重。這些胡椒的產地是哪裡呢？」

「這些是從利登王國的拉瑪帕達進口的胡椒，這是負責進口的米隆商發行的證明書。」

「原來產地是拉瑪帕達啊，這些胡椒還真是走了一段長遠的路程呢，那根本是我們無法想像得到的地方。」

老闆一邊收下羅倫斯遞給他的羊皮紙證明書，一邊瞇眼微笑地說道。

住在城裡的商人多半不會離開自己的故鄉，在故鄉終其一生。雖然有些商人退休後會展開巡禮之旅，但商人在退休前根本沒有多餘的時間旅行。

不過，就算是不曾間斷旅行的旅行商人羅倫斯，也只曾聽過利登王國是個盛產辛香料的地方，他也不清楚那是個什麼樣的國家。如果以帕茲歐為出發點，那就是順著河川出海後朝南方前進，越過不同顏色的兩片海洋才可抵達利登王國。據說就算乘坐超長程專用的巨大型船隻，也必須花費約莫兩個月的航海時間。

利登王國當然語言不通，而且據說那裡十分炎熱，一整年都處於盛夏季節，國民們無不曬得黝黑，一出生就是黑皮膚。

雖然很難想像世上會有這樣的地方，但事實上確實有辛香料、黃金、銀或鐵從那裡運來。不管怎麼說，米隆商行都願意以商行名譽為擔保，發行這些胡椒是從拉瑪帕達運來的證明書。

想必是真實存在的國家吧。

「這證明書看來不是偽造的。」

城裡的商人都得過目數量龐大的匯兌通知書、光票（註：指不附帶任何商業單據的票據），還有合約書等文件。不用說是總行設置在異國的大商行，就連遠方國家的小商行所發行的文件，據說他們都能夠憑上面的筆跡辨識真偽。

如米隆商行般的大商行所發行的合約書，想必他們已經很熟悉，應該一眼就能分辨印鑑的真偽。合約書上的簽名固然很重要，但蓋上去的印鑑更是證明其真偽的關鍵所在。

「那麼，一個砝碼算一枚盧米歐尼金幣，您意下如何？」

「盧米歐尼金幣的行情是多少呢？」

儘管羅倫斯對金幣行情已有某程度的了解，但他還是立刻發問。

那是因為金幣幾乎是被當成計算貨幣來使用。也就是說，金幣只是單純被視為世上各種貨幣的價值基準。交易時先以金幣計算金額後，再決定付款的貨幣種類。不過這麼一來，金幣與付款貨幣之間的行情變動，當然就會構成問題。

這是羅倫斯最緊張的時刻。

「我記得羅倫斯先生您是繼承師父的生意，循著聖人梅崔吉斯的巡禮路行商，沒錯吧？」

「是的。因為有聖人梅崔吉斯的庇祐，一路旅途平安，生意也還不錯。」

「這麼說來，您的交易貨幣是以崔尼銀幣為主囉？」

由於大多數的旅行商人都必須傳承修行，不能擅自決定行商的路線，因此一般多是循著從前聖人走過的巡禮路行商。

因為這個緣故，旅行商人自然會有固定使用的貨幣。

不過，拉多培隆商行的老闆能夠立即說出羅倫斯固定使用的貨幣，可見他是實力過人的一流商人。

「如果是崔尼銀幣的話，行情是三十二又六分之五枚。」

這比羅倫斯印象中的行情還要低。

然而，這個城鎮是重要的貿易地點，就這點來看，這行情差距還在可容許的範圍內。

在匯集來自眾多城鎮流入大量貨幣的地方，對於計算貨幣的酌定，一般都會比實際的貨幣價值來得低。

羅倫斯以電光石火般的速度動腦計算，腦海裡浮現的胡椒總金額約為一千四百七十七枚崔尼銀幣。

雖然比預期還要低，但也算是不差的價格。這樣羅倫斯與擁有商店的夢想之間，就拉近了一大步距離。

「就以這個價格麻煩您了。」

老闆聽了也笑容滿面地伸出手來。此刻正是合約即將成立，商人的情緒最高漲的瞬間。

就在這個瞬間。

赫蘿如此少根筋的聲音突然介入對話。

「嗯……」

「怎麼了嗎？」

與羅倫斯同時看向赫蘿的老闆，看見赫蘿在牆邊不斷搖晃身體，以擔心的口吻詢問。

然而，羅倫斯卻是瞬間想起在米隆商行發生的皮草交易事件，不由得緊張了起來。

眼前的老闆是長年一手治理商店的一流商人，若隨便使出三流伎倆，定會遭到慘痛的反擊。

就算是赫蘿，也不可能每次的伎倆都能順利瞞過對手。

羅倫斯如此想著，但突然又覺得納悶，因為赫蘿的樣子並不尋常。

「嗚、嗯，有點頭暈……」

「這怎麼得了！」

赫蘿手拿杯子，身體搖晃得越來越厲害，眼見杯子裡的水就快灑了出來。

老闆擔心地走近赫蘿身邊，一手扶住杯子，另一手扶住她纖細的肩膀。

赫蘿稍稍靠在老闆身上重新站穩身子，並輕聲向老闆道謝。

羅倫斯心想或許赫蘿真的只是感到暈眩，他也走近赫蘿身旁。

「有沒有好一些了？」

「好多了，謝謝。」

赫蘿虛弱地說道，她在老闆的攙扶下，勉強站直身子。

那模樣看來就像不斷絕食而引起貧血的修女。就算不像老闆是虔誠的正教徒，也會想要伸手攙扶她。然而，羅倫斯卻察覺到事情有些蹊蹺。

帽子底下的狼耳朵似乎沒有明顯垂下來。

「應該是長途旅行讓您累著了，就算健壯的男子也會覺得旅行疲累。」

赫蘿輕輕點了點頭，緩緩開口說：

「或許真的是因為旅行而累著了，總覺得眼前的事物看起來是傾斜的……」

「這怎麼得了！對了，我來拿今天早上剛擠出來的羊奶給您補充營養吧。」

心地善良的老闆勸說赫蘿坐在椅子上休息，沒等待赫蘿回答就準備去取羊奶。

赫蘿在聽從老闆的勸說坐上椅子之前，正打算把鐵製杯子放在桌上時，應該只有羅倫斯有預感赫蘿打算採取些什麼行動。

「先生啊。」

鐵製杯子就快被放到桌上的那一刻，赫蘿對著老闆的背影喊了一聲：

「咱好像還覺得暈眩。」

「什麼！幫您叫大夫來好嗎？」

老闆回過頭來，臉上掛著打從心底擔心赫蘿的表情。

然而，反觀赫蘿在帽子底下的面孔，卻是一點也不像感到暈眩的虛弱表情。

「瞧！咱眼前的東西傾斜著吶。」

赫蘿說罷，在木頭桌面滴下幾滴杯子裡的水，水珠毫不遲疑地流向右方，發出小小聲響從桌角落在地板上。

「！」

羅倫斯在水珠滴落的那一刻瞪大了眼睛，急忙走近桌子伸手觸摸天秤。

羅倫斯心想先前已仔細確認過天秤是對稱的。天秤兩端稍有差距就會造成大虧損，羅倫斯因此仔細確認過的天秤，正平行放在剛剛水珠流過的桌面。

從這個事實可推斷出結論——

羅倫斯拿起已完成秤重，只有一端秤盤上還放著砝碼的天秤，轉了個方向並取下砝碼。

羅倫斯在桌面輕輕放下天秤，原本因為被舉高而擺動著的指針，也慢慢減緩擺動的速度，最後終於靜止不動。

羅倫斯往指針所指的刻度一看，發現天秤在傾斜的桌面竟能夠指著正中央位置。如果是精準無誤的天秤在傾斜的桌面，指針的位置當然會有所偏移。

很明顯地，這是動過手腳的天秤。

「那麼，咱喝的究竟是水，亦或葡萄酒呢？」

看見赫蘿把頭轉向老闆，羅倫斯也跟著看向老闆。

被兩人的視線一看，老闆的表情變得僵硬，滿臉是汗。

「咱喝的是葡萄酒，是唄？」

赫蘿語調愉悅地說道，彷彿就快聽到她的笑聲。

反觀老闆的模樣，他的臉色從一片蒼白化為土黃色。在這個信仰虔誠的城鎮裡，若是對天秤動手腳，做出如同詐欺的行為一旦公諸於世，老闆的財產將被全數沒收，落得當場破產的下場。

「俗話說生意越是興隆的酒吧，那裡的老闆越不會喝酒，原來就是這麼回事啊。」

氣勢薄弱的商人就像隻溫馴的兔子。就算那柔軟的腹部被尖牙紮實地一口咬上，也發不出哀鳴聲。

羅倫斯轉向老闆，面帶笑容走近他說：

「也就是說，酒吧生意興隆的秘訣，就是老闆是唯一保持清醒的人吧。」

老闆額頭上滲出的汗水如雨般落下。

「我好像和我的夥伴一樣喝醉了，我應該會忘記一些在這裡看到或聽到的事情吧。不過，喝醉酒的人往往會說一些不合理的話。」

「……說、說些什麼？」

老闆的聲音因恐懼而顫抖。

然而，這時如果為了洩憤而輕率行動，可就不配當個商人了。

對於自己被欺騙，羅倫斯絲毫不覺憤怒。

他冷靜的頭腦裡只盤算著如何從意外抓到對方把柄的事態中，獲取最大的利益。

這是從天而降的絕佳機會。

羅倫斯保持著笑臉，以平時談生意的語調逼近老闆說：

「胡椒的金額加上您剛剛多賺的金額，還有，我想想……再以信用採購的方式讓我採購兩倍金額的商品，可以嗎？」

羅倫斯提出的要求是以部分現金作為保證金，讓他採購超出保證金金額的商品。投資的金額越高，可獲取的利益也就越多，這道理不解自明。手上只有一枚銀幣，卻能夠買下價值兩枚銀幣的商品，賺取的利益自然可為兩倍。

然而，要求對方讓自己以一枚銀幣買下價值兩枚銀幣的商品，當然必須有所回報。重點就是向對方借錢，對方當然有權利要求回報。

不過，羅倫斯當然是因為明白老闆在這狀況下根本沒立場要求回報，才會提出這樣無理的交易。抓到對方把柄卻沒能善加利用的商人，只能算是三流商人。

「呃、啊，可、可是……這未免也太強人所難了吧？」

「不行啊？太可惜了，我好像快要酒醒了。」

老闆滿是汗水、彷彿要溶化的臉上，或許還有淚水參雜其中。

他露出悲慘的表情，無力地垂下頭。

「說到商品，我想這金額也不算太低，不如就向您買高級兵備好了。您這裡應該有很多提供給留賓海根的兵備商品吧？」

「……您是說兵備嗎？」

老闆彷彿見到一線曙光似地抬起頭來。或許他原本以為羅倫斯提出這個交易時，並沒有還錢的打算。

「兵備不會有買賣風險，可穩賺利益，不是嗎？再說，這樣我也能夠立即還錢。如何呢？」

留賓海根是異教徒討伐軍的補給基地。在那裡，戰場上所需的物品全年搶手，因此兵備不容易因為價格跌落，而導致價值低於本金的問題。

用本金的兩倍金額買下商品，其價格跌落所造成的影響自然也會是兩倍，因此價格穩定的兵備可說非常適合於信用採購。

老闆的表情逐漸變回商人精打細算的表情。

「您是說……兵備啊。」

「想必貴商行在留賓海根應該有熟識的商行吧。如果我把商品賣給對方，就可以讓我們抵銷借貸了。」

羅倫斯想表達的是他帶著向拉多培隆商行借錢買來的兵備，前往留賓海根賣給對方商行後，不用特地拿著貨款再回到拉多培隆商行還錢。

如果是與特定對象的金錢往來，只需在帳面上做加減計算就可了事。

這是商人驚人的智慧。

「您意下如何？」

商人的營業用笑容有時可以是恐嚇對方的武器。

羅倫斯臉上掛起最佳營業用笑容朝老闆逼近，一手治理拉多培隆商行的男子當然無法拒絕他的要求，只能點點頭。

「非常感謝。那麼，我希望儘早前往留賓海根，可以請您立刻準備商品嗎？」

「明、明白了……那個，商品價值的核定呢？」

「就交由您處理，我相信神的安排。」

聽到再諷刺不過的話語，老闆的嘴唇抽動了一下，想必他是在苦笑吧。不用說也知道，老闆必須以很低的價值核定兵備。

「那麼，兩位談完了嗎？」

就在強制進行的洽談宣告結束時，赫蘿趁機這麼說。嘆息聲似乎就快從老闆的口中傳出，他忘了還有一個麻煩的傢伙。

「咱好像也快要酒醒了吶。」

赫蘿露出可愛的笑容，微微傾頭的模樣映在老闆眼中，想必像個惡魔吧。

「只要有特等的葡萄酒和羊肉乾，咱就會有好心情。啊，要側腰部位的肉。」

對於赫蘿這毫不知客氣的發言，老闆除了點頭外，沒有其他選擇。

「盡量快一些唄。」

想必赫蘿是有些開玩笑地這麼說，但被赫蘿識破在天秤動了手腳的老闆，卻像隻被鞭打屁股的山豬般急忙離開房間。

雖然羅倫斯心想可能做得有些過火，但老闆在天秤動手腳的詐欺行為如果被舉發，可是會被當場沒收財產，落得破產下場。這麼一想，也就覺得這般程度的要求還算便宜了他。

話說回來，要是沒發現天秤被動過手腳，想必羅倫斯已虧損了相當驚人的金額吧。

「呵呵呵，真可憐吶。」

赫蘿開心地笑著說道，那真心認為老闆可憐的態度道盡她有多麼壞心眼。

「不過，妳的感覺果然還是很敏銳。我完全沒有發現。」

「雖然咱的度量和尾巴的毛髮整齊度，還有頭腦都很好，但咱的耳朵和眼睛也不賴。咱一進到房間就發現了。不過，這般伎倆用來欺騙汝等程度的人已綽綽有餘了唄。」

赫蘿說罷，連連揮動她的手掌，一副受不了似地嘆了口氣。

羅倫斯心想：就讓她盡情批評吧。他自己沒發現天秤被動過手腳是事實，也多虧赫蘿發現，才讓他從原本虧大錢的險境，化為賺大錢的佳境。

還是乖乖接受赫蘿的批評吧。

「小的連反駁的話語都沒有。」

聽到羅倫斯如此溫馴的回答，赫蘿可能是感到意外，她眨了眨眼睛說：

「汝成熟不少吶。」

這下羅倫斯真的沒法反駁赫蘿，只能抽動著嘴巴苦笑。

有種疾病稱為春病。

在冬季，人們如果居住在遠離大海或河川的地區，飲食會變得極端不正常。如果是住在白雪紛飛、河川凍結的寒冷地區，那更是只能每天吃著醃肉及硬麵包度日。雖然會下霜的地方並非完全長不出蔬菜，但與其吃了冬季的蔬菜，不如拿來賣錢會更有利。吃了蔬菜後身體並不會變得暖和，但賣了蔬菜換來的錢如果能夠買到大量薪柴，自然可以在暖爐點上熊熊大火。

然而，人們如果盡是吃些肉類又喝酒，到了春天，幾乎所有人都會患上全身發疹的疾病。

這就是被稱為春病的疾病，也就是不注重養生的後果。

當然了，只要不受到肉類的誘惑，又沒有沉溺在喝了葡萄酒後的飄飄然感覺，就可以避免這種疾病發生。教會每週日的佈道也不忘叮嚀人們多吃蔬菜，少吃肉類。

因此，如果有人到了春天患上這種疾病，就會在教會裡慘遭神父們嚴厲的斥罵。

因為貪食是神訂下的七大原罪之一。

真不知她是知道這事實還是不知道。

赫蘿的驚人食欲讓羅倫斯忍不住搖搖頭，嘆了口氣。

「嗝……好吃。」

吃了一口上等羊肉，再喝上一口高級葡萄酒潤喉，也難怪赫蘿的心情會這麼好。

而且這些東西還全部免費。酒足飯飽之後，只需要在馬車貨台上好好睡一覺便可。

一想到隔天還得做生意，就算是再奢侈的商人也會懂得自制。然而，這是赫蘿身上不可能發生的行為。

赫蘿滿面喜色地一邊搖晃雙腳，一邊吃吃喝喝的動作總算停了下來。

她吃進肚子裡的肉量，要是讓羅倫斯作為旅途上的糧食來分配，他有信心可以吃上三星期。

而赫蘿喝下的葡萄酒之多，也讓人納悶她的肚子要如何裝下如此驚人的量。

如果赫蘿賣掉從拉多培隆商行老闆那裡搶來的羊肉及葡萄酒，想必她可以還掉不少借款。

她沒這麼做的事實，也是讓羅倫斯忍不住搖頭嘆氣的原因之一。

「咱差不多想睡了。」

也難怪羅倫斯聽到如此自暴自棄的發言後，根本懶得看赫蘿一眼。

從拉多培隆商行搶來羊肉及葡萄酒，並以便宜價格買下大量的兵備後，羅倫斯兩人在正午的鐘聲響起前，便離開了波羅遜。兩人從波羅遜出發還沒走上多遠的路，所以現在的時刻才剛剛過了正午。

這天的陽光和煦，應該很適合在酒後懶洋洋地睡個午覺。

雖然貨台上擺著兵備顯得雜亂，但黃湯下肚後也不會在意了吧。

羅倫斯兩人正走在往留賓海根的商業道路上。雖然剛離開波羅遜時不是遇上陡坡，就是遇上蜿蜒曲折的道路；但現在眼前視野一片遼闊，下坡路平緩且寬敞，更是適合午睡。

平緩寬敞的道路無限延伸。

而且這條道路經常有人往返，路面被踏得硬實，凹陷的地方也都被補上了。

就算床位被一堆劍柄塞滿，但只要睡在劍柄上頭，依然能夠度過一段優雅的午後時光。

因此，不僅不能喝酒，還只能一邊盯著馬屁股看，一邊抓住韁繩的羅倫斯在羨慕的情緒作祟之下，堅持不看赫蘿一眼。

「哎，在那之前得先梳理一下尾巴……」

赫蘿就只有這點顯得特別勤勞，就算看到她拉出尾巴來，羅倫斯依然不願意提醒她要注意。

不過話說回來，這路上視野一片遼闊，並沒有會突然遇上其他人的危險。

赫蘿就這樣開始梳理起尾巴，她時而用手抓住跳蚤，時而舔著尾巴的毛。

看她別無他顧安靜地梳理著尾巴，不難看出她有多麼重視她的尾巴。

赫蘿從被深褐色毛髮覆蓋住的尾巴根部開始梳理，當她一路梳理到覆蓋著白毛的尾巴末端時，突然抬起頭說：

「啊，對了。」

坡度平緩的道路加上暖烘烘的日光，讓羅倫斯差點打起瞌睡，赫蘿的聲音使他清醒了過來。

「……怎麼了？」

「到了下一個城鎮咱想買油。」

「……油？」

羅倫斯打了個大哈欠回問。

「嗯，咱曾聽說用油梳理尾巴很好。」

就在羅倫斯打算沉默地把視線從赫蘿身上轉回前方時——

「買給咱好嗎？」

赫蘿微傾著頭，露出笑容這麼說。

如果看到赫蘿這樣的笑容，就算不是有錢男子也會願意掏腰包買東西給她。然而，羅倫斯卻只斜眼看了赫蘿一下。

羅倫斯眼前看到的不是赫蘿的笑容，而是不斷交錯出現的龐大數字。那是赫蘿積欠羅倫斯的借款金額。

「妳有計算過妳身上穿的衣服、換穿的衣服、梳子、旅費、酒錢及餐費花了多少錢嗎？還有進入城鎮時的人頭稅。妳該不會想說妳不會加法唄？」

羅倫斯刻意學赫蘿的口吻這麼說，赫蘿的臉上卻依然掛著笑容。

「咱當然會加法計算。不只加法，減法計算咱也很拿手。」

赫蘿說罷，一副很有趣的模樣嗤嗤笑。

雖然羅倫斯有預感赫蘿正想著什麼反擊他的詭計，卻又覺得她的樣子有些不尋常，或許她是喝醉了。

羅倫斯瞥了一眼貨台上裝有葡萄酒的皮袋，從拉多培隆商行搶來的五袋葡萄酒當中，已有兩袋空了。

赫蘿很有可能已經喝醉了。

「既然這樣，妳算一下自己花了多少錢。如果妳是頭腦聰明的賢狼，應該隨便就能從那金額知道我的答案吧？」

「嗯，咱知道。」

赫蘿保持著笑臉坦率點點頭。

羅倫斯轉向前方，心想赫蘿要是平時也這麼坦率就好了，卻又聽到赫蘿繼續說：

「汝一定會買給咱。」

羅倫斯斜眼看了赫蘿一眼，發現赫蘿開心地笑著。她果然是喝醉了吧？那笑容很可愛。

「就算是以聰明自豪的賢狼，也會酒後失態吶。」

赫蘿自言自語似地笑著說道，她的頭跟著倒向另一邊。

醉醺醺地從駕座上跌落很可能會受傷。就在羅倫斯伸手打算抓住赫蘿纖細肩膀的那一刻，赫蘿以如狼般的敏捷動作抓住羅倫斯的左手。

羅倫斯驚訝地看著赫蘿，她的眼神看來既沒有醉意也沒有笑意。

「不管怎說，汝能夠便宜買下貨台上的貨物都是因為有咱在，想必可以賺不少錢唄？」

赫蘿根本就不可愛。

「妳有什麼憑證——」

「可別小看咱吶。難道汝以為咱沒瞧見汝滿面喜色，強硬地與老闆交涉嗎？咱的度量、頭腦還有眼睛都很好，當然咱的耳朵也不賴。咱怎可能沒聽到汝怎麼跟老闆交涉吶。」

赫蘿露出兩根尖牙，不懷好意地笑著。

「買油給咱好嗎？」

羅倫斯利用僥倖抓到的把柄與老闆強硬交涉是千真萬確的事，一切的進行幾乎都如羅倫斯所願，也是不爭的事實。

想到自己那時在赫蘿面前，一副意氣風發的模樣進行著交易，羅倫斯就恨不得想要痛罵自己一頓。

一旦知道可能有利可圖，就會想要藉機敲竹槓，也算是人的本性吧。

「可、可是妳知道妳欠我多少錢嗎？足足有一百四十枚銀幣那麼多耶！妳知不知道這金額有多大啊？我怎麼可能再買不必要的東西給妳。」

「嗯？什麼啊，汝那麼希望咱還錢啊？」

聽到羅倫斯反擊的話，赫蘿露出吃驚的表情看著羅倫斯。

那表情彷彿在說她隨時可以還錢似的。

沒有人會不希望討回借出去的錢。羅倫斯瞪著赫蘿，斬釘截鐵地告訴她說：

「那、是、當、然、了。」

羅倫斯心想如果赫蘿還清所有借款，他不僅可以增加貨台上的貨物量，還可以收購品質更好的貨物。這麼一來，利潤也會跟著暴增。資金越多利潤就越高，這是做生意的最基本法則。

然而，一聽到羅倫斯這麼說，赫蘿立刻垮下臉，露出一副「原來如此」的冷淡表情。

羅倫斯完全沒預料到赫蘿會有這樣的表情，這讓他又再度感到畏縮。

「真沒料到汝是這麼想吶。」

赫蘿做出這樣的反應。

「妳是什麼……」

羅倫斯還來不及說出「意思」兩字，赫蘿就緊接著說：

「不過，只要還錢給汝，咱就是自由之身了吶。好唄，就趕緊還錢給汝好唄。」

聽到赫蘿這番話，羅倫斯明白了她想暗示些什麼。

幾天前在河口城鎮帕茲歐發生騷動時，羅倫斯因為畏懼赫蘿真正的狼模樣，而不禁往後退縮身子。赫蘿因為他這樣的舉動而傷心地打算離去時，羅倫斯想出留住赫蘿的方法，就是告訴她自己會一路追到北方森林，去向赫蘿討取被她撕裂的衣服錢。

這也等於告訴赫蘿，就算她現在從羅倫斯的眼前離去，羅倫斯也會想盡辦法追著她討債。

雖然赫蘿最後是以不想被人討債討到北方森林為由，回到羅倫斯身邊，但羅倫斯認為討債其實只是兩人彼此的藉口。

不，他相信那確實是藉口。

羅倫斯相信就算赫蘿真還了錢，她一定還是希望在回到北方森林前，可以與羅倫斯一同旅行。不過，赫蘿因為難為情，當然不可能說出這樣的話。

可是現在赫蘿卻說出反話來。因為赫蘿知道那是彼此之間的藉口，所以才會拿這件事當談判條件。

羅倫斯的腦海裡跳出了一個簡短的辭——

狡猾。赫蘿真的太狡猾了。

「這樣咱趕緊還錢回北方去好唄，不知道巴羅和繆里他們過得好不好吶。」

赫蘿別過臉去，故意輕輕嘆了口氣。

羅倫斯說不出話來，只能表情痛苦地瞪著身形嬌小，坐在他身旁的可惡狼女。他思考著該如何反擊。

羅倫斯心想：如果這時說出要赫蘿趕快還錢，然後隨便她要去哪兒就去哪兒的賭氣話，赫蘿真的有可能會那麼做。然而，羅倫斯並不希望事情演變成那樣，這就是羅倫斯的痛處。

赫蘿真的是不可愛。

羅倫斯一邊瞪著赫蘿看，一邊拚命思考如何反擊，然而赫蘿依然面向旁邊不理睬他。

就這樣不知道僵持了多久。

最後羅倫斯終於先開口說：

「……我們又沒有定下借款的還款期限，妳只要在抵達北方森林前還錢給我就好了。這樣行了嗎？」

羅倫斯也有他的堅持。他怎能在這個態度傲慢的狼女面前，全盤托出內心的感情呢？這已是他最大極限的讓步。

赫蘿似乎也明白羅倫斯這樣的心境，她緩緩回過頭，滿意地露出微笑說：

「嗯，相信咱回到北方森林前一定能夠還錢。」

赫蘿故意這麼說，然後挨近羅倫斯。

「還有吶，咱會連同利息還錢給汝。也就是說，借給咱的錢越多，汝就越有錢賺，是唄？」

赫蘿仰頭看著羅倫斯說道。

她那帶點紅色的琥珀色眼珠非常美麗。

「買油啊……」

「嗯。算咱的借款也沒關係，可以買給咱嗎？」

雖然赫蘿滿嘴歪理，但看見笑容滿面的她，羅倫斯也無法反駁。

所以羅倫斯最後也只能無力地點頭答應。

「謝謝。」

然而，赫蘿道謝完後，便像隻愛撒嬌的貓一樣靠在羅倫斯的肩上，這並不讓他覺得討厭。

羅倫斯明白這麼做就正中赫蘿的下懷，但也無奈這是他身為孤單旅行商人的悲哀本性。

「不過，汝應該殺了相當便宜的價格，是唄？」

赫蘿靠在羅倫斯身上又開始梳理起尾巴時，若無其事地這麼問。

這隻狼能夠識破人類的謊言。羅倫斯心想說謊也沒用，於是老實回答說：

「也不算殺價吧，是當下的狀況讓對方不得不降價。」

然而，兵備的獲利率並不高。最賺錢的兵備生意，是進口兵備材料加以組裝再販賣。如果是單純搬運成品再販賣的兵備生意，其好處不過是運送兵備到隨時需要大量兵備的地區去販賣，就可有穩定的獲利率這一點而已。就算殺價，價格也不可能便宜多少。

羅倫斯也是因為這一點，才會從波羅遜載著兵備走在前往留賓海根的路上。

「便宜了多少？」

「妳問這要做什麼？」

赫蘿保持靠在羅倫斯身上的姿勢仰頭看了羅倫斯一眼，隨即又拉回視線。

羅倫斯似乎明白了她的想法。

羅倫斯心想赫蘿剛剛賴著要他買油的態度明明那麼強勢，現在卻又為他的生意好壞掛心。

「沒什麼，咱只是不想敲詐沒什麼行情的旅行商人。」

但是從赫蘿口中說出的卻是如此惹人厭的話，於是羅倫斯輕輕敲了一下她的頭。

「雖然兵備在留賓海根是最搶手的商品，但也有很多商人會到那裡賣兵備。所以獲利率自然而然會降低，就算殺價也不會便宜多少錢。」

「可是買了這麼多，應該會賺錢唄？」

貨台上雖然不至於到滿載著兵備，但也有相當可觀的數量。因為兵備是有穩定銷售力的商品，獲利率低只限針對投資金額的比例；很明顯地，如果有可觀的數量，可賺取的利益當然會是龐大的金額。況且羅倫斯這次投入了兩倍財產的驚人金額，所謂積少成多，或許能夠賺到與轉手胡椒時一樣多的利益。

事實上，這次能夠到手的利益不用說是買油，甚至可以買貨台都裝不下的滿山蘋果給赫蘿。但如果說出這個事實，誰知道赫蘿可能做出什麼無理的要求，所以羅倫斯決定保持沉默。

對這方面沒概念的赫蘿，也會因此不由自主地搓揉起尾巴。

看見赫蘿這個模樣，一股罪惡感不禁湧上羅倫斯的心頭。

「反正，賺的錢還足夠買油給妳。」

羅倫斯沒辦法只好這麼說，赫蘿聽了放心地點點頭。

「不過，這麼一想就覺得胡椒還真是甜得沒話說。」

羅倫斯稍微計算了一下兵備的進貨價及利潤後，不禁喃喃自語地說道。

「汝吃了啊？」

「別把我跟妳混為一談，我是指賣胡椒可以賺到的甜頭。」

「哼。既然這樣，帶胡椒去不就得了唄？」

「胡椒的價格不管在留賓海根還是波羅遜都差不了多少。被課的關稅越多，虧損就越大。」

「那就放棄唄。」

赫蘿冷冷地說道，然後咬起了尾巴末端。

「如果能夠做到一筆獲利率和辛香料一樣高，甚至更高的生意，我長年以來的開店夢想就近在眼前了。」

羅倫斯的夢想就是存錢擁有一間屬於自己的商店。雖然羅倫斯在幾天前河口城鎮帕茲歐發生大騷動時，賺取了很大的利益，但距離夢想成真的日子依然遙遠。

「沒什麼好商品嗎？比方說……寶石或黃金不就是很好賺的生意嗎？」

「這類商品在留賓海根就是賺不到什麼錢。」

可能是舔著尾巴時毛髮跑進鼻子裡，赫蘿打了個小噴嚏。

「哈啾……為何？」

「因為關稅太重了，這就是所謂的保護政策。除了一些特定的商人之外，商人如果想進口黃金，就必須繳交金額驚人的關稅，所以根本做不成生意。」

有不少商業基盤脆弱的城鎮，會針對所有商品採取這樣的保護政策。

然而，很明顯地，留賓海根會採取保護政策，完全是為了獨占利益。只要帶著黃金到留賓海根的聖堂，並捐贈一些捐款，就可以請對方在黃金烙下聖堂的神聖刻印。烙下刻印的黃金，可以庇祐旅途平安及未來的幸福，赴戰場時還可以保佑自身平安及帶來功勳，甚至還可以保證死後的幸福。如此神聖的黃金，具有相當高的價值。

控制留賓海根的聖堂參事會高層為了獨占這個利益，串通好收買的商人，訂下金額高得驚人的關稅，以調整流入留賓海根的黃金量。對於走私行為，也是抱持徹底嚴罰的主義。

「喔～」

「要是走私成功……我想想……應該可以賣上十倍的價錢吧。不過，相對地這也伴隨了很大的危險性。所以只能靠著微薄的利潤，老老實實地慢慢賺。」

羅倫斯聳了聳肩，視線看向路的盡頭思考著。

在像留賓海根般的大城市裡，想必有很多商人能夠在一天之內，就賺進羅倫斯得花上一輩子才賺得到的錢吧。

羅倫斯這麼一想，不禁覺得非常不合理，甚至不合理得讓人感到不可思議。

「是麼？」

赫蘿口中冒出了這麼一句話。

「妳有什麼妙計嗎？」

自稱賢狼的赫蘿，或許會有什麼出人意料的想法。

羅倫斯露出期待的眼神看向赫蘿，赫蘿正用手拔除纏在梳子上的毛髮，她停下動作，露出不可思議的表情仰頭看著羅倫斯說：

「偷帶進去不就得了唄？」

聽到如此少根筋的答案，羅倫斯不禁暗自想著如果赫蘿平常也這麼少根筋，就可愛多了。

「如果做得到，大家早做了。」

「怎做不到吶？」

「關稅越重的地方，就一定有越多人幹走私，所以貨物的檢查會很嚴格。」

「量少就不會被發現了唄？」

「如果被發現，就算是最輕的處罰，也會砍掉右手臂，實在不值得為了一點報酬冒這樣的險。如果有大量走私的方法，那當然另當別論……只是很難吧。」

赫蘿用手細心撫順尾巴，完成最後的動作後，滿意地點點頭。雖然在羅倫斯的眼裡看來並沒有什麼改變，但對於毛髮的整齊度，赫蘿似乎有她自己的標準。

「也是唄。不過，汝生意做得也挺順利，慢慢賺就行了唄。」

「一點也沒錯。只是啊，不知道是誰在浪費這慢慢賺來的錢啊。」

赫蘿收起尾巴打了個哈欠，那模樣彷彿在說她不會被挑釁似的。赫蘿一邊擦拭眼角的淚水，一邊站起身子往貨台移動。

事實上，羅倫斯也不是真心想指責赫蘿。他從赫蘿身上移開視線看向前方，對於赫蘿打算自顧自地睡覺的行為，就算指責她也沒用，所以羅倫斯也沒這打算。

後方傳來一陣搬動兵備好當成睡床的聲音，聲音持續好一會兒後安靜了下來，最後傳來一聲滿足的嘆息聲。

羅倫斯光是感覺著赫蘿在他背後像隻狗或貓一樣的舉動，臉上就不禁掛起笑容。

雖然有各種理由讓羅倫斯無法說出口，但其實他是希望赫蘿留在身邊的。

就在羅倫斯這麼想著時，赫蘿突然開口說：

「咱忘了告訴汝，咱可沒打算一人獨占從那家商行搶來的葡萄酒。晚上咱們一起喝，還有肉乾也是吶。」

羅倫斯有些驚訝地回過頭看，但赫蘿早已縮著身子。

看見赫蘿的模樣，羅倫斯的臉上很自然地又掛起了笑容。

羅倫斯再度轉向前方，重新握緊韁繩。

他小心翼翼地操縱韁繩，深怕馬車搖晃得太厲害。

第二幕

走完平緩的下坡路，來到幾乎沒有高低起伏的小山丘，真是一條相當好走的路。

這樣的路面正適合宿醉仍未完全清醒的羅倫斯。

不僅有談話對象，還有上等的好酒及下酒菜，不知不覺中就多喝上了幾杯。如果照這樣的精神狀態在山路上前進，恐怕早就跌落谷底了吧。

然而，四周的景色不用說是谷底，就連河川都看不見，所以暫時可以任憑馬兒自行前進。

羅倫斯也因此時而在駕座上打起瞌睡來，至於赫蘿呢，則是在貨台上熟睡著，還「呼嚕——呼嚕——」地發出毫無警覺性的鼾聲。羅倫斯每在駕座上醒來一次，就感謝上天讓他擁有如此和平的行商生活一次。

這樣平靜的時間慢慢流逝，過了正午後，貨台上的赫蘿終於醒了過來。赫蘿一臉睡意地搓揉眼睛，不知道她是以什麼樣的姿勢睡覺，臉頰上留下明顯的痕跡。

赫蘿移到駕座上，睡眼惺忪地大口大口喝著皮袋裡的水。羅倫斯心想幸好她的樣子看來不像宿醉，如果是宿醉就得停下馬車。

萬一赫蘿因為暈車而嘔吐在貨物上，那可是不堪入目的慘狀。

「今天也是好天氣吶。」

「是啊。」

兩人悠哉地交談，同時打了個大哈欠。

羅倫斯兩人目前一路前進的道路，是通往北方的主要商業道路之一。這條路上可看到形形色色的人，其中有些商人掛著只會出現在進口商品證明書上的遠方國家國旗。赫蘿看了似乎以為那是商人宣傳祖國的舉動，但其實從遠方來的商人會掛起祖國的小國旗，為的就是與同鄉的人擦身而過時，可以讓對方一眼就知道自己來自同鄉，他們的目的多半是為了交換故鄉的情報。一旦來到語言、食物及服裝皆不同的異國，就算是不斷旅行的旅行商人，也會心生思鄉之念。

聽到羅倫斯這麼說明後，赫蘿深有感慨地望著擦身而過的商人掛著的國旗。

赫蘿離開故鄉已有好幾百年的時間。比起從遠方國家來的商人們，想必赫蘿期盼與同鄉人交談的心情會更深切吧。

「反正，再過不久應該就可以回去吶。」

雖然赫蘿笑著這麼說，但表情還是顯得有些落寞。

羅倫斯苦想著應該說些什麼話來安慰赫蘿，但是卻遲遲想不出適當的話語，馬車不斷向前進，最後，和煦的午後陽光讓這一切都變得不重要了。

沒有什麼比寒冬裡的溫暖陽光更舒服了。

然而，這樣的寂靜突然被打破。

就在羅倫斯與赫蘿兩人在駕座上同時快要打起瞌睡來時，突然傳來赫蘿的聲音。

「汝啊。」

「……嗯？」

「有很多人吶。」

「什麼！」

羅倫斯急忙拉緊韁繩停下馬車，瞇起睡意全散的眼睛看向遠方。

儘管路面有些微高低起伏，但在平坦的道路上，視野仍十分遼闊。

然而，羅倫斯看不到人影。他往旁邊一看，赫蘿在駕座上站起身子注視著前方。

「確實有人，怎麼著了嗎？」

「有帶著武器嗎？」

商業道路上會遇上人群只有幾種可能性：其中屬性「溫和」的人群，包括一次搬運大量物資的行商團、或是前往相同目的地的巡禮者們，還有拜訪他國的王室貴族們。

相對地，也有「不溫和」的人群。

盜賊、流氓、剛打完仗饑腸轆轆的士兵們，還有傭兵團。尤其要是遇上了剛打完仗的士兵團或傭兵團，就得放棄所有的財產。只是失去財產還算幸運，如果反抗可能連性命都不保。

若有女子同行，那下場不用說也明白。

「武器吶……看來是沒有，至少看來不是可惡的傭兵。」

「妳曾遇過傭兵啊？」

羅倫斯有些吃驚地問道。赫蘿露出尖牙笑著回答說：

「雖然那些傢伙拿著長槍很難應付，不過當然還是比不過咱的敏捷吶。」

看見赫蘿那副得意的模樣，羅倫斯故意不再多問她與傭兵團之間發生的事。

「……附近沒其他人唄？」

赫蘿確認前後方沒人後，脫去帽子露出狼耳朵。

尖起的狼耳朵有著與尾巴及頭髮相同的顏色。赫蘿的耳朵與尾巴一樣，會顯露出她的情感，想知道她有沒有說謊，觀察耳朵的反應是很不錯的方法。

她的耳朵朝前方高高挺起。

那模樣正如在草原探勘敵情的狼。

羅倫斯曾經與這樣的狼四目相交過。

那是在一個刮著強風，陰雲遮蓋天色的黃昏。那時羅倫斯在草原上前進著，當他耳中傳來狼的長嚎聲時，早已身陷狼群的地盤之中。當他發現自己被包圍時，狼嚎聲已從四面八方傳來，拖車的馬兒差點就要暴衝出去了。

那一刻，一匹狼出現在羅倫斯眼前。

體型精悍的狼直視著羅倫斯，那直直挺起的耳朵彷彿連呼吸聲都能夠區分似的。羅倫斯看見狼的模樣，明白自己無法強行突破包圍的事實，於是當下把袋子裡的肉乾、麵包之類的糧食撒在狼看得見的位置，然後駕著馬車前進，企圖逃離狼的視線。

羅倫斯一直從背後感覺得到狼的視線，但沒多久後，狼嚎聲往撒下食物的位置附近集中，羅倫斯也因此順利脫險。

現在的赫蘿就和那個時候的狼一模一樣。

「嗯——汝啊，那些人好像在閒聊。」

羅倫斯被赫蘿的話拉回現實世界，他動腦思考著。

「難道是突發性的市場嗎？」

商人在半路上從情報交換進展成洽談生意，這並非沒有可能。

「這咱也不確定吶。不過，沒有打鬥的氣氛，這點咱可以確定。」

赫蘿重新套上帽子，坐回駕座上。

她投向羅倫斯的視線，彷彿表示馬車要前進或是後退全交由羅倫斯決定，一副在詢問「汝打算怎麼做？」似的表情。

羅倫斯在腦海裡描繪出這一帶地區的地圖，陷入沉思中。

羅倫斯非得把裝在貨台上的兵備帶到留賓海根去。因為他有簽訂合約，並承諾會將兵備賣在留賓海根設有店面的商行。

然而，這麼一來就得繞道而行，也就是得一路往回走到馬車可通行的道路，再繞上一大段遠路。其他的路也都是只能靠徒步通行，路況不佳的道路。

「妳確定沒聞到血腥味？」

赫蘿斬釘截鐵地點頭。

「既然這樣，那就去看看吧。如果要繞道，實在太遠了。」

「反正就算傭兵團出現，也有咱在。」

赫蘿取出掛在脖子上裝滿麥子的皮袋這麼說。沒有什麼比這還要讓人感到安心的了。

羅倫斯露出信賴的笑容，駕著馬車向前進。

「要從這裡繞道的話，是得走萊恩的聖人之路嗎？」

「不對，應該是走通往密茲哈姆的草原會比較近。」

「先不說這個，真的有傭兵團出現嗎？」

「要不要買這塊織布啊？拿鹽巴交換也行。」

「有沒有人會說巴斯亞語啊？這小子沒法和人溝通呢。」

羅倫斯與赫蘿來到人群的位置，便聽到這樣的話語在空中交錯。

聚集在半路上的，是一眼就看得出是商人的人們，以及周遊各國、在不同土地磨練技藝的旅行工匠們。

其中有人徒步，有人駕著馬車，也有人把稻草堆在驢子背上。在空中交錯的話語也有各式各樣的語言，不會說共通語言的人拚命比手畫腳，試著掌握狀況。

只要有過一次在語言不通的地方面臨難題的經驗，就絕對忘不了那種恐懼感。如果還是搬運著賭上所有財產的商品，恐懼感當然會更深切。

然而，羅倫斯也不懂他們的語言。雖然很同情，但愛莫能助。更何況羅倫斯並不清楚眼前的狀況。

羅倫斯以眼神示意要赫蘿乖乖留在駕座上，便跳下馬車朝著離他最近的商人搭腔說：

「抱歉。」

「嗯？喔！原來是旅途上的兄弟啊。你剛到是嗎？」

「是的，我從波羅遜過來的。這是怎麼回事呢？該不會是伯爵大人決定在這裡辦市場吧？」

「哈哈。如果是那樣，大家現在早已鋪好草蓆大做生意了。其實是有傳言說通往留賓海根的路被傭兵團給擋住了，所以大家才會在這裡停留。」

答話的商人頭上纏著頭巾，穿著寬鬆長褲，身上套著厚重的斗篷遮住整個頸部，還揹了個大背囊，依商人密不通風的裝扮看來，應該是以北方為中心行商的商人吧。

商人臉上殘留著路上的塵埃，還有被白雪反射的陽光曬傷的明顯曬痕。刻畫在臉上的皺紋和皮膚顏色，道出了這名商人的漫長行商生涯。

「傭兵團？這附近的話……是拉斯托爾將軍帶領的傭兵們嗎？」

「不是，據說他們掛著有老鷹圖案的深紅色旗子。」

羅倫斯皺起眉頭說：

「海恩茲伯格傭兵團？」

「喔？你也是在北方旅行的商人啊？沒錯，聽說就是海恩茲伯格的那些老鷹們。滿載著貨物時如果遇到他們，比遇到盜賊還悽慘呢。」

據說他們是貪得無厭的一群人。只要是被他們橫掃過的地方，值錢的東西不用說了，甚至連一片葉子都不會留下。他們是馳名北方的傭兵團，如果強行經過被他們擋住的道路，那等於是自殺行為。

畢竟，海恩茲伯格傭兵團是以比空中的老鷹，還能更早發現敵人而馳名。如果是悠哉旅行的商人，一會兒就會被逮住了吧。

話說回來，以北方戰爭為生計的傭兵團怎麼會南下呢？這讓羅倫斯覺得有些在意。傭兵團只在有利可圖時才會行動，這樣的行動原理與商人很相似。也就是說，他們會採取不尋常的行動，多半表示市場上也會有令人意外的變動。

比方說商品價格暴跌或暴漲。

因為旅行商人的習性，羅倫斯總習慣往壞的一面思考；但現在已在半路上，況且還進了這麼多貨。羅倫斯告訴自己往壞的一面思考也沒用，現在應該思考的只有一件事：那就是如何抵達留賓海根。

「這樣就表示得繞上一大段遠路是嗎？」

「是吧。我聽說通往卡斯拉塔的路上，開闢了一條連接到留賓海根的新路。不過，最近那裡好像不是很安全。」

羅倫斯已有半年的時間沒來到這附近，他沒聽過有這樣的新路。如果他的記憶沒錯，那裡應該有綿延不絕的遼闊草原，草原北邊則有座謠言不斷的陰森森林。

「不安全是指？」

「喔，那裡的草原本來就有狼群出沒，可是最近的狀況好像特別嚴重。我聽說兩個禮拜前有一組商隊的成員全給狼吃了，傳聞那些狼是被異教的魔法師召回的。」

聽到商人的回答，羅倫斯想起陰森森林的謠言幾乎都與狼有關。羅倫斯一邊想著這些事，一邊偷窺了想必正側耳聆聽著的赫蘿一眼，他看見赫蘿的嘴角微微笑著。

「那條新開闢的路要怎麼走呢？」

「哈哈，你打算走那條路啊？你這人還真愛胡亂行事啊。這條路直直向前走，遇到雙岔路時右轉。然後順著路走就會再遇到雙岔路，到時走左邊的岔路就行了。不過，我想還是乖乖在這裡停留兩、三天時間比較穩當。雖然傭兵團擋在前面的可能性只有五成，但萬一真的遇到了就太遲了。那些載著魚或生肉的人應該會去其他城鎮吧，我還是留在這裡比較保險。」

羅倫斯點了點頭，朝自己的馬車貨台望去。羅倫斯心想幸好堆在貨台上的貨物都不是會腐爛的東西，儘管如此他還是想趕緊帶到留賓海根去。

羅倫斯沉默思考了一會兒後，向答話的商人道謝並走回馬車。

赫蘿始終聽話地乖乖留在馬車上，她一看到羅倫斯回到駕座，便笑著說了句：「召回吶。」

「那，賢狼赫蘿是怎麼想呢？」

「嗯？」

羅倫斯握住韁繩，一邊思考是否要駕馬車前進，一邊詢問赫蘿。

「草原上的狼。」

「哼。」

赫蘿哼著鼻子輕輕笑了一下，用尖牙咬著小指指甲說：

「比人類好應付，至少能溝通。」

很妙的回答。

「那就決定了。」

羅倫斯拉緊韁繩讓馬兒轉頭，他閃避正忙著交談的商人們讓馬車前進。

看見羅倫斯的舉動，雖然有幾名商人發出驚訝的聲音，但大部分的人都脫下帽子或斗篷朝羅倫斯揮舞。

那是為羅倫斯加油打氣的意思。

沒有商人不會走險路，因為險路的盡頭往往有莫大的利益等著商人去拿。

傭兵團會經過某條路的情報，傳播的速度比瘟疫的傳染速度還要迅速。那是因為傭兵團是如此具有威脅性、如此危險的存在。

然而，對商人而言，時間是任何東西都無法取代的生意工具。失去這個生意工具，就等於遭受極大虧損。

所以羅倫斯決定前往可能有狼出沒的草原，當然一方面也是因為有赫蘿在。

羅倫斯心想傭兵團在附近行動的傳聞，應該也對市場帶來了影響，如果好好運用這個機會，或許可以賺到一些小錢，這也是促使他下此決定的理由之一。雖然羅倫斯剛剛是往壞的一面思考，但事情當然也有好的一面。

而且，行商總會有出乎預期的事情發生，這也是行商有趣的地方。

「汝心情好像很好吶。」

赫蘿在旁邊一臉不可思議的表情這麼說。羅倫斯只簡短回答了句：「是啊。」往前走就有利益等著你，這是旅行商人的口號。

隔天中午前，羅倫斯兩人抵達了要進入草原的道路。

所謂新的商業道路，有些道路是自然形成，有些道路則是當地的當權者所開闢。有些地方會割除雜草讓路面形成，更周到的地方會撒上石子再鋪設木板，好讓馬車可以在路面高速往返。

當然了，這樣的道路並非免費提供使用，必須繳交高額的通行稅才能通行。不過，這樣的收費道路都有完善的防盜賊措施，如果以時間及安全性來考量，有時繳交通行稅反而會比較划算。

眼前這條狼群頻繁出沒的道路，似乎是介於前者與後者之間的道路。

岔路口有立著標示方向的木牌，道路分歧的地方似乎原本打算建蓋些什麼吧，地上堆放著一些任憑風吹雨打的木材。看來這地方原本應該是要被整頓成完善的道路，以便收取通行稅，但現在卻只有標識孤伶伶地立著。

道路分歧點在微陡的山丘上，從那個位置可以仔細眺望道路通往的方向，在那裡吃午餐應該感覺不錯吧。儘管冬天就快到來，那裡的綠草卻長得茂密，只要是牧羊人，就一定會搶著放牧羊隻的遼闊草原在眼前鋪開。

然而，草原上延伸的道路，卻只有馬車經過留下的車輪痕跡。因綠草遮蓋而變得細窄的道路往西邊一路拉長。不用多說，路上當然不見旅人身影。

依羅倫斯腦海裡的地圖來看，最適合狼群作為基地的森林應該就在這條道路的北側，但是狼群並非只會在森林裡生活。羅倫斯看到遠方有高大草叢，越發覺得這草原很適合狼群活動。

就算不是赫蘿，應該也都猜想得到這片草原可能有狼群出沒，但羅倫斯還是試著向赫蘿確認，他說：

「如何？像有狼出沒的樣子嗎？」

聽到羅倫斯的發問，赫蘿在駕座上吸吮著羊肉乾，露出難以置信的表情看著羅倫斯說：

「在這樣視野遼闊的地方怎麼可能隨隨便便就被發現，咱們狼又不是笨蛋。」

赫蘿邊吸吮羊肉乾，邊沒禮貌地發出「啾——」的聲音，時而露出非人類所有的尖牙。

赫蘿說的話及尖牙提醒羅倫斯她是站在狼那一邊的事實，這讓羅倫斯的心情變得有些複雜。

萬一遇上了狼，事情似乎會變得有些棘手。

「應該是沒啥問題唄。就算真的有狼群出現，只要給一些肉乾就行了。咱們狼並不會做無謂的爭鬥。」

羅倫斯聽了，點點頭駕著馬車前進，徐徐輕風似乎吹來了動物的腥味。羅倫斯輕聲向上天祈求旅途能夠平安。

「法拉姆銀幣。」

「錯，是偽馬里奴銀幣。」

「偽馬里奴是這個唄？」

「那是後期拉德翁主教領土銀幣。」

「……」

赫蘿看著擺在小小手掌上的好幾種銀幣，陷入沉默。

因為赫蘿吵著太無聊，所以羅倫斯正在教她如何分辨貨幣的種類。儘管是賢狼赫蘿，似乎也苦於難以分辨無論大小還是圖案都很相似的貨幣。

「反正，用久了自然就會認得了。」

看見赫蘿非常認真的模樣，羅倫斯不敢取笑她，而刻意這麼安慰她。但沒想到這麼一說似乎是更傷了赫蘿的自尊，她仰頭瞪著羅倫斯，帽子底下的耳朵激動地挺起。

「再說一次！」

赫蘿大聲吆喝說道。

「那就從上面開始喔。」

「嗯。」

「崔尼銀幣、菲林銀幣、路德銀幣、偽馬里奴銀幣、法拉姆銀幣、蘭多巴爾禿頭王銀幣、密茲弗格大聖堂銀幣、偽密茲弗格大聖堂銀幣、聖密茲弗格銀幣、密茲弗格聖誕祭銀幣，還有這個則是——」

「……咱說汝啊。」

「嗯？」

羅倫斯的視線從指著赫蘿手上的貨幣往上移，他發現赫蘿正用著像是氣憤，又像是快哭出來的複雜表情注視著自己。

「……汝在捉弄咱是唄？」

羅倫斯想起自己當年向師父學習貨幣的種類與名稱時，也曾說過一樣的話，因此不禁笑出聲音來。

「……吼嚕嚕嚕。」

看見赫蘿露出尖牙發出低吼聲，羅倫斯急忙掩飾笑容。

「我不是在捉弄妳，是密茲弗格主教區發行了特別多的銀幣。」

「那就別笑。」

看見赫蘿雖然生氣，但仍然把視線拉回貨幣的模樣，羅倫斯還是忍不住輕聲笑了出來。

「話說回來，怎麼會有這麼多種貨幣吶？這未免太複雜了。」

「因為經常有新的國家建立又毀滅，然後又再建立。除此之外，地方上的當權者或教會也總是一味地發行新貨幣，再加上偽造的貨幣也不斷出現。像是路德銀幣本來叫做偽崔尼銀幣，因為數量實在太多，最後就成了真的貨幣。」

「要都是動物皮革做的，咱就能一下子全部記住。」

赫蘿哼著鼻子說道，最後嘆了口氣。赫蘿應該是在說她能夠分辨味道，但羅倫斯不知道她說的話有幾分可信度。

「不過，這用來排遣時間還不錯吧？」

羅倫斯的話沒能勾起赫蘿的笑意，她把手上所有的貨幣塞還給羅倫斯說：

「哼，不記了，咱要睡午覺。」

羅倫斯露出苦笑，但赫蘿沒有理會他。當赫蘿站起身子準備移向貨台時，羅倫斯對著她的背影說：

「妳就算睡著也會知道狼來了吧？」

「當然知道。」

「被包圍可會很麻煩呀。」

如果被傭兵團或山賊包圍固然棘手，但至少還能與他們溝通，心情上會輕鬆一些。換作是狼，就無法溝通了，根本猜不到牠們什麼時候會突然展開攻擊。

就算有赫蘿在，羅倫斯還是覺得不放心。

「汝真是愛操心吶。」

可能是察覺羅倫斯內心的想法，赫蘿回過頭苦笑著說道：

「一般說來，動物不管是在睡覺還是醒著都差不了太多，唯獨人類睡覺時太沒警覺性罷了。」

「聽到睡覺會打呼的人這樣說，一點說服力都沒有。」

赫蘿聽了，露出不悅的表情說：

「咱才不會打呼。」

「……是沒那麼大聲啦。」

赫蘿的鼾聲聽來還算可愛，所以羅倫斯才刻意多做了解釋，沒想到赫蘿聽了，眉頭鎖得更深了，看來赫蘿在意的不是鼾聲聽來可不可愛。

「咱說咱不會打呼。」

「好啦，知道了啦。」

「咱不會打呼。」

羅倫斯笑著回答，赫蘿坐回駕座貼近身子說：

「所以我說我知道了啊。」

雖然赫蘿一副這件事有失她的身分般的認真模樣，但她那銳利的視線卻讓羅倫斯感到心頭一陣搔癢。初認識赫蘿時，羅倫斯總是單方面被她捉弄，但現在羅倫斯深深感覺到自己越來越懂得如何應付赫蘿。

最後赫蘿似乎無法再多反駁些什麼，她心有不甘地嘟起嘴巴，別過臉不看羅倫斯。

「可是，還真的連個人影都沒有呢。」

看見赫蘿這樣的舉動，羅倫斯一邊輕聲笑著，一邊無意地喃喃說道。

在這一望無際的草原上，確實不見任何人影。

羅倫斯本以為這條路是通往留賓海根的捷徑，就算受到狼出沒的謠言影響，應該多少也會有人經過這裡，但他回頭一看，果然還是不見人影。

「畢竟謠言的力量很大吶。」

儘管別過臉去，赫蘿仍然回應了羅倫斯的話。看見赫蘿如此孩子氣的表現，羅倫斯一邊輕聲笑著，一邊點點頭說：「沒錯。」

「不過，似乎不是沒有人影吶。」

赫蘿露出不同於先前的表情一邊說，一邊把尾巴收回長袍底下。

接著一副很無趣的模樣嘆了口氣。

羅倫斯心想一路上即使與其他商人擦身而過，赫蘿也都若無其事地梳理著尾巴。所以現在赫蘿特地收起尾巴的舉動讓他覺得納悶，但他立刻就知道原因了。

「有羊的味道，咱討厭的人類就在前方。」

如果說草原上有羊的味道，那表示前方的人類就是牧羊人。赫蘿會藏起尾巴，想必是因為她知道牧羊人對狼的存在，有異於常人的洞察力。

看赫蘿皺起鼻頭說話的模樣，不難知道她討厭的牧羊人的程度之深。

牧羊人與狼是天生的宿敵。

不過，照理說狼也是旅行商人的敵人，所以羅倫斯決定不提這件事。

「妳打算怎麼做？要繞道嗎？」

「應該是對方要逃跑，咱們沒必要躲避。」

看見赫蘿說話時那不悅的表情，羅倫斯忍不住笑了出來。雖然他知道赫蘿目光犀利地瞪了自己一眼，但他裝做沒看見地別過臉去。

「既然妳都這麼說了，那就繼續前進吧。畢竟走草原，車輪很容易陷入土裡。」

看見赫蘿沉默地點點頭，羅倫斯握緊韁繩讓馬車繼續前進。

馬車依然在草原的細窄小徑上前進，走了一會兒後，終於看到遠方有像是羊隻的白點。赫蘿還是保持沉默，不悅的表情也依然掛在臉上。

羅倫斯斜眼偷看了赫蘿一眼，目光銳利的賢狼似乎察覺到羅倫斯的視線。她用鼻子哼了一聲，稍稍嘟起嘴巴說：

「在汝還沒出生之前，咱就討厭牧羊人很久了。現在要咱和牧羊人和睦相處，根本不可能。」

赫蘿說罷，低下頭嘆了口氣繼續說：

「看起來那麼可口的食物在眼前晃來晃去，卻說那不是食物，要咱們不能吃，汝想想咱們會是怎樣的心情？咱們當然會討厭那些傢伙吶。」

赫蘿那一副事態嚴重的說話模樣雖然讓羅倫斯覺得好笑，但他心想這對赫蘿來說，或許確實是很嚴重的事，所以他看向前方，盡量讓自己面無表情。

馬車前進到以羅倫斯的視力也能夠清楚看見羊隻模樣的距離。

因為羊隻全擠在一塊兒移動著，所以無法數出正確的數量，但全部的羊隻加起來頂多只有十隻左右吧。羊隻們一邊悠哉啃著草，一邊緩緩走動著。

當然了，在那裡的不只是羊隻。羊隻們旁邊還有赫蘿最討厭的牧羊人帶著牧羊犬。

牧羊人身披枯草色長袍，濁灰色的腰帶上掛著號角。牧羊人手上拿著高過身高的長棍，長棍上端掛著約莫手掌大小的吊鐘。

黑色牧羊犬在主人四周跑動，一副充滿戒心的模樣。牧羊犬一跑起來，長長的黑毛彷彿一團黑色火燄，牠的嘴巴及四隻腳末端帶著白毛。

據說旅人在旅途中遇上牧羊人時，必須注意兩件事情。

第一件事情是不能壞了牧羊人的情緒，第二件事情是必須確認長袍底下的人不是惡魔。

牧羊人之所以會喚起人們如此難以理解的戒心，是因為牧羊人是比旅行商人更孤獨的職業。

在這不見邊際的遼闊草原上，只帶著牧羊犬和羊群一起行動，從這點就能看出他們的孤獨。

而更主要的是牧羊人的工作性質，多半無法讓人認為他們會是正常的人類。

孤單一人帶著大群動物，連續好幾天都只在草原上走動，單手拿著長棍、吹號角的模樣，很容易讓人聯想成能夠自在控制動物的異教魔法師。

有傳言說如果在旅途中遇上牧羊人，可以受到大地精靈的庇祐，保證一星期都不會遭遇事故，但相反地也有傳言說牧羊人是惡魔的化身，一個不留意靈魂就會被鎖在羊的身體裡。

羅倫斯並不認為這樣的傳言奇怪，因為牧羊人所散發出來的氛圍，足以讓人相信有那樣的事情發生。

因此，當羅倫斯舉高右手畫了三次圓圈後，對方也上下移動長棍四次回應他。這個可算是遇上牧羊人的儀式順利完成時，讓他稍稍感到安心。這至少代表對方不是亡魂。

然而，雖然第一關卡已順利通過，但是要確認對方是否為惡魔化身，還得再靠近一些才行。

「我是旅行商人羅倫斯，另一位是我的旅伴赫蘿。」

等距離靠近到可清楚看見牧羊人身上衣服的縫補痕跡時，羅倫斯停下馬車並道上名字。牧羊人的身材比羅倫斯想像得還要嬌小，身高頂多只高出赫蘿一點。在羅倫斯報上名字時，原本趕著羊群的牧羊犬趕到主人身邊，像個忠誠的騎士坐在主人身旁。

帶點藍色的灰色眼珠露出警戒的眼神，目不轉睛地看著羅倫斯兩人。

牧羊人沉默，不發一語。

「因為神的指引讓我在這裡遇見你，如果你是善良的牧羊人，就應懂得該怎麼表現吧？」

如果是善良的牧羊人，就一定懂得如何吟詩與跳舞來證明自身的善良。

牧羊人緩緩點點頭，將長棍立在身體正前方。

牧羊人細瘦的手讓羅倫斯感到吃驚，但到了下一刻，他更是驚訝了。

「依天神的祝福。」

吟唱起牧羊人詩歌的是個少女的聲音。

「依大地精靈的庇祐。」

牧羊女巧妙地操縱長棍，動作熟練地畫出一個小箭頭，並讓身子連同長棍從箭頭頂端朝反時鐘方向旋轉畫了一個圓圈。

「在風中聆聽神的福音，如羊兒吃草似地吞下精靈的慈愛。」

牧羊女以長棍上端指向箭頭頂端，輕輕抬起右腳踩踏地面發出聲響。

「羊兒受到牧羊人指引，牧羊人則受到神的指引。」

最後牧羊女把指向箭頭頂端的長棍拉近她的指尖。

「依神的指引，牧羊人將邁向正途。」

無論在哪一個國家，牧羊人的詩歌及舞蹈幾乎都一樣。雖然牧羊人之間不會像工匠或商人一樣組成穩固的公會，但其詩歌及舞蹈可以說是世界共通。

據說牧羊人可以利用風傳話給遠方的人，這傳言聽來似乎也有著真實感。

「請原諒我剛剛對妳的懷疑，我相信妳一定是善良的牧羊人。」

羅倫斯走下馬車這麼說，牧羊女的嘴角浮現微笑。牧羊女的臉龐幾乎完全被兜帽遮住，使得羅倫斯無法斷定，但從她的唇形看來，應該是個美女。

雖然羅倫斯告訴自己要盡量表現得像個紳士，但他的內心卻是充滿著好奇。

雖然女商人很少見，但牧羊女更是少見。況且還是個年輕貌美的牧羊女，這對本性就有著旺盛好奇心的商人來說，怎可能不感興趣呢？

然而，就算再有興趣，一遇上與生意無關的事，就會變得十分窩囊，也是商人的本性。

羅倫斯正是最好的例子。他找不到適當的話題可讓路過的商人與牧羊人攀談，最後只能壓抑內心的好奇，說出遇上牧羊人時必有的台詞：

「能否請在神的指引下遇見的牧羊人，為我祈求旅途平安呢？」

「非常樂意。」

聽見牧羊人如羊兒吃草一樣平穩的聲音，羅倫斯的好奇心膨脹得比夏日雲朵更大。雖然羅倫斯沒讓這樣的心情顯現在臉上，但他必須不斷壓抑內心的好奇情緒。厚臉皮地探詢別人隱私本來就不符合羅倫斯的性格，不會說好聽的話更是他的本性。羅倫斯為了請牧羊人為他祈求而一邊走近牧羊人，一邊有些羨慕起河口城鎮帕茲歐的兌換商懷茲的能言善道。

更何況，最討厭牧羊人的赫蘿就坐在馬車上。

羅倫斯心想：最後這個原因，似乎是迫使他壓抑好奇心的最大理由。

就在羅倫斯想著這些事情時，受託為羅倫斯祈求平安的牧羊女用雙手舉高長棍，喃喃念出了祈禱文：

「帕爾堤、密思、圖艾羅、莫露。魯、史匹茲歐、堤拉多、庫魯。」

牧羊人的獨特語言與聖經所記載的古語不同，也完全不同於世界各國所使用的任何一種語言。無論聽了多少遍都覺得神秘。

雖然連牧羊人自身也不明白祈禱文真正的含意，但在祈求旅途平安時，無論是哪一國的牧羊人都會說出同樣的祈禱文。

最後放下長棍，吹出長長一聲號角聲的動作也一樣。

羅倫斯向牧羊女道謝，並遞出一枚茶色銅幣。答謝牧羊人時的慣例是不給金幣或銀幣，只給銅幣，而牧羊人照慣例也不能拒絕答禮。牧羊女伸出看來比赫蘿還要稍大一些的手，羅倫斯把銅幣放在她的手上並再次道謝。

羅倫斯還是找不到交談的話題，雖然這讓他覺得遺憾，但也只能無奈作罷。

然而，就在羅倫斯向牧羊女道別並準備離開時，突然停下了腳步。

因為令人意外地，牧羊女主動搭腔說：

「呃，請問您是要去留賓海根嗎？」

有別於赫蘿的清澈聲音傳來，那聲音讓人無法想像會是從事牧羊如此嚴酷工作的人所擁有。

羅倫斯趁著回頭之際看了赫蘿一眼。他看見赫蘿在駕座上別著臉，一副百無聊賴的模樣。

「是的，我從波羅遜出發，並準備前往留賓海根。」

「您是在哪裡知道這條路的？」

「在聖人梅崔吉斯的巡禮路上，沒幾天前才知道的。」

「這樣啊……那，您有聽說狼的傳言嗎？」

聽到這句話後，羅倫斯明白了牧羊女會主動搭腔的原因。

她一定以為羅倫斯是在不知情之下，選擇走這條路的旅行商人吧。

「有聽說了。不過，我因為趕時間所以才決定走這條路。」

羅倫斯心想沒必要特地說出赫蘿的事。因為商人為了賺錢，即使路上有狼群出沒的危險，也會毫不猶豫地前進，所以牧羊女應該不會起疑心才是。

然而，牧羊女卻做出十分不可思議的反應。

不知怎地，牧羊女露出很遺憾的表情。

「這樣啊……」

牧羊女垂下肩膀沉靜地說道，那模樣明顯說出她原本在期待些什麼。可是，有什麼可讓她期待的呢？

羅倫斯動腦反芻剛剛交談的內容，可猜想出來的可能性並不多。

一個是倘若羅倫斯沒聽說狼的傳言，另一個是倘若羅倫斯不趕時間。

從交談的內容中，可揣測牧羊女有所期待的事情頂多就這兩件。

「怎麼了嗎？」

羅倫斯心想不用說身為一名商人，只要是個男人此刻都應該這麼詢問。他露出營業用笑容，並盡量讓自己表現得像個紳士。

想必赫蘿在後方一定非常不悅，但羅倫斯決定先把她拋到腦後。

「咦？啊，沒事……那個……」

「請不用客氣地說吧，還是妳需要些什麼商品嗎？」

只要牽扯上生意，羅倫斯的嘴巴及腦筋動得比誰都快。

或許一方面可以做生意，一方面還可以趁機探聽到如妖精般稀奇少見的牧羊女身世。在羅倫斯一副商人打算推銷物品的笑臉底下，當然也沒忘了這樣盤算著。

然而，在聽到牧羊女接下來說的話後，羅倫斯的這些企圖全都煙消雲散了。

「那個，可以……請您僱用我……嗎？」

看著牧羊女兩手抱著長棍，倚靠在長棍上提出如此要求，羅倫斯的腦袋不停空轉。

牧羊人會要求對方僱用自己，就等於是表示我願意照顧你的羊隻。

然而，羅倫斯並沒有飼養羊隻。如果說他有飼養動物，那也是一隻態度傲慢又聰明的狼。

「呃——我想妳看我的裝扮也知道，我是名旅行商人。難得妳提出這麼好的提議，可惜我沒有飼養羊……」

「不、不是的，我的意思不是這樣。」

牧羊女急忙揮手這麼說，然後像是在爭取思考的時間般慌張地四處張望。

因為長袍的帽子遮住了牧羊女的眼睛，所以羅倫斯看不到她的視線，但她的模樣看來，明顯在尋找著什麼。

想必她是在尋找可以說明她提議的東西吧。

牧羊女似乎一下子就找到她要的東西。

羅倫斯之所以能夠知道牧羊女在尋找什麼，是因為牧羊女安下心來的態度，讓他不禁驚訝地想，該不會牧羊女的帽子底下也藏著像赫蘿一樣的耳朵吧。

牡羊女在尋找的東西是正提高警覺地坐在主人身邊，有著黑色長毛的四腳騎士——牧羊人的忠實僕人牧羊犬。

「我是個牧羊人。除了照顧羊隻之外，我還會驅趕狼。」

牧羊女一邊說話，一邊揮動右手後，黑犬動作敏捷地站起身子。

「如果您願意僱用我，那個，我可以保護兩位在旅途上不受到狼的襲擊。您覺得如何呢？」

像是在為主人如此笨口拙舌的推銷做補充說明似的，黑犬吠叫一聲後，快跑出去追趕就要散開來的羊群。

羅倫斯曾聽說有人在必須路過治安不好的地方時，會僱用傭兵或騎士，但從未聽說過有人為了防狼襲擊而僱用牧羊人。身邊如果有優秀的牧羊人跟著，確實就像擁有敏銳的眼睛及耳朵可以防狼一樣。然而，儘管如此卻從未聽說過有人僱用牧羊人，這就表示沒有一個牧羊人會提出這樣的提議。

羅倫斯把視線從彷彿預演如何保護羊隻，不受到狼群襲擊似地四處跑動著的黑犬，拉回到眼前的牧羊女身上。

想必過著孤單生活的牧羊女，應該沒機會對人展露客套的笑容吧？她在帽子底下的嘴角不自在地笑著。

羅倫斯稍做思考後，開口說：

「請等一下，我問問看夥伴的意見。」

「麻、麻煩您了。」

雖然牧羊女那拚命的模樣讓羅倫斯願意無條件僱用她，但既然是僱用，就表示得支付酬勞給對方；一說到要付錢，商人的腦袋裡就只會想到如何計算損益而已。

羅倫斯心想有關牧羊人的事，詢問身為對手的狼應該最適當了。於是他快步地走近駕座，對著坐在上面、無聊地打著哈欠的赫蘿搭腔說：

「妳覺得那個牧羊人怎麼樣？」

「嗯？嗯——」

赫蘿一邊擦著眼角，一邊看向牧羊女，羅倫斯的視線也跟著看向同樣的方向。他看見牧羊女沒有看向他們，正在指揮牧羊犬。

羅倫斯心想牧羊女應該不是刻意展現工夫，只是單純控制羊群不散開來而已吧。比起走動的時候，羊群停下來的時候更容易隨心所欲地散開來。

赫蘿拉回視線，一副很懶得開口的模樣說：

「咱比較可愛。」

馬兒發出嘶叫聲彷彿在笑。

「我指的不是這個，我是說工夫怎麼樣？」

「工夫？」

「妳看得出來她身為牧羊人的工夫如何嗎?如果工夫不錯,就有僱用她的價值。妳不是有聽到我們的對話嗎?」

赫蘿瞥了一眼牧羊女,立刻拉回視線用充滿怨恨的口吻說:

「不是有咱在嗎?」

「話是這樣說沒錯。可是,我從來沒想過可以僱用牧羊人當防狼的護衛。這或許可以當成新的生意來做,不是嗎?」

赫蘿是可以識破人類謊言的賢狼,她明明知道羅倫斯沒說謊,卻露出懷疑的眼神看向他。

不過,羅倫斯一下子就察覺赫蘿的企圖。

「我沒有被女色誘惑,因為妳比較可愛啊。」

羅倫斯一副「這樣總行了吧?」的模樣聳聳肩這麼說,隨後便聽到「勉強及格」的回答。雖然赫蘿嚴厲地這麼說,但看她笑得開心的模樣,想必她是在開玩笑吧。

「那,工夫好嗎?」

赫蘿聽了,立刻露出不悅的表情說:

「雖然沒有實際看到那個牧羊人和狼交手的模樣,所以不能斷定情況如何。不過,算是中上程度唄。」

「說具體一些。」

「如果是咱就抓得到她的羊。但如果是普通的狼，即使成群攻擊，也會被她輕鬆打發掉唄。」

赫蘿的高評價令羅倫斯感到意外。

「那個牧羊人很懂得控制羊隻。所謂難應付的牧羊人，就是指身邊有隻聰明的狗，而且和狗合作無間。那個人具備了這兩個條件，她的聲音聽來還很年輕，前途可畏吶，不如趁現在——」

「我知道了，謝了。」

雖然羅倫斯不知道赫蘿是在開玩笑還是認真的，不過聽她的尾巴發出唰唰聲響，或許她是半認真的吧。

但是，羅倫斯只要知道牧羊女身為牧羊人的工夫就足夠了。雖說是試用，但也得付錢僱用她，如果沒有實力那可就傷腦筋了。羅倫斯這麼想著打算轉過身時，卻被赫蘿給叫住。

「汝啊。」

「嗯？」

「汝真的要僱用那個人吶？」

赫蘿的語氣帶著像是責備的意味。

被赫蘿這麼一問，羅倫斯想起赫蘿討厭牧羊人。

「啊……妳真的那麼討厭啊？」

「如果說討不討厭，那當然是討厭。可是，不是這個問題。不管咱怎樣，咱是在問汝僱用那個人沒問題嗎？」

冷不防被捅了一刀應該就是這種感覺吧。

「……有什麼問題？」

羅倫斯不明白赫蘿的意思，於是老實地反問。赫蘿輕輕嘆了口氣後，露出不悅的表情瞇起眼睛，她那帶點紅色的琥珀色眼珠有如冷火般銳利。

「如果僱用那個人就等於要一同旅行一段時間，是唄？咱是在問這樣沒問題嗎？」

赫蘿眼神冷淡地注視著羅倫斯。

因為赫蘿坐在駕座上，所以她的視線高過羅倫斯。

雖然知道應該不是視線比較高的緣故，但赫蘿看來似乎非常生氣。

僱用牧羊人有什麼好讓赫蘿生氣的呢？羅倫斯連忙動腦思考。

羅倫斯心想如果不是赫蘿討厭牧羊人這個最大的原因，那他幾乎想不到有什麼其他原因了。

該不會是赫蘿比較喜歡只有兩人的旅行吧？

羅倫斯一一否決想得到的原因，最後得到了一個結論。

「妳不喜歡啊？」

「不是喜不喜歡的問題。」

赫蘿冷淡地回答，那模樣在羅倫斯眼中看來反而像是在鬧彆扭。他心想原來赫蘿也有這一面，不禁輕輕笑著說：

「只要兩天的時間就可以到留賓海根了，不行嗎？」

「……沒什麼不行。」

赫蘿瞥了羅倫斯一眼才說話的模樣顯得十分可愛。

「妳可能會覺得不舒服，但是忍耐一下吧。」

赫蘿令人意外的可愛表現讓羅倫斯的臉上不禁掛起笑容。

然而，赫蘿皺起了眉頭。

「咱有什麼好忍耐的？」

然後這麼說。

「嗯，那當然是……」

羅倫斯的話哽在喉嚨裡，他心想總不能說出因為赫蘿在吃醋吧？如果照實說了，赫蘿肯定會逞強地反駁他。

「我真的只是想試試牧羊人能不能當防狼的護衛而已，妳可以忍耐兩天吧？」

「……是可以忍耐，不過問題不是這個唄？」

「這……」

羅倫斯一邊看向牧羊女的方向，一邊說話，赫蘿趁著他說話的空隙開口說：

「咱是在想咱如果隨便和其他人旅行，咱的事情可能會被發現。咱是無所謂，但汝會覺得困擾唄？」

聽到赫蘿說的話，羅倫斯聽見脊椎發出凍結的聲音。從在遠處的牧羊女也察覺有異，傾頭看著羅倫斯的模樣，他知道聽見的聲音不是錯覺，也不是他想得太誇張。

沒錯，就是這個！就是這個原因！怎麼會把如此理所當然的事會錯意呢？汗水從羅倫斯的背脊滲出，他恨不得流下來的汗水能夠洗去他的錯誤。

怎麼會先想到赫蘿喜歡只有兩人的旅行呢？羅倫斯對著自己發問。他告訴自己這未免也太過有自信了吧。

羅倫斯感覺到赫蘿的視線緊盯著他的後腦勺。

在遠處的牧羊女都能察覺到羅倫斯的異樣了，想必就在身邊的賢狼，會連他內心微妙的變化都看得一清二楚了吧。

「喔～喔，原來如此吶。」

羅倫斯聽了，頓時漲紅了臉。

「原來，嗯……汝是希望聽到咱這麼說唄。」

赫蘿緩緩回過頭，羅倫斯看到壞心眼的狼女擺出寂寞的表情。

接著她輕握拳頭並舉高到嘴角，帶著楚楚可憐的嬌羞表情說道：

「咱……比較喜歡和汝單獨旅行……」

赫蘿刻意扭著身子這麼說，然後忽然別過臉又立刻回過頭來。赫蘿瞬間換了個表情，攻擊的話語隨著冷淡的視線一同傳來。

「別鬧了。」

羅倫斯發不出任何聲音來，他覺得既羞恥又懊惱，甚至連身子都站不穩。

羅倫斯一心只想從赫蘿面前消失，當他轉過身準備邁開步伐時，突然被叫住了。

羅倫斯心想難道還嘲笑得不夠嗎？他回過頭一看，發現赫蘿正在駕座上笑著。

那是一副受不了羅倫斯似的笑容。

看到這樣的笑容，羅倫斯感到內心平靜許多。

「真是。」

聽到赫蘿夾雜著嘆息聲這麼說，羅倫斯自然地露出苦笑。

「哎，兩天左右應該不會被發現唄，隨便汝怎麼決定。」

赫蘿說完打了個哈欠，一副宣告談話結束的模樣別過臉去。

羅倫斯點點頭，快步走向牧羊女。

他感覺自己似乎與赫蘿又更親近了一些。

「不好意思，讓妳久等了。」

「不會。那、那個……」

「到留賓海根四十崔耶如何呢？如果真遭到狼襲擊而且平安無事的話，就另外再付錢。」

可能是因為羅倫斯與赫蘿交談太久，牧羊女以為會被拒絕吧？她張著嘴巴愣了好一會兒，最後終於會意羅倫斯說的話，急忙點了好幾次頭。

「請、請多多指教。」

「我才是。」

為了表示合約成立，羅倫斯伸手打算與牧羊女握手時，才發現自己還不知道女孩的名字。

「方便請教妳的名字嗎？」

「啊，不、不好意思。」

牧羊女似乎發現自己還戴著帽子，她急忙脫去帽子。

對最近老是在赫蘿面前慌張失措的羅倫斯來說，眼前的光景讓他的心靈獲得慰藉。

像羊兒般柔弱的女孩臉龐從帽子底下露出來，綁著馬尾的淡金色頭髮明顯看得出來沒有梳理。身材顯得有些過於纖瘦，給人貧寒的印象；眼眸是美麗的暗茶色，很符合清貧一詞的感覺。

「我的名字是諾兒菈．艾倫。」

「那我也來自我介紹，我是克拉福．羅倫斯，生意上我都以羅倫斯自稱。」

羅倫斯主動握緊諾兒菈戰戰兢兢伸出的手，諾兒菈驚訝地縮了一下她比赫蘿稍大一些的手，但最後終於平靜下來，輕輕握住羅倫斯的手。雖然諾兒菈的手大小與赫蘿幾乎一樣，但硬實的感覺果然是屬於牧羊人的手。

「那麼，就拜託妳陪我們到留賓海根。」

「請多指教。」

諾兒菈的笑臉彷彿夏日綠草般輕柔。

羅倫斯原以為與羊群一同行動只能緩慢前進，但事實似乎與他想像不同。羊隻的腳程比想像中還要快，在下坡路段羊隻只要稍微加快腳步，就能夠輕鬆把馬車遠遠拋在後方。

羊群跑起來的時候雖然叫聲依舊顯得悠哉，但卻有如一塊白布在湍流中流動般迅速。當然了，諾兒菈也毫不吃力地跟在羊群後頭。目前的狀況是羊群跑在最前頭，羊群後頭跟著諾兒菈，而羅倫斯的馬車則殿後。

「艾尼克。」

諾兒菈一叫出這個名字，一身黑色長毛的牧羊犬艾尼克隨即如黑色火焰箭矢般迅速跑向她，興奮地彈跳身體，迫不及待等著諾兒菈發出下一個指示。接著諾兒菈一搖晃掛在長棍上端的吊鐘，艾尼克隨即如疾風般跑向羊群前頭。

雖然羅倫斯並不清楚怎麼判斷牧羊人的工夫好壞，但他看得出來諾兒菈指揮牧羊犬的工夫了得。她與艾尼克的默契並非三兩天就能夠培養出來。

不過，艾尼克的年紀看來頗大，而諾兒菈頂多只有十七、八歲左右，羅倫斯心想諾兒菈的父親應該是牧羊人，而牧羊犬是她父親留下的吧。

身為商人的好奇心寫在羅倫斯的臉上。

「諾兒菈。」

「是？」

「妳當牧羊人很久了嗎？」

諾兒菈等到羅倫斯發問完，便舉高長棍搖了一下吊鐘，她放慢腳步走近馬車右邊。

坐在駕座左邊的赫蘿完全陷入沉睡當中。

「四年左右而已。」

若是想當個牧羊人，只要牢記牧羊人的詩歌、舞蹈，以及幾種為旅人祈求平安的祈禱文，任何人都能夠勝任。因此有很多牧羊人雖然年輕，但從事這個工作卻已有十年之久。

即使沒有長棍及牧羊犬，只要能用枯樹枝一邊拍打羊隻的屁股，一邊讓羊隻前進，就是個稱職的牧羊人。

「那隻牧羊犬……啊，艾尼克是妳一手養大的嗎？」

「不是，牠是我撿來的。」

這回答令羅倫斯感到意外。優秀的牧羊犬等於是牧羊人的財產，不可能有牧羊人會粗心大意地讓牧羊犬逃跑。

這只有一個答案可以解釋。那就是原本的飼主因為不得已的理由，必須放棄牧羊人的工作，並留下牧羊犬。

「我是撿到艾尼克後才當牧羊人的。」

「在那之前呢？」

羅倫斯終於忍不住問了。

「我寄住在修道院附設的貧民救濟院，並在那裡幫忙。」

羅倫斯心想不應該探聽他人的過去。然而，諾兒菈卻沒有因此顯得不開心，她回答得十分乾脆。或許因為她是罕見的牧羊女，所以早就習慣被人探聽身世了吧。

諾兒菈曾經住在貧民救濟院，就表示她沒有親人也沒有財產。不過，現在她已是個稱職的牧羊人，看來上天並沒有忘記把幸運帶給人們。

「我寄住在救濟院時就經常盼望著可以擁有自己的工作，能夠遇到艾尼克真的很幸運。」

「因為妳每天的虔誠祈禱，所以才會遇上艾尼克吧。」

「是的，我真的覺得是上天特地安排讓我和艾尼克相遇。」

諾兒菈搖晃吊鐘發出鏘鏘聲響，艾尼克隨即跑了過來。

羅倫斯的耳中傳來艾尼克俐落的腳步聲時，赫蘿的身子稍微動了一下，她輕輕倚靠在羅倫斯身上。赫蘿說她睡著時也能夠知道狼靠近，想必那是真話吧。

「當救濟院的土地被商人騙去，我完全不知道接下來該怎麼辦的時候，遇到了艾尼克。」

諾兒菈的話讓同樣身為商人的羅倫斯覺得有些刺耳，但不可否認這是經常發生的事。

「我遇到艾尼克時，牠全身是傷，狼狽不堪。」

「被狼咬的？」

羅倫斯感覺到赫蘿的身子動了一下，他心想搞不好赫蘿是裝睡。

「不是，我想應該是山賊還是傭兵……因為那個地方不曾有狼出現過。那時艾尼克在山丘下縮著身子，嘴裡還叼著這根長棍。」

「原來如此。」

艾尼克因為頸部被撫摸，開心地吠叫著。

想必那時在山丘下縮著身子，徘徊在生死邊緣的應該不只有艾尼克而已吧。被趕出救濟院的人，最後幾乎都是走上餓死的命運。平安度過苦難煎熬的一個人與一隻狗，兩者之間的感情絕不會輕易消失。

更何況牧羊人是個孤獨又嚴酷的職業，想必諾兒菈的談話對象自然會是艾尼克。
羅倫斯心想與狗說話至少比冷淡的馬兒好。
「不過，我還是第一次遇到牧羊人說願意當護衛。」
「咦？」
「牧羊人一般不會做這種事吧？」
羅倫斯笑著這麼說，諾兒菈露出有些狼狽的表情害羞地低下頭。
「其實……」
「咦？」
「我很想和人說話……」
羅倫斯發現讓身子倚靠在高過自己的長棍上，似乎是諾兒菈的習慣動作。
他當然能理解諾兒菈會這麼說的心情。
因為他知道只要不是住在城裡的居民，很少人不會感到不孤獨。
「不過，這只是其中一個原因。」
諾兒菈的表情變得開朗，她看向前方開口說：
「我想要當個做衣服的裁縫。」
「喔，妳要賺公會加盟金是嗎？」

諾兒菈聽了，露出有些難為情的表情。想必是因為不是商人的自己卻談論錢，容易讓人覺得下流的緣故吧？

「畢竟最近不管哪一個城鎮的加盟金都很貴。不過，新的城鎮就沒那麼貴了。」

「咦？真的嗎？」

諾兒菈美麗的深茶色眼眸明顯散發著期待的光芒，讓人看了不禁露出了微笑。

對於過著旅行生活的人來說，在城裡生活、並擁有工作可以說是宿願。牧羊人是連個大男人都覺得辛苦的工作，想必諾兒菈想完成這心願的想法會更強烈吧。

「新建立的城鎮當中，有些地方偶而還會有免費加盟的活動呢。」

「免、免費……」

諾兒菈一副難以置信的表情喃喃說道，她的模樣讓這幾天老是被赫蘿耍得團團轉的羅倫斯感到心靈平靜。

「今後如果在路上遇到商人，妳可以問問他們哪裡有建造新城鎮的計畫。如果那個商人知情，相信他會很樂意告訴妳。」

諾兒菈一副彷彿聽到藏寶處似的，露出神采奕奕、充滿期待的笑容點點頭。

看見她如此開心的模樣，讓羅倫斯覺得告訴她這些事情很值得。

而且，諾兒菈給人一種很想幫助她的感覺，羅倫斯深刻感受得到她用纖細的手臂，拚命地努力過活。

羅倫斯不禁盼望起身旁這隻光靠嘴巴，就可以把老奸巨猾的商人玩弄在手中的賢狼，也可以學習一下諾兒菈的精神。

這麼一來就可愛多了——羅倫斯甚至連在心裡都不敢說出這句話。

「不過，最近建造新城鎮的計畫變少了，還是一邊祈禱上天為自己帶來幸運，一邊老老實實工作賺錢，才是最穩當的吧。」

「是的，而且每次都想靠上天幫忙是會挨罵的。」

羅倫斯原以為諾兒菈會表現得很遺憾，沒想到她卻是展露笑容開玩笑地這麼說，讓羅倫斯有些吃驚。

羅倫斯心想要不是赫蘿坐在旁邊，或許他早已邀請諾兒菈一同坐在駕座上。

就在羅倫斯這麼想著時，赫蘿突然動了一下身子，羅倫斯慌張地開口說：

「那、那個，站在旅行商人的立場來看，我想比起當個牧羊人，或許妳當商人們的護衛會比較有賺頭。牧羊人搶地盤搶得很兇吧？」

「……是啊。」

諾兒菈露出苦笑，從她停頓了一下才回答的反應，不難看出她的辛勞。

「畢竟安全的地方到處都有牧羊人。」

「只有謠傳有狼群出沒的地方，才沒有牧羊人是嗎？」

「是的。」

「誰叫狼很麻煩……好痛！」

大腿傳來的劇痛感讓羅倫斯不由地在駕座上跳了起來。看到諾兒菈投來不解的視線，羅倫斯笑著掩飾他的怪異舉動並坐好身子。

看來赫蘿真的是裝睡，她捏了羅倫斯的大腿。

「我想狼群也只是想要尋找食物吧。不過，牠們有時候也會攻擊我們……我還是希望可以待在安全的地方。」

「誰叫狼都是很狡猾又陰險。」

羅倫斯為了報復赫蘿捏他大腿故意這麼說。

「說太多壞話可能會被聽見，所以我不說牠們的壞話。」

羅倫斯回答了句：「是啊。」他會表示贊同的原因，除了諾兒菈孩子氣地稍稍縮起脖子說話的模樣，看來很有魅力之外，當然也是因為成為話題的狼就近在身旁。

「不過，妳在這謠傳有狼群出沒的地方，還能夠平安無事地看管羊隻，就表示妳的工夫很好。相信過不了多久，就會有人拜託妳照顧更多羊隻了吧？」

「不，我能夠平安無事都是因為受到神的庇祐……而且，能有工作可做，我就感到心滿意足了，怎麼敢再要求更多的羊隻。」

諾兒菈應該是謙虛才這麼說，但她那看不出喜悅的笑臉似乎訴說著還有其他原因。能夠猜想得到的原因並不多，或許她是對僱主有所不滿。

雖然羅倫斯知道這樣並不好，但好奇心又再次顯現在他的臉上，同時也化為話語：

「或許那是因為僱主有眼不識泰山，不如乾脆換個僱主吧？」

牧羊人也是在做生意，選擇更好的條件是理所當然。

然而，諾兒菈聽了羅倫斯的話，卻是驚訝地說：

「呃，我怎麼也不敢換僱主。」

諾兒菈的樣子看來不像是擔心僱主的耳朵比狼還敏銳，會聽見她說的壞話；她似乎是真心這麼認為。

「抱歉，我太失禮了。一旦從事商人的工作，凡事總是會優先考量損益。」

「啊，不、不會。」

諾兒菈似乎被她自己說的話給嚇到，不過她突然輕聲說：

「那個……」

「什麼事？」

「那個，換僱主……是常有的事情嗎？」

這問題讓羅倫斯感到意外。

「是啊。如果覺得條件不好，一般都會尋找其他僱主才是。」

「這樣啊……」

然而，提到換僱主時，諾兒菈會有如晴天霹靂般的震驚反應，想必是因為她認為換僱主是不被允許的行為吧？這麼一想，自然不難猜出她的僱主是誰。

諾兒菈沒有親人也沒有財產，她要找人讓她牧羊應該吃了不少苦頭。更何況就算把羊隻交給強壯的男牧羊人，僱主也會認為十隻羊當中頂多有八隻羊能夠活著回來。如果讓外表看來瘦弱的諾兒菈牧羊，僱主會認為頂多有五隻羊能回來，也是很正常的反應。

這麼一來，只有不計較損益、具有慈悲心的僱主會願意讓諾兒菈牧羊。

也就是說——

「冒昧請教一下，妳的僱主是教會嗎？」

此時諾兒菈露出驚訝不已的表情，那驚訝的程度讓羅倫斯不禁覺得開心。

「咦？您怎麼知道？」

「這是只有商人知道的秘密。」

羅倫斯笑著說道，赫蘿隨即輕輕踩了他一腳。羅倫斯心想赫蘿應該是要他別太得意吧。

「不，那個……是的。是教會的祭司大人把羊隻交給我照顧的……」

「如果是教會應該就不怕沒工作了，妳真的遇上好僱主。」

想必是透過貧民救濟院介紹的吧？這世上比起幸運與實力，大多時候都是人脈更具影響力。

「是的，我真的很幸運。」

諾兒菈這麼回答後笑了。

然而她的笑容，對靠著在充滿謊言與奉承話語的洽談之中，找出真相來謀生的商人來說，未免也太容易被識破是虛假的笑容。

羅倫斯趁著諾兒菈忽然別過臉指示著艾尼克時，將視線移向打從剛剛就一直裝睡的赫蘿，他發現赫蘿也正看著他，赫蘿立刻別過臉去閉上眼睛。

羅倫斯心想這時赫蘿如果開口，或許她會說「咱才不同情」吧。

「教會不但給我牧羊的工作，在各方面也很照顧我。」

明顯看得出諾兒菈有一半是在對自己這麼說，這不禁讓人心疼起她來。

羅倫斯聽了這麼多，當然也猜得出諾兒菈表情黯然的原因。教會並非是僱用諾兒菈，而是監視著她。

起初教會應該是基於慈悲心懷，而給了諾兒菈牧羊的工作吧？一定也是因為這個緣故，換僱主的想法才會讓諾兒菈感到如晴天霹靂般震驚。

然而，牧羊人原本就容易被認為是異教徒。一有事情發生，很容易被當成惡魔的爪牙，並遭受不合理的批判。女子從事此一職業，會讓頑固執迷的教會因此懷抱疑心也不足為奇。而假設這女子的牧羊工夫了得，那更是不用說了。教會一定會認為女子施用異教的魔法，諾兒菈肯定遭到如此偏頗的眼光看待。

而且，就算是再遲鈍的人，也不可能沒有察覺這件事情。

如果是這樣，諾兒菈不可能拿得到很好的酬勞。她一定只拿取微薄的酬勞還得做牛做馬，想必要存錢也很難吧，所以她才會向羅倫斯提出護衛的提議。羅倫斯得到了這樣的結論。

然而，羅倫斯的商人直覺也告訴他，最好不要再深入探討這個問題。

羅倫斯已滿足了他的好奇心。如果想要再更深入，他就得承受可能帶來的後果。

「原來如此。如果是這樣，我想就沒必要換僱主了。」

「是這樣的嗎？」

「是的。因為教會是讚頌清貧的地方，或許給的酬勞會比較少。不過，只要神沒有捨棄我們，教會就不會消失。這麼一來，就不怕沒有工作。只要有工作，就不怕沒飯吃。這樣子當然很幸運吧？」

羅倫斯心想就算煽動諾兒菈的疑心並建議她換僱主，也不會有人主動僱用被教會盯上的牧羊人。如果害獨身女子失去了工作，那可是大事一樁。

況且羅倫斯並沒有說謊，諾兒菈似乎也認為就是這麼回事。她緩緩點了好幾次頭，然後說：

「說的也是。」

諾兒菈至少還擁有工作，所以情況還不算太差，但羅倫斯認為她應該有懷抱希望的權利。羅倫斯清了一下喉嚨，他盡力讓語調顯得開朗地說：

「不過，我有幾個熟人住在留賓海根，我會問問看有沒有商人想要僱用防狼的護衛。神也沒有規定不能經營副業吧？」

「真的嗎？麻煩您了。」

看見諾兒菈的表情頓時開朗起來，羅倫斯的眼角不由地往下垂。

這下羅倫斯也沒資格說住在河口城鎮帕茲歐的兌換商懷茲是個好色鬼了。

不過，諾兒菈和城裡的女孩、工匠的女孩，或是攤販的女孩不同，她散發著獨特的清新感。修道院的修女們雖然很認真且率直，但她們對事物往往抱持著悲觀的想法，還會刻意扼殺自己的喜怒哀樂情緒。

諾兒菈給人的感覺，就像是修女們這些無趣的地方全都置換成好的一面了。

就算不是個好色鬼，也會喜歡諾兒菈。羅倫斯敢打賭，朝諾兒菈搖擺尾巴的艾尼克絕對是隻公狗。

「過著旅行生活的人，都有著想住在城鎮的相同夢想。」

這是千真萬確的事實。

諾兒菈也點點頭，並用力地舉高長棍。

艾尼克隨著響起的鐘聲跑了出去，羊群步伐整齊地轉了個彎。

在這之後羅倫斯與諾兒菈的話題圍繞在旅途上碰到的食物，兩人交談甚歡。

視野遼闊的平緩道路，延伸在廣大草原的那一頭。

牧羊人的夜晚來得很早。夕陽開始西下時，他們便會決定當天的露宿地點，當天空被夕陽染成一片緋紅，農夫們踏上歸途時，他們早已縮起身子進入夢鄉。這是因為他們得在天色變暗，路上不見行人往來時起床，然後與牧羊犬徹夜看守羊群。

等到天色微亮時，牧羊人會再與牧羊犬輪流睡覺。睡眠時間極少也是牧羊人會被認為是嚴酷職業的原因之一。比起這點，旅行商人晚上能夠有充分的睡眠時間，還算是輕鬆的工作。

「這工作還真辛苦。」

因為天氣沒有冷到得起火取暖，所以羅倫斯躺在貨台上休息，他一邊吃肉乾，一邊無意地喃喃說道。從貨台上可以清楚看見諾兒菈像一顆路邊的石頭般，把身體縮成一團睡覺的模樣。雖然羅倫斯有詢問諾兒菈要不要睡在貨台上，但她說自己早就習慣，便直接在有些凹陷的草皮上縮著身子睡覺。

羅倫斯從諾兒菈身上拉回視線，他看見坐在右邊的赫蘿一副總算不用在意他人目光的模樣，拉出尾巴開始梳理。

羅倫斯一邊看著赫蘿認真梳理著尾巴的側臉，一邊想著赫蘿還真是勤奮，不厭其煩地一天梳那麼多次。這時梳理著尾巴的赫蘿忽然張開小小嘴巴說：

「保養尾巴最重要的就是每天梳理。」

羅倫斯一時沒能會過意來，但他想起自己說的話也就明白了，赫蘿似乎是針對剛剛的話回答。羅倫斯偷偷笑著，赫蘿發現後抬起頭來露出懷疑的神情。

「喔，汝是在說那小姑娘吶？」

「她的名字是諾兒菈．艾倫。」

看見赫蘿一臉不悅地稱呼諾兒菈為小姑娘，羅倫斯故意說出諾兒菈的名字。

赫蘿聽到後，看了羅倫斯後方的諾兒菈一眼，立刻又拉回視線。然後她突然張大嘴巴奪走羅倫斯咬在口中的肉乾。羅倫斯因為太過驚嚇，發愣了好一會兒。他回過神來急忙想要奪回肉乾，但看見赫蘿用驚人的眼神瞪著他，又收回了手。

羅倫斯心想赫蘿應該不是因為被捉弄而生氣，但她的樣子看來相當不悅。

看赫蘿雖然不悅，但還是特地在羅倫斯身旁梳理著尾巴，羅倫斯猜想赫蘿憤怒的矛頭應該不是指向他。

很明顯地，讓赫蘿不開心的原因只有一個。

「所以我不是有先問過妳的意見了嗎？」

雖然這話聽來像是在找藉口，赫蘿聽了輕輕哼一聲說：

「也不能安心地梳理尾巴。」

「在貨台上就可以了吧？」

「哼，如果在貨台上梳理尾巴……」

「怎樣呢？」

看見赫蘿突然不說話，於是羅倫斯這麼反問。赫蘿聽了嘟起嘴來，嘴裡還咬著肉乾。看來她似乎不太想說出來是什麼事。

雖然羅倫斯很介意赫蘿吞下什麼話，但要是繼續追問下去，很難保證她不會發飆。

看赫蘿的情緒有如受傷的馬兒一樣難應付，羅倫斯別開視線，把裝滿水的皮袋往嘴邊送。

「汝似乎聊得很開心吶。」

羅倫斯早已把赫蘿的事情拋到腦後，正想著天色已暗、差不多該起火了的時候，赫蘿突然切入話題。

「嗯？跟諾兒菈嗎？」

赫蘿口中仍咬著從羅倫斯口中奪來的肉乾，她的視線雖然落在尾巴上，但映入她眼簾的似乎不是她自豪的尾巴。

「是她說想和人說話的啊，我沒理由拒絕她吧？」

羅倫斯心想賢狼的心胸，應該不至於狹窄到自己與討厭的牧羊人聊得開心就生氣。

而且，赫蘿自己一直裝睡。諾兒菈時而會偷看赫蘿，她似乎很想與年紀相仿的赫蘿說話，但最後也只問了赫蘿的名字，沒能多說幾句。只要赫蘿願意加入談話，應該有很多機會才是。

「而且，我很久沒和普通的女孩交談了。」

羅倫斯一邊看著諾兒菈，一邊開玩笑地說。他把視線拉回赫蘿身上，忽地心生畏縮之情。

赫蘿的表情突然變了。

她臉上的表情不是因為太過忌妒而落淚，這種會讓羅倫斯開心的表情。

而是用同情的表情看著羅倫斯。

「汝沒發現那小姑娘其實不喜歡和汝說話嗎？」

「咦？」

羅倫斯懷疑的目光打算看向諾兒菈，但稍微移動一下視線就停了下來。他心想每次都上一樣的當，怎麼當得了商人呢？

羅倫斯掩飾著自己稍微轉動了頭部的動作，他讓心情平靜下來，想起了曾經在某處聽過吟遊詩人說的話：

「哎，這也有可能吧。如果一下子就被人愛上，那就少了被慢慢愛上的樂趣了。」

雖然羅倫斯當初聽到吟遊詩人說的話時，抱持著半信半疑的態度，但現在從自己口中說出來後，不可思議地產生一種感同身受的感覺。比起突然被人一見鍾情，確實被慢慢愛上會有更多的樂趣。

不過，羅倫斯說的話似乎讓赫蘿感到相當意外。

羅倫斯不得不說赫蘿因為太過驚訝，臉上失去了表情，肉乾也從她的口中掉落。

「我的口才也很不錯吧？」

雖然羅倫斯的話是為了搞笑而說，但有一半是真心這麼認為。

然而，赫蘿一聽到羅倫斯說的話，突然像退去的海浪化為海嘯向前撲來似地笑了出來。

「噗嗤……哈哈哈哈哈，太不適合了，噗嗤……哈哈哈哈哈。」

赫蘿抱著肚子狂笑，有幾次她試圖忍住笑意，但還是沒能忍住，又噗嗤一聲噴笑出來。最後赫蘿漲紅了臉，趴倒在堆積如山的兵備上痛苦地大笑著。

羅倫斯起初一邊和赫蘿一起笑著，一邊看著她的反應，但最後表情變得苦澀。

細心梳理過的尾巴顯得比平常還要蓬鬆，像求救似地不停拍打著貨台。

「喂，妳笑過頭了吧！」

雖說是為了搞笑，但被笑到這種程度，就不覺得有趣了。

「真是的。」

羅倫斯再次把皮袋往嘴邊送，連同水一起喝下被取笑的怒氣，以及早知道就不要說出只懂皮毛的詩人台詞的羞恥。

「呼……呼……啊──笑死咱了，噗噗。」

「笑完了嗎？」

羅倫斯一邊看著太陽漸漸消失在地平線盡頭，一邊嘆口氣說道。他說什麼也不肯看向赫蘿。

「嗯，原來汝也有讓人意外的招數吶。」

羅倫斯斜眼看了赫蘿一眼，赫蘿趴在堆積如山的兵備上，一臉笑得疲累的表情看向他。事實上，赫蘿的模樣確實像全速奔跑過後難以喘氣般痛苦。

「不過，如果這樣能讓妳的心情好轉，也就值得了。」

雖說赫蘿很討厭牧羊人，但她好像真的很不開心。羅倫斯心想赫蘿不可能會真心為了他與諾兒菈聊得開心而吃醋，說要梳理尾巴也不是完全找不到機會。該不會是赫蘿怕生吧？雖然羅倫斯這樣想過，但他想起初遇上赫蘿時發生的事，便告訴自己赫蘿絕對不可能怕生。

「嗯？心情？」

在赫蘿笑得不支倒地時露出來的狼耳朵微微動著，到現在仍含著淚水的目光隨著問號投向羅倫斯，那表情像是看到了不可思議的東西似的。

「妳不是因為不能梳理尾巴而很不開心嗎？」

「……喔。」

赫蘿似乎想起來了。

「是啊。」

赫蘿回答時表情已恢復了平靜。她從堆積如山的兵備上坐起身子，擦了擦眼角的淚水。

看赫蘿一副現在才想起來的模樣，就覺得她不開心的原因不是能不能梳理尾巴的問題。這只是她表現不開心的藉口，事實上應該是其他原因讓她不開心吧。

「這也是沒辦法。」

赫蘿的尾巴末端輕輕拍打了車板一下，發出「啪唰」一聲。

「而且，被汝的招數逗笑了之後，也覺得生氣很蠢了。」

赫蘿像是想起什麼似地笑了出來後，忽然看向貨台外說：

「那小姑娘不冷嗎？」

此刻的太陽落在西方，東邊的天際已經染上了一片群青色。赫蘿的話讓羅倫斯想起差不多該生火了。

雖然羅倫斯聽過牧羊人沒有生火的習慣，但他心想這並非牧羊人特別耐寒，而是他們必須看守或追趕羊隻。

羅倫斯一邊這麼想著，一邊看向獨自縮著身子、躺在凹陷的草皮上的諾兒菈。

這時羅倫斯感覺有東西靠近嘴邊，於是看向那方向，他看見赫蘿遞出了肉乾。

「逗咱笑的酬勞。」

「妳笑得那麼誇張，才這麼一塊肉乾啊？」

「不要是唄？」

赫蘿很有趣似地笑著說道，雖然羅倫斯覺得難為情，但還是決定用嘴巴接下肉乾。

然而，羅倫斯卻咬了個空，因為赫蘿突然收回她的手。

如果繼續陪笑個不停的赫蘿玩下去，那就輸了。羅倫斯不理會赫蘿，臉上的表情像在說我懶得理妳這種孩子氣的惡作劇。

羅倫斯心想再不生火就得在寒風之中吃冷飯，當他準備跳下貨台時，赫蘿抓住他的衣服並把嘴唇貼近他。

羅倫斯嚇了一跳。

那是因為赫蘿被淚水沾濕的睫毛在緋紅色的夕陽照射下，閃閃發著光。

「咱在想偶爾來點生羊肉也不錯，汝覺得呢？」

然而，赫蘿卻是露著尖牙說出這番話。再加上薄暮之中響起的羊叫聲顯得哀戚，這讓羅倫斯很難認為赫蘿是在開玩笑。

畢竟赫蘿是真正的狼。

羅倫斯輕輕頂了一下赫蘿的頭要她別再惡作劇，然後跳下貨台。

赫蘿稍稍嘟起嘴巴，然後輕輕笑了一下，接著便拿起貨台上的薪柴及稻草交給了羅倫斯。

第三幕

想要入境留賓海根必須通過兩道關卡。第一層是設置在主要道路上，以大範圍包圍留賓海根這個大城市的關卡，第二層則是進入城牆內的關卡。

一個城鎮一旦發展成如留賓海根般大規模的城市，就會有龐大人數進出。因此，必須先通過設在城鎮外的關卡並取得通行證，然後再通過設在城牆的關卡。只要是守規矩的旅人就一定會走正規道路，所以，沒取得通行證的人在經過城牆的關卡時，便會立刻遭到驅逐。

如此嚴格的規定，也是為了牽制容易發生於大城市的大量走私，以及偽造貨幣流入。

羅倫斯一行人走來的道路似乎平時就不大被人使用，所設置的關卡雖不至於簡陋，但比起羅倫斯平時使用的道路所設置的關卡來得簡單樸素，衛兵似乎也認識諾兒菈。諾兒菈彷彿施了神秘的法術似的，讓羊隻流暢地通過路面堆滿樹枝和石塊，故意讓道路變得狹窄的檢查處，羅倫斯等人也在接受行李檢查後通過關卡。

來到留賓海根的城牆外，這裡的關卡變得截然不同，不但聲勢壯大，而且嚴竣。

留賓海根附近一帶不存在著王族勢力，留賓海根本身即為實質的支配者，想要強硬突破這裡的城牆是不可能的。在世人眼中，擁有圍牆和挖掘水溝後鋪設樹枝的渠道，就是值得驕傲的堅固城牆；然而，留賓海根的城牆不但以石牆圍住整座城市，甚至還以一定間隔設置看守塔。與其說是城市，留賓海根更像座城堡。在通過第一層關卡來到視野遼闊的山丘上時，赫蘿不禁發出感嘆的聲音。

城牆四周圍繞著寬廣的田地，放射狀的道路從城裡向外延伸，穿過大片田地。道路上可看見追趕著豬群的農夫，以及前進中的商隊。遠方可看見如白色地毯般移動著的東西，那應該是擁有這一帶地區廣大地盤的牧羊人所帶領的羊群吧。雖然牧羊人會一次帶領超過一百隻以上的羊群並不稀奇，但在留賓海根，為了應付城裡的肉食消費量，想必像這樣工夫了得的牧羊人隨處可見。

不管怎麼說，留賓海根的所有一切都超乎標準。

羅倫斯一行人沿著如此視野遼闊的山丘而下，在田地之間前進。

因為城市過於巨大，在山丘上望去時以為距離頗近，但實際走了後，才發現有好一段距離。因為諾兒菈必須一路注意不讓羊隻吃了道路兩旁田地的農作物，所以花了很長的時間，才前進到可清楚看見城牆模樣的距離。

來到這個距離後，羅倫斯一邊走路，一邊緩緩拿出兩枚銀幣遞向諾兒菈說：

「那麼，這是說好要付給妳的四十崔耶。」

崔耶是很粗劣的銅幣。羅倫斯心想四十枚銅幣只會使諾兒菈的行李加重，而且她只要兌換羅倫斯給的兩枚銀幣，應該就能夠換得四十五枚崔耶。

羅倫斯多給諾兒菈錢，是為了施予一些恩惠給她。雖然在僱用諾兒菈的一路上，很幸運地沒有遭到狼襲擊。不過，她的工夫不僅讓羅倫斯嘖嘖稱奇，就算詢問赫蘿的意見，赫蘿也給了很高的評價。諾兒菈將來勢必會在牧羊界嶄露頭角，羅倫斯是為了那個時候而投資。

「咦？可是這如果拿去兌換會太多。」

「這是投資。」

「投資？」

「畢竟和工夫好的牧羊人當朋友，在交易羊毛時有可能遇上出乎意料的發財機會。」

羅倫斯說話時故意表現得像個精打細算的商人，諾兒菈聽了開心地笑笑，像是服輸了似的收下兩枚銀幣。

「我們會在羅恩商業公會的洋行待上一陣子。如果妳有帶羊群前去草原的打算時，請走一趟洋行，或許我可以介紹想要找護衛的商人給妳。」

「好的。」

「啊，我還是先問妳一下好了。妳能夠當護衛的地區，就是我們一路走來的那一帶嗎？」

「呃……我可以到卡斯拉達和波羅遜。啊，還有拉姆特拉。」

卡斯拉達是個偏遠的城鎮，那裡沒有什麼特別的地方。不過，聽到拉姆特拉的城鎮名稱，讓羅倫斯吃了一驚。那是因為拉姆特拉並不受到以首領之姿統領這一帶地區的留賓海根支配，算是相當罕見的城鎮。拉姆特拉位於羅倫斯等人一路走來的道路途中往北的方向，在地圖標示上，距離留賓海根並不遠，但是那裡的地理條件擁有連騎士都感到畏懼的陰森森林，讓它免於遭受留賓海根的侵略，是這一帶地區唯一仍有多數異教徒居住的城鎮。

除此之外，通往拉姆特拉的正規道路必須繞上一大段遠路，諾兒菈不可能表示自己可以在這樣遙遠的路途當護衛，所以想必她是有自信能夠穿越那座陰森森林吧。

如果是這樣，應該會有很多商人想要前往拉姆特拉。

「拉姆特拉啊。可以去那裡的話，或許找得到客人。」

諾兒菈的眼神散發出光芒，她深深鞠個躬，說了句：「拜託您了。」那舉止就像是待過救濟院的人。

「那麼，我們要從東南門進去，就在這裡分手吧。」

「好的，再會了。」

諾兒菈說罷，搖了搖吊鐘，羅倫斯朝她點點頭，然後讓馬車頭轉向左邊。留賓海根的面積非常大，光是大型出入口就有十七處。其中也有專供帶領大量羊隻或家畜的人們進出的出入口，諾兒菈就必須通過這種出入口。

另外，留賓海根的街道設計上，有著常見於大城市的奇異複雜構造，如果知道目的地位置，就盡量從距離最近的城門進城——這是眾所周知的常識。由此可見這個城市之大。

羅倫斯有些在意地回過頭看，他發現諾兒菈仍目送著他們。諾兒菈一發現羅倫斯回過頭看，便一副依依不捨的模樣朝著他揮手。

羅倫斯當然也該揮手回應諾兒菈，但他害怕又會被赫蘿嘲笑個不停，於是偷看了一眼在他身旁的赫蘿。赫蘿以一副早知道羅倫斯會偷看她似的模樣看著羅倫斯說：

「汝認為咱是性情那麼惡劣的人嗎？」

羅倫斯苦笑，他揮手回應諾兒菈後，把身子轉回前方。

「嗯──不知道蜂蜜醃漬的桃子會是什麼味道吶，真令人期待。」

「唔……妳還記得啊？」

羅倫斯正思考著貨台上的兵備，會在接下來的關卡被課上多少通行稅時，卻聽到這樣討人厭的發言。

「汝該不會說不買了唄？」

赫蘿微微傾頭、露出微笑的模樣反而給人很恐怖的感覺。羅倫斯別開視線，彷彿在祈禱似地喃喃說：

「如果沒賣的話，想買也沒得買。」

「那當然吶。」

赫蘿的語氣彷彿她確信一定有賣似的。

「啊，還有，或許不用多提醒妳，不過，等會兒妳要裝得比在剛剛的檢查處更像個修女的樣子。只要裝成修女，檢查就不會那麼嚴格。」
「嗯。咱沒愚蠢到想在這麼大的城鎮引起騷動，只是這樣看起來像個修女嗎？」
「這點應該不用擔心吧。」
羅倫斯老實說出想法後，才感到後悔。赫蘿提過教會害她吃了好多次苦頭。如果說她看起來像個修女，有可能會惹她生氣。
「嗯。呵呵，看起來像啊。」
然而，赫蘿卻是看似開心的模樣。
「……妳不生氣啊？」
「嗯？為何要生氣吶？」
「沒有，我想教會對妳來說應該算是敵人啊。」
「也不見得是。就像有汝這樣的人存在的道理一樣，基本上修女們都很溫柔。而且，就算以咱身為狼的眼光來看，很多修女也都很漂亮。美醜是不分種族吶。」
原來如此。羅倫斯如此想著，並為赫蘿沒有生氣而鬆了口氣。
確實很多修女都長得很美。或許這是因為她們遵奉順從、純潔、清貧的信念使然。不過事實上，有很多貴族的私生子女都會被教會收留。

很多女子以美貌為武器，想要成為貴族的愛妾；也有很多男子以武藝或詩歌為武器，想要征服貴族女孩的心。

這些人與貴族之間所生下的小孩，往往都比正式夫妻之間所生下的小孩成長得還要健康。想必是想要贏得貴族芳心的男子或女子們比較強悍的緣故吧。

當然了，這些人所生下的小孩，常會成為世間不斷發生的繼承權爭奪戰起因，所以大部分的小孩都會被教會收留。因為這樣的緣故，修道院裡的俊男美女也就變多了。

「不過，不斷絕食而弄垮身子的生活，咱可過不來吶。」

羅倫斯聽了，別無他意地笑了笑。

兩人沿著城牆的道路前進，就在如此閒聊之際，眼前出現了熱鬧的人群。

那是進入城裡的東南方出入口。

壯觀的城門朝向城外打開，絡繹不絕的人們走進城門，同時也離開城門踏上旅途。

行李檢查與身家盤查是在穿過城牆的地方進行，因為負責檢查的人員相當多，所以儘管有這麼多通行者進出，也幾乎不用排隊等待檢查。

然而，不同於波羅遜，這裡沒有人願意排好隊伍，也沒有人要求大家排好隊伍，如果不懂得如何接受檢查，不管在這裡待多久都進不了城。懂得如何接受檢查的羅倫斯一邊注意著不讓馬車撞上其他人，一邊讓馬車蛇行前進，逐一超越那些第一次來到這裡而不知所措的人們，最後穿過拱門城牆進到城裡。如果發生戰爭，這裡會成為一個防衛點，因此，就只有這裡的城牆特別厚。

羅倫斯朝上方一看，便看見上方掛著用粗大木頭組成的格子狀吊門，雖然羅倫斯每次總是心驚膽跳地想著吊門會不會掉下來，但是他不曾聽說過有這樣的意外發生。在距離吊門前面一些的天花板上鑿開了一個大洞，目的是為了在敵人攻到城門時，可以從上方傾倒滾燙的熱油。洞孔四周的顏色之所以有些不同，想必是實際使用過好幾次的緣故吧。

穿過城牆之後，羅倫斯看見前方有檢查通行者的檢查處；再更前方一些，就可看見留賓海根的街景。

不僅是留賓海根，只要是大型城鎮多會用堅固的城牆包圍，因此難以擴展城鎮的土地，建築物只能不斷往高層化發展。留賓海根的建築物高層化特別嚴重，穿過城牆後，映入眼簾的街景就像是滿載著貨物的船艙，四處可見建築物有如快要滿出來的貨物一般。往更前方看去，可以看到建蓋在城市中心位置的留賓海根大聖堂屋頂高高聳立著。

「喂，那邊的商人。」

羅倫斯隨著聲音拉回視線，他發現身穿單薄皮製鎧甲的衛兵正指著自己。

「看街景看得太入迷，可是會造成意外的。」

「很抱歉。」

赫蘿在一旁嗤嗤笑。

「那麼，下一個！就剛剛被罵的商人好了！」

因為等待檢查的人並沒有排成隊伍，所以檢查的人也相當隨便。雖然被如此點名讓羅倫斯感到羞恥，但也只能乖乖駕著馬車走近檢查官，並向他鞠了個躬。

「通行證。」

對方一副忙碌的模樣簡短地說道。

「在這裡。」

「嗯，從波羅遜來的啊。貨呢？」

「兵備二十組。」

由於這裡嚴禁商人在城牆外做生意，因此貨物數量必須與通行證的數量一致。

然而，檢查官聽了後，眨了幾次眼睛。他的樣子看來似乎很驚訝。

「兵備？從波羅遜帶來的？」

「是、是的。我是從拉多培隆商行買來的，有什麼不妥嗎？」

因為留賓海根是從前討伐異教徒的騎士團，在這裡建蓋要塞而形成的城鎮。所以到了現在，也仍是出征到北方的騎士們的重要補給基地。因為這樣的緣故，四周所有城鎮都會運送兵備到這裡來，而兵備也十分搶手。

檢查官的反應讓羅倫斯感到納悶，於是反問了檢查官，檢查官立刻搖頭否定，並看向貨台。

貨台上放著以皮革及鐵鍊編成的頭盔、鐵護手、鎧甲及護腿具為一組的兵備，並用繩索綑綁住，共有二十組。雖然不是商品，但如果帶進城裡會被課上高額稅金的葡萄酒則早已喝光。

貨台上沒有什麼可疑的地方，而檢查官似乎也這麼認為。他爬上貨台，只檢查了所有兵備裡是否藏有高關稅的黃金或寶石後，就立刻跳下貨台。雖然檢查得草率，但從檢查官若無其事地連生火用的稻草堆裡都不忘記看幾眼的地方看來，想要偷帶東西進來似乎是不可能的事。

「看來確實是從波羅遜來的兵備。那，稅金要付現金，還是繳交現貨呢？」

如果以一成的關稅來計算，總金額達一百枚盧米歐尼的兵備，關稅金額會是十枚盧米歐尼。十枚盧米歐尼就等於三百枚以上崔尼銀幣，沒有商人會帶著這麼大筆金額在身上，況且檢查官要數這麼多枚銀幣也相當費事。

如果以繳交兵備來替代稅金，可以一次解決很多麻煩事。

所以當羅倫斯回答「繳交現貨」後，傳來了檢查官鬆了口氣的嘆息聲，同時聽到「聰明的判斷」的回答。

「請到那裡繳交兩組兵備。」

檢查官一邊說，一邊用羽毛筆在手上的紙張寫字，並遞給了羅倫斯。

二十組兵備當中繳交兩組兵備作為關稅，這就表示被課了一成的關稅。

因為這金額算是妥當，所以羅倫斯坦率地點點頭，並收下紙張。

另外，因為赫蘿乖巧安靜的模樣就跟修女沒兩樣，所以檢查官對赫蘿完全沒有提出質問。留賓海根是個教會城市，如果出現懷疑聖職者或修女的行為，想必事情會變得很麻煩吧。

不管怎麼說，能夠順利通過關卡讓羅倫斯鬆了口氣。因為前方人潮擁擠，駕著馬車前進很危險，於是羅倫斯走下駕座一邊牽著馬兒，一邊步行前進。

到了徵稅所，在空中交錯的語言與人們身上穿的衣服都不同，那混亂的程度正如戰爭般吵鬧。在這裡也可以聽到只要在徵收稅金的場所，就一定聽得到的殺價聲及哀求聲。

羅倫斯當然沒打算做出像是要求減少稅金等愚蠢的交涉行為，他像隻溫馴的小羊乖乖交出兩組兵備給徵稅官。

然而，當羅倫斯交出從檢查官手中收下的紙張及兵備時，徵稅官卻皺起了眉頭。

羅倫斯有些緊張地想著：該不會是有什麼不妥的地方吧？但是徵稅官後來什麼也沒多問。

雖然這讓羅倫斯覺得有些無法釋懷，但是通過關卡走進城裡後，他還是跳上了馬車駕座。

雖然告知貨物是兵備時，檢查官的反應讓人納悶，但既然已順利通過檢查，也沒有必要多煩惱了吧。

雖然羅倫斯在心裡如此對著自己說，但他還是感到有些不安。

「汝啊。」

沒預警地傳來赫蘿的聲音，讓羅倫斯一時以為會是個壞消息，不禁緊張了起來。

「什麼事？」

羅倫斯露出緊張的表情問道。這時赫蘿緩緩開口說道：

「嗯，咱肚子餓了。」

「……」

羅倫斯轉回前方，他把赫蘿的訴求連同心中的不安一塊兒拋到腦後去。

進入留賓海根後，無論在城裡的任何一個位置都看得見一棟巨大的聖堂。這個城市的街道以這棟大聖堂為中心向外擴展，比較靠近大聖堂、且被舊城牆包圍的地區稱為老街，老街四周的地區則是一般市區。

留賓海根的版圖形狀近乎圓形，南邊有個最大規模的城門，從這個連攻城器都能夠輕鬆穿過的大城門進到城裡後，映入眼簾的是連他國國王都羨煞不已的大廣場，以及利用南方最新技術所建造的大噴水池。而廣場上有常設性的市場。

城裡擁有實質權力與財富的大商行，或是來自強權地區的洋行在廣場四周櫛比鱗次。繞到這些商洋行的後方，還可以看見小商行，以及各行各業工匠們的住處兼工作場地。

留賓海根共有五處像這樣的廣場，位置分別以大聖堂為中心，並以南門為頂點，形成五角形狀。五個廣場各有其獨特的特色，在城裡形成了另一座小城市。

羅倫斯與赫蘿通過的城門位在留賓海根的東南方，進入這扇城門所看到的廣場規模雖不及南門廣場，但也是相當廣闊的廣場。

在這裡，以廣場為中心，樹立著過去在異教徒討伐戰中有卓越表現的騎士，以及對傳教有極大貢獻的教父或聖人銅像。

廣場上設有許多攤販，當中也有鋪上草蓆就地做起生意來的商人。

不過，銅像四周並沒有攤販，取而代之的是演奏樂器的樂團，以及只拿著一根簡陋笛子交互表演著吟唱與演奏的吟遊詩人，還有以怪異打扮表演著名喜劇的小丑。在這些人們之中，可看見身穿破衣、手持厚重聖經佈道的巡禮聖職者身影，一旁身穿更加破爛衣物的流浪學生，正專注地聽著佈道。

一邊吃著從攤販買來的小吃，一邊欣賞表演，享受完這些樂趣後再聆聽佈道收心，這似乎是人們在這個城市裡會有的固定行程。

羅倫斯與赫蘿兩人找到旅館並寄放馬車後，在為了辦理必要的交易手續，而必須前往洋行的途中，被攤販飄散出來的食物香味、以及廣場傳來的愉快聲音所吸引，不知不覺走向廣場。

兩人拿在手上的是油炸八目鰻，這是最便宜也最常見的小吃。雖然八目鰻帶點土味，但油炸的香味蓋過了土味，所以吃起來也挺順口的。吃到順口的小吃，就會想小酌一杯是人之常情。等到羅倫斯發現時，他與赫蘿兩人已經站在飲料攤販前，一邊看著小丑演喜劇，一邊喝著啤酒。

「嗯──好喝。」

赫蘿一口飲盡啤酒，泡沫沾滿了兩邊的嘴角，她立刻再加點一杯啤酒。攤販老闆看見出手闊氣的客人，也不吝嗇地倒上滿滿的啤酒給客人。

大白天就吃著炸鰻魚、喝啤酒的赫蘿，當然沒有打扮成修女的模樣。

修女的裝扮雖然在進城時很有用，但與一眼就看得出來是個旅行商人的羅倫斯一起行動時，修女的裝扮反而會是個阻礙。那是因為沒有什麼人，會比與商人一起走在街上的聖職者看來更勢利了。

所以赫蘿現在披上兔皮做成的斗篷代替長袍，並反折長袍的上半身部位綁在腰際，好當成裙子遮住尾巴。至於麻煩的狼耳朵則是用攤販老闆娘會戴在頭上的三角頭巾遮住。

這樣子赫蘿就變身成了城市女孩。這裡處處可見丟下手邊工作，跑到廣場玩耍的年輕女孩，所以不用擔心被懷疑。人們看見赫蘿加點啤酒，一副毫不在意荷包失血的模樣，頂多只會認為赫蘿是在敲詐年輕的旅行商人吧。

事實上，當羅倫斯付啤酒錢時，攤販老闆還若無其事地說他交上了個很會花錢的女孩。

羅倫斯因為懶得解釋，所以只能報以苦笑。但想到老闆的話也不盡然是錯，讓羅倫斯不禁搖了搖頭。

「這城鎮不但酒好喝又熱鬧，很不錯吶。是唄？」

「正因為這城鎮很熱鬧，所以更不能掉以輕心。妳千萬不要跟騎士或傭兵起衝突啊，不然事情會很麻煩的。」

「包在咱身上。」

真的行嗎？羅倫斯嘆了口氣代替他心中的疑問。

「那，差不多該走了。」

羅倫斯喝完第二杯啤酒時，赫蘿也正好喝完第四杯啤酒，所以羅倫斯決定適時喊停。照這樣下去，他覺得會一直喝到晚上都停不下來。

「嗯？這麼快就要走啦？咱還沒喝過癮吶。」

「晚上再喝不就得了？走啦。」

赫蘿看了看啤酒杯，再看了看羅倫斯後，認命地離開攤販。當赫蘿走到羅倫斯身邊時，同時傳來了老闆說出「多謝惠顧」的聲音，但那聲音隨即消失在喧囂之中。

「咱們要去哪兒啊？」

「去洋行……喂，妳擦一下嘴角行不行啊？」

赫蘿總算察覺她的嘴角沾著啤酒的泡沫，並打算拿她的衣角來擦。

但是她突然改變了主意，伸手抓住羅倫斯的袖子擦了擦嘴巴。

「妳給我記住。」

「咱不是已經被打了。」

雖然赫蘿一邊用手按住頭，一邊瞪著羅倫斯說，但是她的另一隻手卻依然緊緊握住羅倫斯的手，一副深怕會走丟了似的模樣。被頂了頭的怒氣似乎一下子就消了。

「可是，汝啊。」

「嗯？」

「咱也跟著去那洋行要幹什麼啊？咱想多待在廣場喝啤酒。」

「留妳一個人太危險了。」

雖然羅倫斯以警告的口吻這麼說，但赫蘿卻是先露出吃驚的表情，然後像是會錯意似的靦腆地笑著說：

「嗯。誰叫咱長得這麼可愛吶，留咱一個人太危險了。」

赫蘿一邊走路，一邊讓難得露出來的亞麻色長髮隨風搖擺的模樣，確實相當吸引人們的目光。也有人對與赫蘿牽著手走路的羅倫斯報以羨慕的眼光。

雖說牽著赫蘿走路不讓人得意是騙人的，但留下赫蘿一個人，也確實讓人擔心她或許會引起騷動。

雖然廣場確實是個很歡愉的地方，但是越歡愉的地方，就越容易與人起衝突。如果說赫蘿的真實身分因為什麼意外而被發現，那可是一大慘事。

「長得再可愛，也無法用可愛來敷衍教會的士兵和聖堂騎士啊。如果喝醉酒露出耳朵和尾巴來，事情可就一發不可收拾了。」

「沒那種事，到時候豁出去不就得了唄。頂多是叼著汝逃到城外罷了，那般高度的城牆還怕跳不過嗎？咱記得有個騎士與公主的古老故事好像就是這樣。」

「妳是說騎士抱著被囚禁的公主逃跑的故事嗎？」

「對、對，就是這個。」

雖然赫蘿開心地這麼說，但羅倫斯想像了一下赫蘿變回原本的模樣叼著他逃跑的畫面，發現根本沒有他表現的機會。

甚至還會因為想像被赫蘿那巨大的嘴巴叨著而不禁打冷顫。

「拜託妳千萬別這麼做。」

「嗯。想到被囚禁的人是汝，咱也不想救人。」

羅倫斯露出苦澀的表情看向赫蘿，卻被赫蘿還以惡作劇的笑容。

在這之後，兩人穿過人潮擁擠的廣場朝北邊走去，從密集排列著琳瑯滿目商店的區域，進到商店店面較為樸實的小巷子。排列在道路兩旁的不只有商行，還有各地方在此設點的洋行、以及商業公會的建築物。這些建築物當中，有的是由多數城鎮的商人們聯手設立的經濟同盟，有的是不分地區的毛織物商們所設立的職業公會。

商人的生意如果發生危機或意外時，這世界沒有人會主動伸出援手。就像騎士們穿上盔甲來保護身體一樣，商人們也利用人與人之間的連繫來保護自身的安全。而且，如果是個最大規模的經濟同盟，甚至擁有勢均力敵的力量可以對抗商人的最大敵人——濫用權力的國家。

世界上有個廣為人知的故事：曾經有個由十八個地區以及二十三種行業的商業公會聯手組成，可說是世界最強的經濟同盟，與擁有一萬四千名士兵的國家正面對戰；結果一眨眼的時間，經濟同盟便獲得全面性的勝利。這個例子證明了不同國家的商人為了賺錢而團結，能夠醞釀出驚人的團結力量。

也因為這個緣故，設有此般同盟或公會的建築物排列得整整齊齊，人們也表現得彬彬有禮。

那是因為人們如果表現得粗暴，假設一直以來都是競爭對手的肉商公會與魚商公會之間萬一起了衝突，將有可能引發牽涉到整個城鎮的大騷動。

當然了，人們表現得有禮幾乎都是為了不想砸壞自己所屬的組織招牌。但對商人來說，表現得有禮顯得更重要，因為做生意最重要的就是信用與評價。

「那，我進去辦點事，妳在這邊等著。」

羅倫斯來到自己所屬的洋行前，一看到充滿地方色彩的建築物，還是讓他心生懷念之情。然而，一想到赫蘿回到故鄉的路途還很遙遠，也就無法太顯露懷念的情緒。

羅倫斯這麼想，於是他盡量讓自己的表情不帶任何感動，這時赫蘿仰頭看著他說：

「什麼啊，汝沒有要帶咱進去向同鄉的人炫耀啊？」

羅倫斯發現自己在來到這裡的途中，感到有些得意的心情好像被赫蘿識破，但這般程度的調侃還不至於讓他動搖。

「原則上會帶女孩進去就表示是以結婚為前提。我們故鄉的人在祝賀新人時可是很粗魯的，妳要進去嗎？」

無論到了哪裡，這方面的習俗都一樣，了解人類世界的赫蘿似乎也明白這事實。

她隨即露出厭惡的表情搖搖頭。

「一下子就好了。妳只要乖乖待在這裡，我就買甜麵包給妳吃。」

「別把咱當小孩。」

「不要嗎？」

「要。」

看到赫蘿回答時的認真表情，羅倫斯不由地笑了出來。他留下赫蘿，獨自登上石階，並敲了敲洋行的門。門上沒有裝設門鈴，那是在說只有自家人可以敲這扇門，也是排他意識的表徵。

然而，等了半天卻等不到回應。

羅倫斯心想這時間大家應該都去市場了吧，於是他擅自打開門，果然不出他所料，洋行裡一片寧靜。一樓是寬敞的大廳，為了提供大家可放鬆的環境，大廳平時就擺設成像酒吧一樣。但是，現在椅子卻收在圓桌上，牆上還擱著拖把，似乎是打掃到一半的樣子。

隔了一年回來，這裡完全沒有改變。如果硬要說有所改變，那就只有坐在正對著門的吧檯裡的洋行主人額頭越來越光禿了吧。他原本就很大的肚子說不定也變大了，只可惜他似乎很難從椅子上站起來，所以沒法確認。

洋行主人抬高原本落在手邊的視線，他一邊露出溫和的笑容，一邊毒舌地說：

「喲，這不是那個不長進的商人嗎？這個時間還來洋行打混，看來根本不想認真賺錢。我看你乾脆換上盜賊的衣服，去酒吧搶錢算了。」

「真正偉大的商人即使鞋子一塵不染也能賺錢，頂多因為指尖沾上墨水而會弄髒罷了。整天只會在市場忙碌奔波是三流商人的表現，不是嗎？」

每次見面都會聽到洋行主人的這番話，在羅倫斯剛拜師為徒、年紀還輕的時候，總會因為覺得被瞧不起而生氣。連自己都忘了什麼時候開始，可以這麼不慌不忙地笑著回話了。

羅倫斯從容地回應，然後挺直背脊、併攏腳跟朝向吧檯走去。

坐在吧檯裡的福態男子看見羅倫斯走來，拍了一下自己的額頭大笑。

「喲，你的嘴巴越來越厲害了。我的兒子啊，回來得好。」

「別再叫我兒子了。」

「你這什麼話，在羅恩商業公會的人都是我的兒女。」

羅倫斯一邊苦笑，一邊與洋行主人握手，便聽到洋行主人理所當然地如此說道。

「況且，我連你在野營時尿床了幾次都知道。神告訴我們，一個好父親會懂得了解自己的兒子。還是說，你要我說出你和同伴偷營收的錢去妓院，還一邊發抖的事情啊？」

「知道了，我知道了啦。我是偉大的父親葉克伯．塔蘭鐵諾的兒子克拉福．羅倫斯。」

「啊啊！克拉福，你隔了一年總算回到留賓海根的家裡來呀！其他城鎮的家人們可好？」

葉克伯一如往常的強勢態度，給了羅倫斯像是喝烈酒時會有的痛苦和舒服感覺。對商人來說，洋行正是異國裡的故鄉。

只有在故鄉才感受得到此般強勢的對待。

「托聖人的福，大家都過得很好。」

「那太好了。那麼，既然你一路和這些家人們也都見了面，想必荷包也賺得飽飽的吧？荷包太重，褲子就會往下掉；褲子往下掉，就會被女孩討厭。所以，你會注意形象，沒錯吧？」

羅倫斯聽了根本不打算反駁。對於如此強勢要求捐款的發言，他笑著給予回應：

「聽說人老了之後就不會計算太小的金額。但是如果是這個，我想葉克伯大人也可以一眼看出金額吧？」

羅倫斯毫不遲疑地從纏在腰上的錢包裡取出十枚銀幣，像在炫耀似地堆在吧檯上。

如果一副很捨不得的模樣拿出兩、三枚銅幣，就會被惡毒的詛咒話語轟炸。

羅倫斯一方面是為了出一口氣，再一方面也是因為辛香料的利潤實在太好了。大方捐贈的目的也是想告訴葉克伯，他的能力已經可以做成這樣的生意了。葉克伯見狀大笑說：

「哈哈哈哈哈，尿床小鬼也長大到可以拿出銀幣來了啊！真是叫人高興吶。」

「尿床小鬼就不用加上去了吧。」

「在我的眼中，你還是個尿床小鬼呢。」

羅倫斯聽了聳聳肩，葉克伯的笑聲又再度響起。

「你會在這時間特地來這裡，是剛好在附近做生意吧。需要證書？」

「對。」

「真希望早日看到你成為道出姓名，就會讓對方敬畏三分的商人啊。」

葉克伯笑著說道，羅倫斯回答了他一句「我也這麼希望」後，想起自己還有一件事情想告訴葉克伯。

「對了，洋行裡有沒有人想去拉姆特拉？」

葉克伯取出羽毛筆和墨水壺擱在吧檯上，他揚起一邊的眉毛看著羅倫斯說：

「你怎麼會這樣問？」

「沒有，我是想到了個生意，可以提供到拉姆特拉的捷徑來換取報酬。」

葉克伯的視線在空中繞了一圈後，停在羅倫斯的身上。浮現在他臉上的笑容，說出他明白羅倫斯的意思。

「啊哈，你是在說那個牧羊女吧？」

羅倫斯瞬間驚訝地倒抽了一口氣，但仔細想想後，也就明白了在留賓海根的商人，不可能不知道有像諾兒菈這樣從事牧羊工作的女孩。

而且如果是這樣，也應該早有其他商人有過和羅倫斯一樣的想法。

「很多人有過像你這樣的想法，尤其是在那女孩活動的地區剛開闢新路的那段時間。不過，目前沒有人在做這樣的生意，也沒有人委託那女孩當護衛。你知道為什麼嗎？」

看著葉克伯一邊唰唰地寫著證書，一邊流利地說話，羅倫斯夾雜著嘆息聲回答說：

「因為做不到生意嗎？」

葉克伯點點頭後，抬起頭說：

「在那一帶活動的人，就只有那女孩一人平安無事。那女孩被城裡的居民稱為實力了得的可愛妖精諾兒菈，相當有人氣。可是，應該不用我多說，你也想像得到教會對這事的態度吧？意思就是說，如果不想和麻煩得要死的教會起衝突，就別跟那女孩扯上關係。」

葉克伯說罷，把羽毛筆尖插入墨水壺，跟著露出壞心眼的笑容看向羅倫斯說：

「我知道妖精諾兒菈是你喜歡的類型，不過，你還是死心吧。我不會害你的。」

雖然葉克伯這樣的揶揄話語，就跟他在早晨與人打招呼的話語沒兩樣，但羅倫斯因為被道中心聲，所以只能還以苦笑。

「證書要寫上對象嗎？還是空白就好？」

「不，請幫我寫上雷瑪里歐商行。」

葉克伯瞬間停止了動作。

他露出商人的目光看向羅倫斯。

「雷瑪里歐商行啊？你會事先知道買方是誰，該不會是信用採購吧？」

「是的，從波羅遜採購來的。有什麼問題嗎？」

聽到羅倫斯如此問道，葉克柏嚴肅的表情就像浮在池畔的魚忽然潛到池底一樣消失了。

「嗯。總之，你去了就知道了……喏，證書拿去。」

旅行商人想要賣東西給第一次拜訪的商行時，怕的就是被視為外來者而被迫便宜賣出商品。這種事情在波羅遜或是帕茲歐般規模的城鎮比較少發生，但換成是留賓海根般大規模的城鎮，城裡的商行如果與各家洋行或公會有密切的交易關係，就經常會發生這種事情。對於視大金額交易為理所當然的商行來說，旅行商人的小金額交易根本就像塵埃一樣沒價值。

因此，旅行商人會清楚告訴對方自己屬於哪家公會，要對方別小看他。只要亮出公會的招牌，對方就不會隨便應對。

「羅恩商業公會是在聖蘭巴爾多斯的庇護之下，我會幫你祈求幸運的。」

「是……」

羅倫斯一邊收下證明他所屬於羅恩商業公會的證書，一邊曖昧地回答像是知道什麼內幕的葉克柏。

就算問葉克柏，他也不會說吧？過去的經驗這麼告訴羅倫斯。

不過，葉克柏不肯說出來的事，通常不是再思考一下就能夠明白，就是調查一下就能夠發現的事。

到底是什麼事呢？羅倫斯陷入思考。

「你去了就知道。我想你這麼機靈，事情應該會往好的方向走吧。」

葉克柏的話語讓羅倫斯的思緒變得更亂了。但羅倫斯心想：既然葉克柏說去了就知道，那也只能硬著頭皮去了。大概就是因為某商品的價格暴漲或暴跌，所以雷瑪里歐商行鬧得翻天覆地之類的事情吧。

羅倫斯決定不再多想，他向葉克柏道謝後轉過身子。既然貨物都買了，也來到這裡準備販賣，現在多想些有的沒的也沒用。

然而，在羅倫斯伸手打算開門時，葉克柏叫住了他。

回過頭一看，葉克柏露出極其愉快的笑臉說：

「還有啊，你想金屋藏嬌還嫌太早了吶。連那個柔弱的妖精諾兒莁都不是你應付得來的，如果對象是城市女孩，你那麼丁點利潤可會一下子就沒了啊。」

雖然這裡的牆上有窗戶，但不是那種大商行裡會有的玻璃窗，而是貼上浸過油的麻布窗戶。這種窗戶只會有少許的光線射進來，當然看不見窗外的景象。

儘管如此，葉克柏似乎知道赫蘿就在門外。

他那沒有任何事情逃得過眼睛的銳利眼神，說出了在異國掌管洋行的工作，不是泛泛之輩所能勝任。

「如果沒有好處可拿，我是不會投資的。」

「哈哈哈！說得不賴嘛，這個尿床小鬼。」

聽到葉克柏的話語，羅倫斯僅還以苦笑便伸手開門，像是要把笑聲隔絕在門內似的，他背著身子關上門。

每次看到像葉克柏般的人物時，就會想起自己的少年時代，總是因為一心想要早些超越這些年長的商人而焦躁不已。雖然教人感到懷念，但也帶來了那麼點苦澀感，就像凍傷那般又痛又癢的感覺。

「我果然還是太嫩了。」羅倫斯在心中如此喃喃說道。他把視線移向石階下方，赫蘿也正好轉過頭看向他。

「喔，出來了，那就是咱的同伴。」

赫蘿坐在石階上，沒禮貌地用手指著人，兩個看似工匠學徒的小毛頭站在她面前。兩個小毛頭的年紀看起來跟赫蘿差不多，應該只有十五、六歲吧。他們手上提著東西，看起來是出來幫師傅跑腿。

開始長鬍子的兩名少年聽到赫蘿說的話，便投來帶有敵意的目光。雖然很懶得理會他們，但還是故意輕輕嘆了口氣，光是這樣就嚇住他們了。

工匠學徒與加入公會的商人，兩者不管是身份，還是收入都差了一大截。兩名少年想必是看見赫蘿無所事事的樣子，所以才會向她搭腔；而他們似乎知道不可能贏得過羅倫斯，彼此互看一眼後，便倉皇逃跑了。

「呵，真可愛。那兩個人說咱是楚楚可憐的薔薇吶。」

赫蘿一邊看著兩名少年的背影，一邊笑著說道。反觀羅倫斯卻是面帶苦澀的表情說：

「妳可別太理會這種人啊。工匠學徒就跟餓犬沒兩樣，當心被綁架。」

「如果被綁走，汝再來救咱不就得了，是唄？」

看見赫蘿沒心機的笑臉，又聽到了出乎意料的話語，讓羅倫斯感到有些開心，他一臉認真地回答說：

「嗯，我會再去救妳。」

赫蘿聽了，展露微笑並站起身子。

「不過，事實上是咱救了汝吶。」

又被將了一軍。

羅倫斯一邊蒙住眼睛，一邊走下石階，結果赫蘿一邊咯咯笑，一邊抱住他的右手臂說：

「雖然咱不知道汝在期待些什麼好處，但不妨就讓汝投資唄。」

「……妳聽到了啊？」

「咱這對可愛的耳朵啊，連汝皺眉頭的聲音都聽得一清二楚吶。對了，汝喜歡金頭髮啊？」

赫蘿的口中突然冒出毫無關聯的話語，羅倫斯還來不及說「咦？」就聽到赫蘿繼續說：

「是那苦命的感覺嗎？還是汝喜歡那飽經風霜的感覺呢？難道汝覺得牧羊人那麼好？」

彷彿吊橋的繩索一條接著一條斷裂似的，赫蘿接二連三地丟出問題。羅倫斯慌張地看向赫蘿，他發現赫蘿依舊掛著笑臉。

笑臉最教人害怕。

「等一下，葉克柏行長說的話就像打招呼一樣。他每次逮到機會就喜歡那樣說，我才沒有那個意思。」

「沒有？」

近在身邊的赫蘿露出「不准扯謊」的眼神。

羅倫斯只能老實回答。

「多、多多少少有覺得諾兒菈不錯啦。和她聊天的時候，呃，也是挺愉快的。可是，這不表示我就覺得妳不好，還是妳怎麼樣的……我絕對沒這麼想。」

羅倫斯說著說著不禁難為情了起來，他根本不敢看向赫蘿。打從他出生到現在，就沒說過這樣的話。

不過，羅倫斯還是勉強把話說完之後深呼吸，等到心情平復不少後，瞄了赫蘿一眼。

赫蘿露出帶點驚訝的表情注視著羅倫斯。

「咱本來只是想捉弄汝一下而已……」

聽到赫蘿這麼說，羞恥加上憤怒的感覺讓羅倫斯差點發飆。但他一看到赫蘿露出開心的笑容，滿肚子的氣全都消了。

「咱沒想到汝會這麼認真地回答。咱……好高興。」

赫蘿說罷，低下頭並稍稍用力抱緊羅倫斯的手臂。

這種互動不像商人洽談時會有的那種互相欺騙的感覺，而是能夠知道與對方的距離拉近了多少的互動。

羅倫斯在近乎無意識，也不在乎他人的眼光之下，準備把左手伸向赫蘿背後。可是，他卻撲了個空。

那是因為赫蘿忽然不聲不響地挪開身子。

「可是，雄性每次都這樣，嘴裡說得可好聽。」

看見赫蘿那既悲傷又深怕受傷的模樣，就算羅倫斯再遲鈍，也能輕易猜想得到。赫蘿是因為過去曾經有某人信口開河而害她受了傷，所以感到憤怒。

不過，羅倫斯是個商人，他一定會遵守自己承諾過的事。

「所以吶，汝可以用實際的東西證明給咱看嗎？咱聽說過騎士為了表達誠意，會交出盾牌及長劍。那汝會拿什麼證明給咱呢？」

羅倫斯也聽說過騎士在宣誓忠誠時，會把長劍及盾牌交給對方。因為長劍及盾牌就代表著騎士的靈魂。

那麼，商人的靈魂會是什麼呢？不用說也知道是金錢。

可是，就算把裝滿黃金的袋子交給赫蘿，她一定也會擺出無趣的表情吧。

既然這樣，那就用可以討赫蘿歡心，同時又是商人靈魂的金錢買下商品送給她，以表現自己為了赫蘿花錢絕不手軟的誠意就行了。

這時羅倫斯的腦海裡浮現出一樣商品，那就是超高級品的蜂蜜醃漬桃子。

「我知道了，就讓我來證明我不是輕諾寡信的人吧。」

赫蘿露出帶點疑惑又充滿期待的目光。只要能夠回應這帶點紅色的琥珀色眼睛的期待，一點蜂蜜醃漬桃子算不了什麼。

羅倫斯挺起胸膛說：

「就買蜂蜜醃漬的桃子給……」

羅倫斯話說到一半察覺事有蹊蹺。說的具體一些，就是赫蘿頭上的三角頭巾。

看見羅倫斯不再說話，赫蘿微微傾著頭。

然後，她輕輕叫了一聲「啊！」跟著慌張地按住自己的頭。

「妳、妳該不會……」

「什、什麼？怎麼著？汝說要買什麼給咱？」

都這種時候了，赫蘿還可以說出這種話，她的狡猾實在令人不得不欽佩。但是，羅倫斯可沒法一笑置之。

赫蘿頭上的三角頭巾可是再明顯不過了。三角頭巾底下的耳朵異常興奮地搖動著，這說出了一個事實——

這是赫蘿的詭計。

「妳到底懂不懂有些事情可以做，有些事情不可以做啊！」

赫蘿似乎明白自己的詭計已被識破，她鬧起彆扭地嘟起嘴巴，用銳利的眼神看向羅倫斯說：

「是汝自己要咱裝可愛跟汝討東西唄！」

羅倫斯一時沒能理解赫蘿在說什麼，但他想起剛抵達波羅遜時與赫蘿的對話，瞬間感到難以置信地往後仰。

「我是要妳老實說出想買東西！沒叫妳這樣耍手段騙人買東西！」

「可是咱這樣很可愛唄？」

羅倫斯雖然受不了自己找不到話來反駁，但他更受不了自己看見赫蘿不害臊地大方笑著的模樣，就沒辦法再繼續生氣下去。

「不過，汝比咱可愛上好幾倍吶。看見汝的反應，比起詭計得逞還教咱怦然心動吶。」

羅倫斯不想再理會赫蘿，於是快步離去。

赫蘿一邊笑，一邊快步跟上他。

「汝啊，別生氣咩。」

羅倫斯露出「到底是誰惹我生氣」的眼神看向赫蘿，赫蘿還是笑個不停。

「咱說高興是真的，這樣汝還生氣嗎？」

隨風搖擺的亞麻色長髮襯托著赫蘿的笑臉，羅倫斯的臉不禁扭曲。

羅倫斯此刻只想對著沉默的公馬喝上幾杯酒。

「知道了啦。沒在生氣，我沒在生氣。這樣可以了吧？」

赫蘿發出確信自己贏了的竊笑聲，她跟著輕輕嘆了口氣說：

「如果走丟就麻煩了，可以牽著手嗎？」

雖然要回到旅館得再穿越一次人潮擁擠的廣場，但是就算走丟了，赫蘿也一定可以找到回旅館的路。

不過，羅倫斯當然也不是不懂這只是赫蘿的藉口。

面對這隻狡猾的狼，羅倫斯只好投降了。

「嗯，如果走丟，就傷腦筋了。」

赫蘿笑容可掬，她的手輕輕滑進了羅倫斯的手中。

羅倫斯能做的頂多只是稍稍用力握緊赫蘿的手而已。

「那，蜂蜜醃漬的桃子呢？」

告知正午時刻的教會鐘聲此刻正好響起，同時也為新的挑戰揭開序幕。

雷瑪里歐商行是將店面設在留賓海根的批發商。

羅倫斯從波羅遜的拉多培隆商行，半威脅性地採買了超過他的財產金額的兵備，因為他深信兵備可有穩定的獲利率。只要把兵備賣給與拉多培隆商行有頻繁往來的雷瑪里歐商行，沒必要特地回到波羅遜，就能夠還錢給拉多培隆商行。這全仰賴商人的智慧，因為只要在帳簿上做調整就可了事。

羅倫斯從人潮聚集的大街繞到隔壁一條小巷子，來到了雷瑪里歐商行。

這裡雖然是雷瑪里歐商行的後門，但是這家商行只有後門設有大型出入口，好方便裝貨或卸貨作業。

在留賓海根般的大城市裡，如果駕著馬車直接前往商行的正門，無疑是鄉巴佬的表現。如果在人潮擁擠的大街道上做出這種行為，只會讓人瞧不起，就算帶來再搶手的商品也賣不出去。而且，很多人潮擁擠的道路原本就禁止商人的馬車進入。

因為這個緣故，這條大街道隔壁的小巷子上，拉動馬車的馬兒顯得比路上的行人還要多。這時，羅倫斯忽然皺起眉頭。

唯獨雷瑪里歐商行的店門前顯得異常冷清。

「這家商行是修道士經營的嗎？」

「如果是修道士經營的商行，至少還聽得到祈禱聲吧。可是，這裡連祈禱聲都聽不到，這究竟是怎麼回事？」

赫蘿口中一邊咀嚼著午餐麵包捲，一邊稍微掀起三角頭巾動著耳朵聆聽。不過，羅倫斯可沒悠哉到想靠赫蘿這種偷懶的方法查明究竟。他跳下駕座，經過供馬車進入店內的木板通道，走進商行的卸貨場。

在留賓海根這個建築物密集，人們甚至愛開玩笑說「窮光蛋就得站著睡覺」的狹窄城市裡，想要保有卸貨場的空間可說相當不容易。在這般狀況下，雷瑪里歐商行的卸貨場卻擁有至少可容納三台大型馬車的空間，就算換成貨物來說，想必也能夠輕輕鬆鬆堆上一百只麻袋的小麥。卸貨場角落還放了洽談用的桌子及兌換台，牆上貼著的羊皮紙上寫有祈求商行生意興隆的祈禱文。

雷瑪里歐商行的卸貨場可說相當氣派。

然而，如此氣派的卸貨場如今卻是掉落一地的乾草、稻草碎屑，還有馬糞與貨物殘骸，實在看不出有每天打掃的跡象。而且，這裡就連個卸貨工都沒看見。

因為生意難免有好有壞，所以就算有時候不見半個客人上門也不足為奇。不過，就算沒客人上門，也應該會保持店面清潔。

這簡直像是已破產的商行。羅倫斯先折返並跳上駕座，身旁的赫蘿似乎已吃完麵包，紙袋沙沙作響，赫蘿拿出了肉派。如果羅倫斯沒記錯，那肉派應該是他的午餐才對。

「妳吃那麼多不擔心咬東西的聲音太吵，害妳引以為傲的耳朵派不上用場嗎？」

「很不錯的諷刺。不過，為了咱的名譽著想，咱還是得說，咱至少聽得到那棟建築物裡有人在活動。」

赫蘿一說完，便大膽地大口咬下肉派。看來，對於別人的午餐，她沒打算只分一些來吃。

「有人在裡面啊？」

「嗯……咕、口是……可是，氣氛有點劍拔弩張。至少不是愉快的氣氛。」

被赫蘿這麼一說，再加上看見卸貨場的冷清模樣，雷瑪里歐商行的五層樓木造建築物讓人毛骨悚然了起來。沒有什麼地方會比破產商行的建築物更受到詛咒了。商行如果破產，在那之後的一個星期，教會多得忙於舉辦彌撒來悼念死者。

「不過，猶豫也沒用，沒賣掉商品就賺不到錢。」

「沒吃肉派就得不到營養。」

「我是打算待會再吃的。」

羅倫斯準備駕馬車前進之前，先瞪了赫蘿一眼，沒料到赫蘿反而投以「少囉唆了」的眼神。

不過，赫蘿似乎也覺得吃掉整塊肉派會有罪惡感，她把手上剩下的肉派撕成兩半遞向羅倫斯。那肉派只有羅倫斯原本要吃的四分之一大小，他心想如果再抱怨的話，可能連這四分之一都吃不到，於是像搶東西似的奪走肉派。

攤販賣的肉派多半是將快超過肉店公會規定的販賣期限，也就是不新鮮的生肉加以絞碎當肉餡。不過，高格調的教會城市留賓海根所賣的肉派似乎也挺高格調的。羅倫斯兩口就吃完充分引出肉香的肉派，一邊讓馬車往不見人影的卸貨場前進。

「啪喀」、「啪喀」，馬蹄聲在卸貨場響起，到底是長年在這裡工作的員工，裡面的人似乎聽到了聲音。羅倫斯適度讓馬兒在原地踏了幾步後，從駕座跳下的同時，商行的卸貨工也從裡面走了出來。

「我想應該還沒到星期日才是，這是怎麼了？」

「沒有，嗯，是有點事……老闆您是今天抵達留賓海根的嗎？」

雖然中年卸貨工剛開始說話時顯得吞吞吐吐，但是他突然露出犀利的眼神打量著羅倫斯。看見有如盜賊在猜測凱子的荷包裡有多少錢似的眼神，羅倫斯身為商人的本能告訴他有危險。而且仔細一看，他發現卸貨工一副疲憊不堪的模樣。雖然卸貨工本是負責粗活，所以不會打扮得很體面，但就算如此，他們還是會有生氣蓬勃的神情。

這情況不妙，顯然不妙。

「不是，我幾天前就到了，只是先處理了一些事情。我看你們在忙，我下次再來好了，也不是什麼特別急的事。」

羅倫斯刻意不看卸貨工，也不等他回答，便準備跳上駕座。

赫蘿似乎也察覺了有什麼不對勁。她看向羅倫斯，瞬間露出想要問些什麼的表情，但立刻又低下頭。

要是一般的城市女孩，恐怕沒有像赫蘿這般的機靈反應。自稱賢狼果然不是浪得虛名。

所以，卸貨工就這樣上鉤了。

「快別這麼說，請等一下。老闆您看來是頗有名望的商人，豈能讓您空手而歸呢？那未免也太失禮了。」

如果就這麼不予理會，恐怕對羅倫斯的批評會傳遍整個城裡。

可是，在體內流動的商人血液不斷沸騰。

快逃！這裡一定有危險。

「不不，像我這般程度的商人，頂多只能賣賣牢騷而已。」

前來銷售商品時，隨便就擺出低姿態是三流商人的作為。雖然聖職者視謙虛為美德，但對商人來說，謙虛就等於自己掐住自己的脖子不放。

儘管如此，羅倫斯還是做出先逃離這裡為上策的判斷。赫蘿動也不動的模樣更讓羅倫斯覺得應該這麼做。

「老闆，您沒必要刻意貶低自己。就算是瞎了眼的乞丐，也能夠知道老闆您的裝扮高雅。」

「就算奉承我，也沒好處可拿喔。」

羅倫斯坐上駕座，抓住韁繩。卸貨工看了，似乎明白自己該罷手了。他挺起因為太拚命想要留住羅倫斯，而向前傾的身體。

「看來可以脫離困境了。」羅倫斯這麼判斷著，於是朝向卸貨工說：

「那麼，告辭了。」

「好的……雖然這次很可惜沒做成生意，不過，歡迎您再度大駕光臨。」

卸貨工露出卑微的笑容，往後退了一步。羅倫斯認為此刻正是離開的好時機，於是準備讓馬車掉頭。

趁著羅倫斯就快進入安全界線之前，卸貨工突然丟出一句話：

「啊，忘了請教您的大名。」

「我是羅恩商業公會的羅倫斯。」

不自覺地道出姓名後，羅倫斯才覺得在還沒充分掌握狀況之前，不應該先告訴對方自己的身分。不過，他仔細再想想後，也就覺得目前讓對方知道他的姓名，並沒有什麼不妥。

因為對方應該還沒掌握到羅倫斯來這家商行的目的為何。

然而——

「羅倫斯先生嗎？我想起來了，您從拉多培隆商行來的。」

卸貨工突然露出稱心的笑容這麼說。

羅倫斯當下在背脊上感受到的惡寒，真是難以言喻。

照理來說，這名卸貨工不可能會知道羅倫斯的名字。

「您應該是約好從拉多培隆商行帶兵備來本商行，是吧？」

羅倫斯感到一陣想嘔吐的惡寒，以及一腳踩進了恐怖陷阱的預感。這感覺不是憑著理論，而是直覺這麼大聲吆喝著。

羅倫斯感到一陣暈眩，視線變得扭曲。

該不會、該不會、該不會吧？

「事情是這樣的，昨晚從波羅遜來了快馬，通知拉多培隆商行把所有債權都讓渡給了本商行。也就是說，羅倫斯先生您現在的債主是我們。」

決定性的一句話。

照理來說，為了通知債權讓渡，不可能特地派出快馬。但是，如果沒有照理來說，就有可能這麼做。比方兩家商行聯手詐欺。

如果不是坐在駕座上，羅倫斯這時肯定趴倒在地上了。

就算坐在駕座上，羅倫斯的身體也因為完全無法承受卸貨工說的話，而垮了下來。

赫蘿有些驚訝地撐住羅倫斯的身體，用質疑的口吻說：

「到底發生什麼事了？」

羅倫斯連想都不願意去想。

然而，卸貨工卻無情地回答說：

「妳身邊的商人啊，他的生意失敗了。就像我們一樣。」

卸貨工看起來會那麼開心，想必是為了找到一丘之貉而高興吧。

「什麼？」

羅倫斯回頭看向赫蘿。

他只能祈禱這一切都是夢境。

「兵備的價格在好一陣子前就暴跌了，拉多培隆那隻老狐狸害您買了不良庫存貨。」

眼前一片黑暗。

「被設計了……」

嘶啞的聲音說出了這一切不是夢。

第四幕

「大家都是照著規矩來，這您明白吧？」

沒有一個商人不怕聽到這樣的話語。

也沒有一個商人不會為了自己所面臨的遭遇而悲嘆。

「我也是個商人，當然明白這道理。」

所以，羅倫斯聽了，只能勉強地擠出這幾個字。

「事情很簡單，您向拉多培隆商行買來正好價值一百枚盧米歐尼的兵備當中，記載在信用貸款證書上的借款金額，一共是四十七又四分之三枚盧米歐尼，您只要把這金額還給我們就行了。不過，這是有償還期限的信用貸款。您應該知道這是什麼意思吧？」

被如此宣告的羅倫斯感覺自己像是顆洩了氣的氣球。然而，如此宣告著的雷瑪里歐的模樣更像是顆完全洩了氣的氣球。

深陷的眼窩，以及消瘦的臉頰只能用憔悴不堪來形容。身上穿著看似好幾天沒換洗過的襯衫，眼神散發出異樣光芒。雖然雷瑪里歐身材原本就算矮小，但是疲勞而有些泛黑的臉孔，讓他看起來彷彿一隻受了傷的小熊。

事實上，他確實是受了傷，而且還是個致命傷。

雷瑪里歐商行的老闆漢斯・雷瑪里歐已到了頭髮開始泛白的年紀，他連伸手撫順黑髮的從容都沒有，便一個勁兒地繼續說：

「我希望您能夠立刻償還債務，如果沒有立刻償還……」

如果這時被對方拿著刀子威脅，說不定心情還可以輕鬆許多。

「我們就必須向羅恩商業公會申請代償了。」

這是加入洋行的商人最害怕聽到的威脅。

原本是旅行商人第二故鄉的洋行，轉眼間就會變成討債的一方。

在那瞬間，如同拋棄故鄉而踏上旅途的旅行商人們，將失去能夠慰藉心靈的場所。

「不過，信用貸款的償還期限是後天，就給您兩天的時間吧。在那時，請您全數還清四十七又四分之三枚盧米歐尼。」

這不是兩天就能夠湊齊的金額。就算把四處未收回的貨款全都討回來，也不到一半的金額。

一枚盧米歐尼便足以支付三個月的生活費，所以就連小孩子都明白，四十七枚盧米歐尼是筆多大的金額。

像隻小熊一樣的雷瑪里歐當然也明白，所以他才會那麼說。

破產。

羅倫斯眼前浮現這兩個字。

「話說，您打算怎麼處理您手上的那些兵備呢？我想不管拿到哪裡去賣，恐怕不是得賤價賣出，要不就是根本賣不出去。」

雷瑪里歐帶點自嘲意味的笑容並非在嘲笑羅倫斯。

這位雷瑪里歐商行的老闆之所以會如此憔悴不堪，正是因為兵備的價格暴跌，害得他陷入即將破產的窘境。

教會城市留賓海根是前往北方討伐異教徒的騎士、傭兵或是聖職者們的物資補給基地。因為這個緣故，兵備或聖經在這裡是有穩定獲利率的商品。

而且，每年到了嚴冬時期，留賓海根一定會舉辦一場大型遠征。雖然這是配合聖人留賓海根誕辰而舉辦的例行紀念行軍，但由於傭兵或各國的王宮騎士團也會加入遠征，因此兵備、聖經、食物、防寒衣物、馬匹或藥草類都是炙手可熱的商品。

今年，這個遠征臨時取消了。在成為戰爭舞台的異教徒土地，與留賓海根所統治的地區中間，隔著擁有廣大領土的國家；由於這個國家發生了政治動亂，導致與留賓海根的關係急遽惡化，因此取消了遠征。如果這個鄰國只是一般國家，那還容易處理兩國之間的關係，但是這個鄰國與異教徒的土地相鄰，他們對異教徒相當寬容，領土內也到處可見異教徒們的城鎮，其中距離最近的城鎮就是拉姆特拉。這麼一來，對於必須越過這個國家來對抗異教徒的人們來說，居住在這個國家裡的異教徒們，過去會看在行軍是個例行活動的份上，而一直默許他們通過；但現在可就無法保證這些異教徒們不會襲擊他們了。每年的遠征行軍都會有統治大主教區的大主教，或是南方大帝國皇帝的血親參加，這可不能發生任何萬一。

因此，遠征不得不取消。

只要看長久在留賓海根經營商行的雷瑪里歐商行如今會深陷窘境，就能明白遠征被取消的事實讓商人有多麼震驚。就算如此，羅倫斯也早該在途中發現了。他早該發現以北方戰地為根據地的傭兵團會在留賓海根附近徘徊不走，就代表著戰場起了什麼變化。

而且，稍微思考一下兵備的價格暴跌及情報的傳達方法，就可以知道羅倫斯在波羅遜採買兵備時，拉多培隆商行的老闆就已經收到兵備價格暴跌的消息了。

也就是說，羅倫斯本以為自己抓到對方的把柄，而強硬做成了一筆利多交易；結果卻是乖乖聽了對方的話，買了價格暴跌的兵備。

拉多培隆商行能以不錯的價格把行情暴跌的兵備賣給羅倫斯，想必老闆那時是暗自開心地笑個不停吧。而且，老闆應該知道因為兵備的價格暴跌，所以他不可能拿得回借給羅倫斯的借款，也或許是嫌麻煩，於是他決定把債權讓渡給長久有往來的雷瑪里歐商行，好多少給些幫助。

在這些利益關係之中，羅倫斯抽到了下下籤。

這個失敗甚至讓他想要就這麼自我了斷。

死神帶來了沒好處的偶然，而命運女神是如此地殘酷。

即便如此，羅倫斯最後還是只能逞強。

「我會想辦法賣得高價讓您瞧瞧。就兩天後進行結算吧，這樣沒問題吧？」

「沒問題，我會等候您大駕光臨。」

兩人流了整身的油汗，彷彿只要點上火就會燒起來似的。不過，兩人還是盡力展現紳士風度，好讓洽談場面不至於失控。這是身為人的自尊。

接下來，就剩下身為商人的自尊了。

看見羅倫斯從座位上站起來，雷瑪里歐像在道別似地補充著說：

「為了怕您有需要，我還是告訴您一聲好了。所有城門附近都設有我們商行的攤販。如果您需要些什麼，歡迎您來消費。」

雷瑪里歐的意思是——就算想逃離留賓海根也沒用。

「想必攤販的人都忙著做生意吧。非常感謝您的提議，但我想應該不會有此需要。」

如果赫蘿這時在身邊，她或許會苦笑這兩人真愛逞強吧？但羅倫斯也是想與雷瑪里歐較勁。

事實上，這兩人都到了彼此的極限。

一旦破產，就代表即刻被社會宣判死刑，這比當個乞丐在寒冷與飢餓的煎熬下過日子還要悽慘。如果被債權人抓到，身上的所有物品都會被拿去變賣，甚至連頭髮也會被剃下來賣掉。如果有一口漂亮的牙齒，還會被拔下來當假牙用。到了最後，連自由也被賣了，到死之前都得在礦山或奴隸船上受苦。不過，這樣的遭遇還算好。最慘的狀況是被迫替貴族或有錢人頂罪，並接受刑罰。到時不僅沒有人會替你準備墳墓，也沒有人會為你的死而哀悼。

破產就是這麼回事。這時不得不拚命。

「那麼，告辭了。」

「我會期待兩天後的到來，願神庇祐你！」

弱勢的人發現比自己更弱勢的人時，理所當然會咬住對方不放。

儘管明白這道理，羅倫斯還是因憤怒而用力握緊拳頭，拳頭也失去了血色。

不過，他憤怒的原因有一半是因為自己，這次的失敗沒有挽救的餘地。

在沒有半個人送客之下，羅倫斯從雙方洽談的房間——也就是位在三樓的辦公室，走到一樓的卸貨場。

赫蘿因為打扮成城市女孩的模樣，所以不能參加商談，她坐在駕座上與商行負責監視的人一起等待商談結束。羅倫斯來到卸貨場，看見赫蘿回頭時，瞬間露出驚嚇的表情。

赫蘿的反應讓羅倫斯知道自己的表情有多嚇人。

「久等了。」

羅倫斯一邊說，一邊跳上駕座，赫蘿含糊地點點頭，不時看向羅倫斯。

「走吧。」

羅倫斯沒理睬負責監視的卸貨工，便拉緊韁繩讓馬車掉頭，離開了卸貨場。卸貨工似乎已事先被交代過，他沒多說什麼，安靜地目送羅倫斯兩人離開。

經過卸貨場的木板通道，走到石塊鋪成的小巷子的那一刻，羅倫斯深深嘆了口大氣，取代他想要大吼大叫的衝動。

氣憤、不甘心、後悔……這一切的情緒都隨著嘆氣一傾而出。

這口嘆出來的氣塞滿了負面情緒，如果兔子吸了，可能會被毒死吧。

不過，身為商人的自尊並沒有隨著嘆氣一起傾出。

現在可沒有閒工夫悲觀。羅倫斯整個腦子裡塞滿了近似冷漠的憤怒情緒，這樣的情緒一股勁兒地開始計算起資金調度的可能性。

「……吶、吶，汝啊。」

這時，赫蘿顯得戰戰兢兢的聲音中斷了腦海裡的計算。

「嗯？」

「發生什麼事了嗎？」

赫蘿真正的模樣是隻能夠輕易一口吞下羅倫斯的狼，這樣的她竟一副擔心的模樣，露出不自然的笑容詢問羅倫斯。赫蘿一定聽到了羅倫斯與雷瑪里歐的對話，她會特地這樣詢問，一定有什麼其他理由。

看著赫蘿的模樣，羅倫斯可以想像得到自己的臉有多可怕。

對商人來說，臉部表情比什麼都重要。羅倫斯鬆開韁繩，勉強放鬆臉部變得僵硬的肌肉。

「如果妳是在問發生了什麼事的話，那就是後面的貨物變成一堆廢物了。」

「唔……原來不是咱聽錯啊。」

「順便再告訴妳一件事，照這樣下去，我將會破產。」

或許赫蘿知道商人破產後的命運就像隻可憐小羊等著被人宰割，她聽了後扭曲表情，像是她身體某部位疼痛似的。接著，她忽然換了個表情。

賢狼以冷靜看待事物的眼神看著羅倫斯說：

「要逃跑嗎？」

「只要逃跑一次，就得逃跑一輩子。洋行或商行的情報網就像神的眼睛，不管身在何處，只要做了生意，馬上會被發現。這麼一來，就不能繼續當個商人了。」

「可是，受了傷的動物往往會落得屍骨無存的下場，汝是不是想得太美好了？」

「沒那回事。」

羅倫斯斬釘截鐵地回答，赫蘿聽了，別開視線陷入思考。

羅倫斯接著說：

「只要我能還清四十七枚盧米歐尼金幣就沒問題了。貨還在我手上呢，只要還清債務，然後再運到遠處去賣，就可以賣得差不多的價錢。還是有翻身的可能性。」

雖然羅倫斯一副事情很簡單似的模樣如此斷言，但其實這番話的可信度就跟可行性一樣低。

就算如此，他還是只能這麼說。如果說這是商人的自尊心作祟，或許也是吧。反正現在就算逃跑了，也不能再繼續當個商人。既然這樣，只好掙扎到最後一刻了。

原本沒看著羅倫斯的赫蘿，在過了好一會兒後，把視線移了回來。

她露出一副「真是敗給你了」的表情，淡淡地笑著說：

「咱可是賢狼赫蘿吶，咱多多少少可以幫得上忙唄。」

「是啊，光省下來的餐費就差很多了。」

羅倫斯說完話的瞬間，赫蘿使出她的右拳頭擊中他的左側腰說：

「咱不是早說過了，咱會自己賺自己吃的餐費。」

「我知道啦。」

羅倫斯一邊撫摸左側腰，一邊說道。原本揚起一邊眉毛的赫蘿聽了這番話，便不再生氣地哼了一聲。

然後，赫蘿面無表情地把視線移向馬兒。她再次開口說話，那語氣就像在發誓似的：

「咱以名譽保證，到了緊要關頭，就算得用這些麥子的力量，咱也一定會讓汝成功逃跑。」

掛在赫蘿脖子上的袋子裡，裝著赫蘿寄宿其中的麥子。只要利用這些麥子，赫蘿就可以輕鬆變回原本的模樣。

可是，人們總是會對赫蘿原本的模樣投以畏懼的眼神，而赫蘿厭惡這種眼神的程度甚至到了恐懼的地步，畏懼的眼神就等於是孤立赫蘿的牢獄。雖然赫蘿在河口城鎮帕茲歐的地下水道變回了狼的模樣，但那是因為赫蘿本身也有生命危險，所以她才變身的吧。

這次就不同了，此刻在眼前的危機純粹只是羅倫斯一個人的危機。

因此，當羅倫斯聽到赫蘿表示事到緊要關頭時，願意為了自己變回原本的模樣，讓他單純地感到開心。

「汝答應過咱，要帶咱回到北方的森林去。要是汝在這種地方一蹶不振，咱可傷腦筋了。」

「嗯，我一定會信守承諾的。還有……」

羅倫斯閉上眼睛緩緩地做了個深呼吸後，看著赫蘿說：

「事到緊要關頭時，可能會需要妳的幫助。」

在過去，羅倫斯只會想「要是失敗了，一切都完了」，但現在不同了。到了最後關頭還有人可以依靠，赫蘿給了他這樣的安心感。

赫蘿展露微笑說了句：「包在咱身上。」

到了最後關頭時，可以向赫蘿求救。

或許這也是個選擇吧。

然而，這不是個面對實際問題的選擇。如果事情演變成那樣的地步，那就表示這世上已經沒有羅倫斯可以容身的地方了。

沒有家、沒有故鄉可回，指的就是這麼回事；一旦失敗就什麼都沒了。

「那，接下來該怎麼做呢？」

把馬車寄放在旅館後，赫蘿在旅館前面這麼問道。

雖然羅倫斯心想「我才想問呢」，但是他沒有時間訴苦。

幸好已經預付了旅館的住宿費，所以暫時不會為了沒有落腳處和寄放馬車的地方而傷腦筋，手頭上也多多少少還有一些現金。不用立刻被迫餐風露宿，已算是不幸中的大幸了。

可是，所剩的時間和可能性實在太少了。

「總之先跑一趟洋行，也只有這個選擇了。」

「同鄉的人應該會幫忙唄。」

或許赫蘿是為了鼓舞羅倫斯才這麼說，但是羅倫斯很明白這世上沒她說的那麼容易。因為羅倫斯在商界打滾了十年之久，他看過太多人陷入窘境，最後直接消失蹤影。

「那，我去一下洋行，妳就在旅館等……」

羅倫斯話還沒說完，就被赫蘿踩了一腳。

「咱像是看著旅伴陷入苦境，還能夠悠哉地梳理尾巴的不重情義的狼嗎？」

「呃，可是……」

「咱像嗎？」

赫蘿仰頭說道，她依然踩著羅倫斯的腳。

「……不像，但不是那樣的問題。」

「那麼，是什麼樣的問題？」

赫蘿雖然挪開了腳，但是她的眼神訴說著「你要是回答得不好，我會再踩下去」。

「洋行就像我們旅行商人的故鄉。妳應該知道帶女人到故鄉去，代表著什麼意思吧？」

「咱沒愚蠢到完全不懂那是什麼狀況。」

「想要詳細說明那狀況是不可能的。況且，到底要怎麼解釋我跟妳的關係呢？」

赫蘿一旦被教會發現，就會被當成惡魔處以火刑。雖然在這個城市掌管洋行的葉克柏一定非常通達事理，但萬一葉克柏向教會舉發赫蘿，那可是一大慘事。而且，很多羅恩地區出身的商人都會進出洋行，他們不一定都是通達事理的人，說什麼也不能冒這個險。

這麼一來，想要解釋羅倫斯與赫蘿的關係，多多少少得扯一些謊。可是，能順利瞞過他們嗎？對方同樣是識破無數謊言、老奸巨猾的商人。

「既然這樣，乾脆說咱們是情侶不就得了唄？那總比一個人被留下來的好。」

羅倫斯明白赫蘿是替他擔心。

要是立場相反，赫蘿如果打算自己一個人解決問題，羅倫斯也會生氣吧。如果赫蘿要他待在旅館等，他一定會覺得自己被背叛了。

赫蘿看向他。

羅倫斯只好屈服了。

「好吧，就一起去。妳的腦筋也轉得比較快。」

「嗯，放心交給咱唄。」

「不過……」

羅倫斯讓開路給想要進去旅館的商人通過後，繼續說：

「我會說我們是生意上的夥伴，妳絕對不要亂說話啊。那些傢伙在歡迎人時真的很粗魯。」

這是個事實，同鄉們表現歡迎的粗魯程度甚至讓人覺得困擾；不這麼叮嚀，赫蘿一會兒又要反駁了。

然而，赫蘿好像是只要能夠帶她去，什麼都好的樣子。她溫馴地點點頭。

「那，走吧。」

「嗯。」

兩人快步踏了出去，走向擁擠的人潮之中。

羅倫斯來到洋行正準備敲門時，正好有人走了出來。

從那人的裝扮看得出來是個住在城裡的商人，他一看到羅倫斯，便立刻露出尷尬的表情別開視線，他的舉動讓羅倫斯猜出他是雷瑪里歐商行的跑腿。想必他是來傳達羅倫斯目前所處的狀況，以及必要時會要求洋行代償債務的消息吧。

不過，羅倫斯做出就像平時與人擦肩而過時會有的反應，他讓開了路，也沒有搭腔。

那人是因為自家商行陷入窘境才會這麼做，如果沒那必要，想必他也不願意扮演這樣的角色吧。照理說，雷瑪里歐商行的人是可以向羅倫斯討債的債主，但是他卻像逃跑似地匆忙離去。

雖然在商人的世界裡，先下手為強的舉動就像家常便飯一樣，但沒有人會喜歡害人身敗名裂。先下手與害人身敗名裂完全是兩回事。

「咱還以為汝一定會動粗呢。」

赫蘿似乎也發現了那人是雷瑪里歐商行的人，羅倫斯聽了她的玩笑話，只能還以苦笑。

「不過，想到待會兒要說明自己所處的悽慘狀況，就覺得心情很沉重，所以倒是要感謝他替我省了事。」

「凡事總有兩面吶。」

羅倫斯總算展露笑容，並走進洋行。

過了中午，販賣鮮魚或蔬菜等容易腐爛商品的商人們大多收了工。不同於早上來的時候，洋行裡有幾張桌子坐了人，大夥兒各自喝著酒談笑風生。羅倫斯認得每個人的臉，也記得他們的名字。其中有幾個人發現羅倫斯進來，還稍微舉高手打招呼。

但是，他們一看見跟在羅倫斯後頭進來的赫蘿，全都停止了動作，同時還傳來幾聲驚叫，那叫聲也可以用嘆息來形容。隨後，大夥兒便投來像是祝福、像是羨慕，也像是忌妒的目光。雖然赫蘿一副不以為意的模樣，但是羅倫斯卻覺得有些痛苦。

「喔～～這真是神的指引呢。」

大夥兒的臉上都掛著笑容，就只有最先開口的葉克柏的眼神沒有笑意。

「怎麼給你找到了個大美人啊，羅倫斯。」

羅倫斯無視於四周的目光，拉著赫蘿的手直直走向葉克柏。

葉克柏沒有稱呼克拉福，而是稱呼羅倫斯，這讓羅倫斯感到心痛。

葉克柏的舉動等於是宣告他不再把羅倫斯視為自己人，而是以一名商人來看待。

「不是我找到的，而是我被找上了，塔蘭鐵諾行長。」

葉克柏臉上浮現誇張的笑容，連臉都變了形。他很困難地站起身子，拍了拍羅倫斯的肩膀後，指向裡面說：

「到那邊說話吧。」

眼尖的商人們似乎立刻察覺到氣氛不對勁，沒有半個人向羅倫斯搭腔。

從洋行的大廳往裡面走，可看到被建築物包圍住的中庭。羅倫斯眺望著因為季節的緣故而變得冷清的中庭時，走在前頭的巨漢葉克柏搭腔說：

「你沒遇到雷瑪里歐商行的傢伙嗎？」

「有遇到啊，在出入口的地方。」

「這樣啊，我還以為你們很幸運地沒遇上呢。」

「……為什麼呢？」

羅倫斯不明白葉克柏想表達什麼，於是這麼反問。葉克柏聽了，肩膀不住地晃動，羅倫斯知道他沒發出聲音竊笑。

「因為我沒聽到打鬥聲。」

赫蘿輕輕笑笑，羅倫斯則是聳了聳肩。

然後，葉克柏打開走廊右側的房門，以手勢催促兩人走進房內。

「這是我的辦公室，沒有人會隔牆偷聽，這點你大可放心。」

辦公室的空間並不大，卻讓人覺得裡面藏著無限的知識。

除了打開房門所看到的正面位置有一扇木窗之外，所有牆壁都被木櫃擋住，上面胡亂地堆滿了無數用繩子捆住的文件。

辦公室正中央有一張小桌子，桌子兩側擺設了只是在木頭上貼了皮革的沙發。

另外，房門正面有一張書桌，桌上的文件堆積如山。雖說紙張的價值會隨著時間經過而降低，但是桌上堆著的紙類都還算是高級品。為了追求知識，不惜花費金錢的表現，證明了一個人有多優秀。如此大量的紙張，就連知名神學者都難以收集得到。

「那麼，要先問你什麼好呢？」

葉克柏往小桌子對面的沙發上一坐下，沙發為了支撐他的身軀發出巨大悲鳴。要是在平常時候，就可以拿這個來開玩笑，但是現在這個狀況下，那聲音只是壓迫羅倫斯的重錘而已。

幸好身邊有赫蘿。

如果只有自己一人，原本靈通的腦袋也會變得不靈通。

「首先我想問你，站在那邊的漂亮小妞是誰啊？」

葉克柏的視線不是移向赫蘿，而是移向羅倫斯。

照常理來說，瀕臨破產危機的商人帶著城市女孩一起行動，這簡直是無比荒謬的事。如果葉克柏是個急性子的人，想必在看到赫蘿的當下，就會把她連同羅倫斯一起轟出去吧。

「因為生意上的合作關係，我們一起行商。」

「喔？生意？」

葉克柏似乎以為羅倫斯在開玩笑，他帶著笑容，首度把視線移向赫蘿。赫蘿展露微笑，並微微傾頭。

「在帕茲歐的米隆商行鑑定價值一百四十枚崔尼銀幣的皮革，被我們當場抬高價格，以兩百一十枚賣出。抬高價格的方法就是她想出來的。」

赫蘿挺起她瘦小的胸膛，一臉得意樣。反觀葉克柏卻是露出懷疑的眼神。

葉克柏當然會有這樣的反應。要是別人這麼告訴羅倫斯，羅倫斯也會認為那是謊言。米隆商行的規模之大是各國皆知的事，那裡網羅了一流的商人，想哄抬價格不是想做就做得到的事。

「早上我來這裡的時候有說過了。如果沒有好處可拿，我是不會投資的。」

羅倫斯心想不管怎麼說，皮革一事都是真的，所以毫不畏縮地這麼說。

至於這樣的說法會不會惹得赫蘿生氣，羅倫斯倒是沒有想那麼多，他相信赫蘿會明白這只是權宜之計。

葉克柏聽了，先是閉上了眼睛，然後意外地緩和了表情說：

「我想，我就不多問了。偶爾會看到像你這樣的商人出現。」

「咦？」

「這些人某一天沒預警地出現在洋行，還帶了個美若天仙的美女，一副他的生意和人生都再順利不過了的模樣。不過，這些人都不肯透露美女的身分。所以，我也不多問了。再說，聖經上也寫著不可以勉強打開來路不明的箱子。」

雖然羅倫斯有想過葉克柏是在套他話，但是他不明白葉克柏這麼做的理由。所以，羅倫斯直率地改變了想法。

或許拖馬車的馬兒變身成幸運女神，與商人一同旅行是真有其事也說不定。每個遇到這種事的人，都會認為「只有自己是特別的」。不過，羅倫斯自己也都與自稱賢狼、有著少女外表的狼一同旅行了。對很現實的商人來說，親身碰到這麼非現實的事情，只會讓他更有真實感。

「聰明的判斷吶。」

葉克柏聽到赫蘿這麼說，大笑說：

「那麼，我就不客氣地切入主題了。如果你們是夫妻關係的話，我打算說服你馬上去教會離婚。不過，既然是行商夥伴，那就另當別論了。同舟共濟，夥伴的身敗名裂就是自己的災難。金錢關係的羈絆比血緣關係還要強。」

葉克柏坐著的椅子發出嘎吱嘎吱的聲音。

「我來確認一下狀況吧。剛剛雷瑪里歐商行的傢伙前來傳達的內容是這樣的：簡單來說，隸屬於羅恩商業公會的克拉福．羅倫斯先生從波羅遜的拉多培隆商行買了價值相當於一百枚盧米歐尼的兵備。其中，有將近一半的金額是借款。然後，目前的債權者是雷瑪里歐商行。對嗎？」

羅倫斯痛苦地點點頭。

「雖然我不知道你買了什麼樣的兵備，但是現在所有兵備的行情都跌到低於十分之一的價格。假設以十分之一的價格賣了，那也還有將近四十枚盧米歐尼的借款。換算成崔尼銀幣大約是一千五百枚。」

在河口城鎮帕茲歐的騷動所獲取的最終利益有一千枚銀幣。就算能夠再到手一次，也不夠還清負債。

「這怎麼看都是被拉多培隆商行陰了，不過，我沒打算問你細節。就算問了，也改變不了狀況。任誰都猜得出來你是因為太貪心才失敗，沒錯吧？」

「沒錯。」

羅倫斯找不到藉口反駁。「因為太貪心，所以賠了錢」，這句話完完全全道出事實，沒有半點偏差。

「既然你也明白這點，那就好溝通了。公會勢必會被要求代償你的借款，但是，這借款你得靠自己的力量償還。因為如果遇到詐欺、強盜、生病，或是受傷而負債，我們公會與洋行會以名譽保證，無論如何都會幫助你。但是這次不同。能夠幫助你還債的只有老天爺，或者是……」

葉克柏沒移動視線，只把手指指向赫蘿，赫蘿瞥了羅倫斯一眼。

「那邊的漂亮小妞。」

「這我明白。」

有別於各職業的公會，由同鄉所組成的商業公會是個互相扶助的團體。商業公會是靠著會員的捐贈金營運。如葉克柏所說，公會的存在是為了救濟因為遇到災難而無法繼續做生意的人，或是替在異國遭遇不公對待的人，以團體名義提出抗議。

公會並非為了太貪心而失敗的人代償債務而存在。

所以，在這樣的狀況下，公會或許會暫時代償債務，但接著就會使出激烈的討債攻勢。公會這麼做的原因除了要給其他會員一個交代之外，也是想警告會員們不要因為貪心而草率行事。

葉克柏的眼神彷彿拉緊了弦的弓。

「很遺憾，以我的立場來說，我不能夠對你仁慈。不如說，對你採取斷然拒絕的態度，才是我坐在大廳那個座位上的理由。這是整體公會的紀律。如果只有這家洋行破了例，那些貪婪的傢伙就會一窩蜂地湧上來。」

「這當然了。假設別人因為貪心而失敗，卻受到特別的待遇，那我也會生氣。」

羅倫斯明白現在不是逞強的時候。但是，如果不逞強，他實在無法讓自己支撐下去。

「還有，你應該知道公會的會員之間不得有借貸行為的規矩吧？另外，公會本身也不能借錢給你。畢竟得以身作則給週遭的人看。」

「我明白。」

此刻，第二故鄉斷然地排拒羅倫斯在門外。

「照雷瑪里歐商行的傢伙所說，你的債務償還期限是兩天後。雷瑪里歐商行也因為投資兵備而失敗，應該正火燒屁股急著呢，想必他們會毫不猶豫地立刻前來討債吧。也就是說，到了後天，你失敗的事情就會曝光，而我也不得不拘禁你。從這裡可以得到什麼結論呢？」

「兩天之內如果沒有準備好四十七盧米歐尼還給雷瑪里歐商行，就沒有明天。」

葉克柏稍微轉動了頭部。然後，他把視線落在桌子上說：

「你說沒有明天是錯的。」

小小聲的布料摩擦聲傳進羅倫斯耳中，他心想應該是赫蘿的耳朵和尾巴動了吧。

「你還是可以迎接明天。只不過，那會是一片漆黑，痛苦又沉重的明天。」

葉克柏是在暗示他可不允許因為破產而悲觀地採取自殺行為。

「四十七盧米歐尼只要在跑長程的貿易船上划個十年，就能夠還清了吧。也可以選擇在礦山裡挖洞。只不過，這還得要不受傷也不生病。」

只要是曾經看過船長與船主商行之間往來信件的人，立刻就能夠知道葉克柏說的話有多麼虛幻、多麼不切實際。往來信件上所寫的內容有九成是申請更換划船手，以及想盡辦法要對方沿用原有划船手。

一般來說，有八成左右的遠程划船手只能撐兩年，剩下來的一成能夠再多撐得兩年，最後存活下來那一成擁有強韌肉體的人，會被迫坐上對抗海盜的船隻，就此一去不復返。不過，在船上的人還算好，如果是到了礦山的人，多半不到一年就會因為染上肺病而死亡。就算運氣好沒有生病，也會在第二年因為礦山坍塌而死亡。

與此般待遇相比，如果是遭遇災難，並由洋行出面代償借款的人，卻是能夠擁有相當好的待遇，他們只要每年以低利率還錢給洋行就行了。

這彷彿在說「這下你知道因為太貪心而失敗，是多麼重的罪了吧？」

「不過，我這不是說我希望你死。我希望你記住這點：犯了罪就得處罰。我只是不得不執行如此理所當然的事情罷了。」

「我明白。」

葉克柏把視線移向羅倫斯，他第一次露出同情的目光。

「這兩天的時間，你就盡量努力吧。雖然我也只能這麼說，不過，有幫得上忙的地方，我就會幫忙。一般生意上的協助當然是沒問題，我也會不惜辛勞地給予幫助。還有，因為我信任你，所以這兩天的時間我不打算綁住你，你大可自由地行動。」

信任兩個字沉重地壓在羅倫斯的肩上。

赫蘿說過到了最後關頭時，她會伸出援手。

可是，如果接受了赫蘿的幫助，就等於背叛了眼前的葉克柏的信任。

這種事，羅倫斯做得出來嗎？

他不禁在心中對自己說。

「感謝您的寬宏大量，我會想辦法在兩天內賺錢看看。」

「做生意總會沒預期地找到出路。有時候正因為身處危機，所以才找得到不一樣的路。」

羅倫斯聽了這番話，感到有些吃驚。因為這番話可以解讀成「就算使用非法手段，也要設法度過危機」。

葉克柏身為羅恩商業公會留賓海根洋行的行長，會不斷向羅倫斯強調現實的嚴酷，但其實他是真心為羅倫斯擔心。身為商人們第二故鄉的主人，光只有嚴厲的性格是不夠稱職的。

「你還有沒有其他想問的，還是想說的嗎？」

羅倫斯雖然搖了搖頭，但忽然想起了什麼，他開口說：

「請您先想好看到我把錢還清時的驚訝台詞。」

葉克柏瞬間睜大了眼睛，跟著大聲笑了出來。拿不能開玩笑的事情來開玩笑，更能博君一笑，看來這話說得果然不假。

「你還能夠開玩笑，應該就不需要擔心了。漂亮小妞有什麼想說的嗎？」

羅倫斯本以為赫蘿會說些什麼，但很意外地，她只是安靜地搖搖頭。

「這樣，我們算是談好事情了吧。談太久不太好。外面盡是一些喜歡胡亂猜測的傢伙，要是傳出什麼糟糕的傳言，你就不易行動了吧？」

葉克柏站起身子，沙發隨之發出嘎吱嘎吱的聲音。羅倫斯與赫蘿也跟在他的後頭出去。

因為葉克柏與羅倫斯都明白，商人臉上掛著黯然表情是一件多麼糟的事，所以兩人都盡力表現得平常，一副兩人方才是在裡面閒話家常似的表情。

回到洋行大廳後，葉克柏坐回他的老位置，並輕輕揮揮手送羅倫斯離開。

儘管如此，在大廳喝酒聊天的商人們還是感覺到氣氛並不尋常，沒有一個人向羅倫斯搭腔。

羅倫斯感覺得到有視線集中在他的背上，像是要把這些視線隔絕在門內似的，他背著身子關上門。

羅倫斯原本做了最壞的打算——也就是被拘禁。現在能夠擁有兩天的自由時間，他不禁感謝起葉克柏的寬宏大量。

「總之我們得到兩天的自由，只能善用兩天的時間盡力去做了。」

羅倫斯像在對自己說話似的喃喃說道，但他心裡明白在沒有資金的情況下，要兩天內賺進四十七盧米歐尼的巨款根本是妄想。

如果有辦法做到，世上所有乞丐早就都成為大富翁了。

然而，羅倫斯不得不想辦法。

如果不想辦法，就得迎接連想都不願意去想的明天。

擁有商店的夢想破滅，以商人身分捲土重來的希望也化為無；只能在昏暗的礦山裡，或是在苦悶嘆息聲比海浪聲更響亮的船上度過終身。

雖然口中逞強地說了「總會有辦法解決」，但是羅倫斯越是這麼對自己說，就越覺得不可能做到的現實逐步逼進。

葉克柏因為信任羅倫斯，所以在還沒開始討債之前，給了他兩天的自由時間。

可是，現在思考起來，卻覺得葉克柏的意思或許是「至少讓你在破產之前，過個兩天自由的好日子」。因為越照常理思考，就越覺得要兩天內賺得四十七盧米歐尼的巨款是不可能的任務。

等到羅倫斯察覺時，才發覺自己的手不停顫抖。

羅倫斯覺得丟臉，於是握緊拳頭想要制止顫抖，這時小小的手心握住了他的拳頭。

是赫蘿，羅倫斯總算記起赫蘿的存在。

我並不孤單。

這個事實讓羅倫斯好不容易有餘力深呼吸。

再這樣下去，就連要帶赫蘿回到北方森林的承諾都實現不了。

停止轉動的腦袋又重新運轉起來。赫蘿早預料到會這樣，於是開口問：

「那，汝啊，要怎麼做呢？」

「在想辦法之前，有件事我想先嘗試看看。」

「什麼事？」

赫蘿抬起頭詢問。

「就是以債養債！」

除非是很有錢、或是很有肚量的人物，否則借了一大筆錢給別人，應該都會坐立不安吧。相反地，除非是很沒錢、或是心胸很狹窄的人物，否則借了一點錢給別人，應該都不會囉唆地拚命討債。

借款就像一股向前逼近的濁流。或許直接迎向濁流，身體根本無法承受得住，但如果讓水流分散到幾條河川裡，就能夠勉強承受得住。

羅倫斯的想法是分散四十七盧米歐尼的巨款，也就是向好幾個人借錢來一次償還巨款，跟著再一一還錢。

然而——

「喲，羅倫斯先生，好久不見呢。您今天又帶來了什麼發財方法呢？」

當羅倫斯出現在熟悉的商行裡時，所有人都會說出這樣的話歡迎他到來。不過，一旦羅倫斯說出借錢的事，每個人都會立刻板起臉來。

「五盧米歐尼？哎呀～很不湊巧，我們商行的財務也正緊著呢。年關將近，小麥和肉都漲價了，為了明年春天的交易，還得先買齊商品儲存起來。很抱歉，恐怕有點困難……」

所有人的態度都一樣，就彷彿事先約好了似的。畢竟對方也都是對這方面相當敏感的商人。旅行商人不向自己所屬的洋行借錢，反倒特地來到商行提出借錢的要求，對方立刻就能夠察覺這名旅行商人一定是有什麼無法向洋行借錢的理由，而陷入窘境。

沒有人會把貨物寄放在就要沉沒的船上。

如果不肯罷休地告訴對方就是借一盧米歐尼也好，對方就會擺出像是看到腐臭物似的表情。有時候甚至還沒有機會多說話，就被趕出商行。

不是提出銷售商品或洽商的要求，而是提出借錢要求的人，就跟盜賊沒兩樣。

在生意界裡，這是個常識。

「還有下一家。」

每次與在商行或住家外面等待的赫蘿會合時，總是會講的這句話，在講了第五遍後，就再也沒有講了。

過了第三家之後，就無法繼續強顏歡笑著走出來。從第四家出來時，就聽不到說「怎麼著？」的聲音了。

一路上，兩人原本還討論著除了先向人借錢還債的方法之外，是否還有其他賺錢方法；但過了不久後，也變得意志消沉而不再討論。商人本來就是靠著資金在賺錢。少了本錢，什麼事都做不得，這道理不用說也明白。

羅倫斯走在路上的腳步無意識地加快，他與赫蘿之間的距離也容易因此拉遠。每當發現距離拉遠，羅倫斯就會叮嚀自己別著急，然而，叮嚀的聲音卻只是在空空的腦袋裡形成回音罷了。不僅如此，就連赫蘿時而說出的鼓勵話語都讓他感到焦躁。

不妙，這情況顯然不妙。

天色已開始變暗，空氣也逐漸轉冷，但是羅倫斯的額頭及頸部卻滿是黏答答的汗水。

雖說是早有心理準備，但實際體驗之後，才發現比想像中更難熬。就彷彿素燒陶杯裡的水慢慢地滲透出來似的，事態的嚴重性一點一滴侵蝕著羅倫斯。

為什麼會在波羅遜做了那樣的交易呢？這種後悔之情，以及就算後悔也改變不了現狀的兩種意見，在羅倫斯的腦海裡爭論的程度越演越烈。

聽到赫蘿的聲音，羅倫斯再次發現與她的距離拉得太遠。他停下了腳步，一股無法再度跨出步伐的疲憊感湧上他的心頭。

可是，沒時間喊累了。

「有人在嗎？」

這時市場關門的鐘聲響起，到了每家商行都差不多該關門的時間。

羅倫斯來到第九家商行拜訪時，這家商行的卸貨場已收拾乾淨，入口處掛著表示今天的生意到此結束的木牌。

雖然商行已關門，但商行也是老闆或是男僕的住家，所以原則上商行裡不會沒有半個人。羅倫斯搖了一下門鈴，並做了一次深呼吸。

認識的商行已經所剩無幾。就算被趕，也得纏住對方借錢。

「是哪位啊？」

商行的門打開後，一名眼熟的豐滿婦人探出頭來問道。

羅倫斯鼓起勇氣準備開口請婦人讓他見見老闆時，婦人忽然轉過身子，一副有些困擾的模樣往裡面走去。

在婦人離去之後，商行的老闆走了出來。

「好久不見啊，羅倫斯先生。」

「好久不見。市場都關門了，還來打擾您，真的很抱歉。有件事情懇請您幫忙。」

在拜訪第一家、第二家商行時，羅倫斯還有餘力假裝成要洽談，先與對方閒話家常一番。

然而，現在的他已經沒有那種餘力了。聽到羅倫斯單刀直入地這麼說，老闆露出輕蔑的眼神說道：

「我有聽到一些傳聞，您好像到處向人家借錢啊？」

「是的……真的很慚愧……」

城裡的商行之間都有密切的橫向聯繫，一定是其他被要求借錢的商行告訴老闆了。

「而且，聽說金額還不小啊。原因是兵備的價格暴跌嗎？」

「是的。因為我想得太天真了，所以導致失敗——」

羅倫斯告訴自己姿態得盡量擺低一些，就算得哀求對方大發慈悲，也要借到錢。因為他知道要不這麼做，就不可能在兩天內從手無分文，籌到四十七盧米歐尼。

而且，如果在這裡被拒絕了，接下來不管到哪一家商行，恐怕都會被排拒在外吧。

只要有某一家商行借了錢給羅倫斯，或許其他商行會覺得借錢給他也無妨。然而，目前沒有半家商行借錢給羅倫斯，就表示這些商行都認為羅倫斯不可能有機會東山再起。

商行彼此之間的橫向聯繫非常密切，一旦消息透過這個橫向聯繫傳了出去，轉眼間就會傳遍整個城鎮。

儘管羅倫斯放低了姿態，老闆的語氣依舊冷淡：

「想得太天真了？這只是原因之一吧？」

即使不是頗能看出他人情緒的商人，也看得出來老闆的想法。

老闆散發出來的感覺是絕對不可能借錢給羅倫斯。

商行的老闆雙眉緊蹙、一副難以置信的表情，甚至嘆了口氣。依他的反應看來，說不定他已經查出羅倫斯是因為貪心而做了信用購買，導致巨額的負債纏身。

對商人來說，信用比什麼都重要。如果沒了信用，就不會有人願意伸出援手。

羅倫斯明白會導致負債纏身，原本就是他該負的責，如果因為這個原因而借不到錢，他也不能多抱怨。

羅倫斯羞愧地低下頭，全身的力量就像被灑在土上的水一樣，漸漸地消失。

沒辦法了。

這時，老闆繼續說：

「不過，除非是神，否則誰也無法預料到商品價格會暴跌。劈頭就責備你這件事，也太嚴酷了點。」

羅倫斯不自覺地抬起頭來，他看見一道曙光。只要能夠在這裡借到一些錢，就比較容易向後面要拜訪的商行借錢。老闆對羅倫斯身為旅行商人的手腕有某程度的認同，這麼一來，只要承諾一定會花時間加上利息還錢，或許老闆就有可能答應。

羅倫斯以為這樣的希望就降臨在他的眼前。

然而，他抬起頭來看到的是一副像是難以置信，又像是輕蔑的表情。

「我一直以為如果羅倫斯先生有困難，或許我可以盡點微薄之力，畢竟您也幫我賺了好幾次的錢。不過，我認為就算是個商人，也應該遵從神的教誨，清清白白做人，並且把誠意拿出來給對方看。」

羅倫斯雖然不明白老闆的意思，但也拚命想要解釋，他準備開口說話時，卻被商人擅長的搶說話拍子給堵住了口。

「您在四處奔波，想要靠著別人的同情來借錢的時候，竟然還帶著女人一起行動？愚弄他人也要有點節制啊。羅恩商業公會的素質也越來越差了。」

羅倫斯聽了，整個人僵住不動，商行的大門也在這時緊緊關上。

羅倫斯無法往前走，也無法後退。

他甚至忘了怎麼吸氣，怎麼吐氣。

緊緊關上的大門彷彿畫在石牆上的門似的，悄然無聲。想必大門的觸感肯定是冰冷無比，重量也一定如岩石般沉重吧。這扇不再打開的大門，同時意味著羅倫斯在這個城鎮所擁有的人脈全都斷了。

這下沒地方可以借錢了。

羅倫斯無意識地離開大門，他搖晃的身體擅自往後退。等到他察覺時，他早已呆站在路的正中央了。

「別杵在路中間！」

羅倫斯被駕駛馬車的馬夫一罵，像隻野狗一樣閃開，總算走到路旁。

該怎麼辦才好?該怎麼辦才好?該怎麼辦才好?

這句話不斷在眼前交錯。

「汝啊,沒事唄?」

赫蘿的聲音讓羅倫斯驚醒過來。

「汝的臉色慘白吶,先回旅館再說唄。」

到了下一刻,羅倫斯發現自己用力撥開了赫蘿因擔心他而伸出的手。

「妳不在就好──」

羅倫斯大聲斥罵,等到他發現是自己不對時,已經太遲了。

赫蘿露出彷彿被萬箭穿心般痛苦的表情看向羅倫斯,跟著緩緩放下因為沒了去處,而懸在半空中的手。

在那之後,赫蘿的臉上既沒有氣憤,也沒有悲傷的表情,她面無表情地垂下頭。

「唔……抱、歉……」

赫蘿雖然勉強擠出聲音這麼說,但是她沒有再伸出被羅倫斯撥開的手。

「啊,可惡……」

羅倫斯無法採取其他行動,只能臭罵自己。

腦海裡的聲音不斷責罵羅倫斯過分的舉動。

「……咱先回旅館。」

赫蘿輕聲說道，沒看羅倫斯一眼就邁步離去。

就算是在建築物裡面講話，赫蘿都能聽得見。想必羅倫斯與老闆的對話，她就像站在旁邊般聽得一清二楚吧。

這麼一來，赫蘿心裡一定會產生很大的責任感，大得甚至教她想要逃跑。不用說也知道，赫蘿是因為擔心才陪著羅倫斯奔走。

儘管如此，赫蘿並沒有因為她的行為造成了反效果，而隨隨便便道歉，或是顯得困惑；她反而是顧慮到羅倫斯。羅倫斯明白赫蘿這樣的舉動是最妥當的判斷，正因為他明白，所以更覺得自己不該那樣對待赫蘿。

看著逐漸消失在人群之中的嬌小背影，羅倫斯找不到話語叫住她，也沒有勇氣叫住她。

羅倫斯再次臭罵自己。

如果命運女神真的存在，羅倫斯此刻恨不得直直賞一拳在她美麗的臉孔上。

結果這天，羅倫斯到了日落後方可營業的路邊攤也都收攤了的時間，才回到旅館。

雖然羅倫斯很想痛快地喝一頓酒，但是他既沒有那麼多錢，也覺得那麼做太卑劣。

要他喝得醉醺醺地出現在赫蘿面前，說什麼他也辦不到。

儘管沒有去喝酒，羅倫斯卻到了這麼晚才回到旅館，這是因為在那之後，他又四處拜訪了許多商行。

羅倫斯甚至抱著只要丟開所有的驕傲與尊嚴哀求，對方一定會因為嫌麻煩而答應借錢的想法到處籌錢。

最後羅倫斯向四個人借到了三盧米歐尼，其中有三個人告訴他不用還錢。這樣應該不難想像羅倫斯是怎麼向對方借錢的。

不過，三盧米歐尼距離四十七盧米歐尼當然還很遙遠。羅倫斯必須在剩餘的時間內，以這三盧米歐尼作為本金設法賺錢。這並不代表事態好轉。為了籌到這筆本金，羅倫斯親手毀了生意上極其重要，而且是必要的人際關係。

到了這個地步，想以正常方式來賺錢的可能性幾乎等於零。

但是，在思考這個問題之前，羅倫斯必須先做一件事。在設法賺錢之前，有件事必須先設法挽回。正因為羅倫斯這麼想，所以才會不顧後果地到處借錢。

下意識撥開赫蘿的手時的觸感重現，胸口像心臟直接被打中般抽痛。

羅倫斯進到旅館的大廳裡，看見吧檯裡的老闆一臉睡意，正差點忍不住打起哈欠來。留賓海根有項規定，就是在旅館所有的投宿客沒回來之前，老闆不能先就寢。超過晚上十二點後，如果還有投宿客沒回來，老闆就必須通知治安隊。

這是為了防止盜賊或犯罪者來到城裡使壞的防範對策。

「您回來得真早。」

羅倫斯沒多理會老闆諷刺的招呼語，便往房間的方向走去。

房間在三樓。羅倫斯不願意去想赫蘿有可能沒回到旅館，早就去了別的地方。

他深呼吸兩次後，才伸手準備開門。

羅倫斯心想不管開門的動作是緩慢還是迅速，反正都會發出嘎吱的開門聲，於是用力開門。

留賓海根的建築物密集，再加上旅客人數多得驚人，在這裡只要是設有床鋪的房間，就算得上是豪華套房。房間正中央有一張簡陋的床鋪，加上擺設在木窗旁邊的簡單桌子，光是這樣的房間就被收了不少金額的住宿費。

然而，此刻的羅倫斯卻是有些慶幸著房間如此狹窄。

如果空間再寬敞一些，或許羅倫斯就會猶豫是否該出聲。

在木窗裂縫流瀉進來的月光照射下，羅倫斯看見赫蘿縮著身子躺在床上。

「赫蘿。」

短促的聲音在狹窄又黑暗的房間裡擴散開來，這讓羅倫斯陷入自己根本沒有出聲的錯覺。

床上的赫蘿動也不動。

可是，如果赫蘿再也不想見面，應該就不會回到旅館來。她會縮著身子躺在床上，至少這表示她沒有那樣的意思。

「抱歉。」

除了抱歉兩字，也沒有其他更合適的話語了。然而，赫蘿還是動也不動。

羅倫斯不認為赫蘿當真睡著了，於是往前跨了一步，跟著他倒抽了一口氣。

在那瞬間，羅倫斯感覺到腳邊似乎放著銳利的刀子。一股冷汗從羅倫斯的背脊湧出，他急忙收回腳，恐怖的感覺也隨之消失。

羅倫斯看了看腳邊，再看了看床上的赫蘿。

如果一個人當真在發怒，光是在他旁邊就會讓人有快被燒傷的錯覺。羅倫斯一邊暗自覺得不可能，一邊緩緩伸出手。難以置信的感覺傳到他的手中，他確實感覺到了赫蘿的怒火。既灼熱，又冰冷，如此不可思議的空氣確實存在那裡。

羅倫斯下定決心把手伸進去，那感覺像是把手伸進了埋有利刃的熱沙子裡。這讓他陷入自己的手就快變成焦炭，似乎要被利刃切碎的錯覺。

羅倫斯想起在地下水道，第一次看見赫蘿的狼模樣時的情景。

儘管如此，羅倫斯還是打算往前踏出一步。

就在跨出腳的那一刻。

「痛！」

傳來「啪唰」一聲，羅倫斯發現赫蘿身上的棉被動了一下，接著他感覺到自己的手碰觸到硬物，同時也被撥了開來。羅倫斯察覺到自己被膨大的尾巴給撥開。確實殘留在手上的疼痛感，讓他甚至不會去懷疑這可能是夢境，也可能是幻覺。

然後，羅倫斯發現了。赫蘿的手被撥開來時，應該也是這種感覺吧。羅倫斯還多少有些心理準備，但對赫蘿來說，一定很突然。想必她有多麼驚訝，就代表她有多麼傷痛。

羅倫斯再次詛咒自己犯下的錯。

羅倫斯取出收在外套內側的皮袋，往床上丟去。

那是他不顧後果，只想著借錢所借來的錢。

這些是羅倫斯拿著長久以來，他在這個城市建立起來的人際關係換來的錢。

「這是我靠自己的力量籌來的錢，只有三盧米歐尼而已。雖然還得想辦法籌出四十枚以上的盧米歐尼，可是我已經無計可施了。我是想拿這些錢當作本金來賺錢，但是，我的腦袋什麼辦法都想不出來。」

羅倫斯彷彿對著路邊的石塊說話似的，得不到任何反應。他輕輕咳了一下，繼續說：

「我想得到的頂多是拿著這些錢去賭場罷了。不過，如果這些錢讓有資格拿的人拿著，就可以錢滾錢，越滾越多。所以，我決定把錢交給妳。」

面向道路的木窗外頭傳來醉漢的歌聲。

「還有，萬一事態就這樣無法挽救，誰先用了這筆錢，就算誰贏。都到這種地步了，欠款多增加三盧米歐尼也不會怎麼樣。」

羅倫斯之所以會為了籌到現金，而犧牲掉人際關係，有一半原因是他認為依赫蘿的智慧，或許能夠拿錢滾錢；還有另一半原因是他為了讓赫蘿帶點錢在身上。

儘管只是口頭約束，但羅倫斯確實承諾赫蘿會帶她去北方森林。而且，如果兩人在他撥開赫蘿的手之後，就此分道揚鑣，這樣也未免太鬱悶了。

身為一個商人，羅倫斯覺得自己至少應該留一些現金給赫蘿。

然而，赫蘿依舊沒有反應。

羅倫斯往後退了一步，跟著轉身拉開房門，走到走廊上。

房間裡的氣氛讓羅倫斯覺得自己不能再待下去。

他走下昏暗的樓梯，穿過大廳時，聽見後方傳來老闆責備他外出的聲音。羅倫斯不予理會地踏出旅館。

方才從木窗外頭傳來的醉漢歌聲，隱約從左邊的方向傳來。

再過不久後，治安隊就會出來巡邏。羅倫斯已無處可去，他打算去找正為了他帶來的問題而頭痛不已的葉克柏，於是轉身朝向右方。羅倫斯幾乎是用搶的方式到處借錢，抱怨聲應該也傳進葉克柏的耳中了。

然而，羅倫斯的腳步瞬間停了下來。羅倫斯心想搞不好過了今晚，就不能自由地四處走動了。這樣的事實緊緊揪住了他的心。

羅倫斯下意識抬高頭，他看向旅館三樓位置的房間——也就是赫蘿存在的房間。羅倫斯懷抱著如果是赫蘿，或許可以用驚人的智慧幫他解圍的期望；但同時也想著事到如今，怎麼能夠再依賴赫蘿。

想到這裡，羅倫斯的頭抬了一半便停了下來，視線也拉回地面。

羅倫斯暗自說「去洋行吧」，並準備踏出步伐的那一刻，突然有樣東西砸到他的頭。

突如其來的衝擊力使得羅倫斯的視線晃動，身體失去重心跪了下來。羅倫斯的腦海裡浮現盜賊兩個字，他把手伸向腰際的短劍。然而，羅倫斯沒有再受到攻擊。取而代之的是硬幣獨特的「噹啷」聲響。

仔細一看，羅倫斯看見他留在床上、裝了貴重的三盧米歐尼皮袋。

「大笨驢。」

然後，聲音從上方傳來。

羅倫斯抬頭一看，雙眉緊蹙的赫蘿露出像月光般冷漠的眼神看向他。

「還不快上來。」

赫蘿話一說完，便離開木窗旁邊。這時，旅館老闆打開大門飛奔出來。

如果投宿在旅館的旅人做了什麼壞事，那名旅人投宿的旅館老闆也得負起連帶責任。會在大半夜裡外出的人一定不是什麼好傢伙，想必老闆是出來帶羅倫斯回去的吧。

不過，羅倫斯已經沒必要離開旅館了。

羅倫斯緩緩撿起掉落在路上的皮袋，對著老闆輕輕揮動皮袋。

「我的錢包被夥伴丟出窗外。」

羅倫斯說完後，苦笑了一下。老闆聽了，一副很為難的樣子一邊嘆氣，一邊說：「您別嚇我了。」並打開大門。

羅倫斯輕輕敬了一個禮，便走回旅館，並再度爬上樓梯往房間走去。

他手上拿著裝了三盧米歐尼的皮袋。

羅倫斯站在三樓的房間前面，幾乎沒猶豫地打開房門。

脫下長袍的赫蘿盤腿坐在木窗旁邊的椅子上。

「這個大笨驢。」

赫蘿劈頭就是這句話。

「抱歉。」

羅倫斯找不到其他話可以說。雖然這兩個字是最能明確表達出羅倫斯心聲的字眼，但未免也太簡短了。

然而，腦海裡浮現不出其他字眼。

「錢……」

赫蘿不悅地丟出更簡短的字眼。

「怎麼籌到的？」

「妳想聽嗎？」

赫蘿像是看到最討厭的食物似地瞇起眼睛，把臉別向他處。

然後，她搔了搔頭，嘆了口氣說：

「汝不怕咱就這麼拿著這些重要的錢逃跑嗎？」

「我本來就半打算把這些籌來的錢給妳。萬一因為我的失敗，而不能實現答應妳的承諾時，至少也要留一些盤纏給妳──」

羅倫斯話說到一半，卡在喉嚨裡。

因為他看見赫蘿坐在椅子上，別著臉緊抿雙唇，眼裡泛著淚光。

湧上心頭的情感彷彿硬是要化為淚水湧出似的，但赫蘿拚命想要忍住淚水。

然後，淚水隨著眨眼的瞬間滑落，進而決堤。

「汝說……留盤纏給咱？」

「啊，嗯。」

「何、何必這樣……」

赫蘿像是豁出去了似地用兩手衣袖擦拭淚水，她沒擦乾淚水就站起身子瞪著羅倫斯說：

「不好的人應該是咱唄？如果咱不在，汝早就借到錢了唄？汝幹麼不生氣！咱、咱……」

赫蘿握緊的拳頭不停顫抖，哽在喉嚨的話化成淚水從眼睛湧出。

然而，羅倫斯不明白這是怎麼回事。

那時赫蘿之所以會與羅倫斯一起行動，全因為赫蘿擔心羅倫斯。而且，羅倫斯根本沒想到會因為帶著女人行動，而借不到錢。

不僅如此，羅倫斯還那樣狠心地撥開赫蘿的手，儘管那只是他一時的反應。

怎麼想都應該是羅倫斯不好，他怎麼都不可能生赫蘿的氣。

「那時是我不好啊。妳是因為擔心我，才陪我去的。我怎麼可以生妳氣——」

赫蘿直視羅倫斯。就在羅倫斯準備再開口說話的瞬間，赫蘿轉過身子把手伸向椅背。

「汝這個……」

然後，她舉起椅子。

「大笨驢！」

羅倫斯驚訝地縮起身子。然而，被赫蘿舉起的大椅子卻遲遲沒有飛來。

羅倫斯立刻發現赫蘿光是舉起椅子就很吃力了，她根本沒力氣丟出椅子。

「嗚……這個……」

羅倫斯不知道赫蘿這句話是在罵椅子，還是在罵他。

不過，他知道一件事。那就是雖然赫蘿想要發洩情緒地丟出椅子，但以她那纖細的手臂不可能做到。她纖細的身軀在月光的照射下，傾倒向窗戶邊。儘管如此，赫蘿還是不肯放下椅子，她的視線依然瞪著羅倫斯。

「危險！」

羅倫斯猛地衝向前，就在椅腳撞上窗框，發出「叩」一聲的瞬間，羅倫斯用左手抓住椅子，右手抓住赫蘿纖細的手腕。

赫蘿差一些就連同椅子從窗戶摔了出去，但是她依然面不改色，瞪著羅倫斯。

羅倫斯無法承受赫蘿的視線，於是別過臉去。

他不知道自己應該說些什麼，於是拉過椅子打算先放回地上，結果赫蘿意外地乖乖鬆開抓住椅子的手。

赫蘿似乎把所有怒氣都寄託在椅子上，她一鬆開手，嬌小的身軀也變得無力了。

「……汝這個……」

赫蘿輕聲說，視線跟著往下移，淚水也同時滴落在地面。

「爛好人……」

叩！椅子放下的聲響傳來的同時，也傳來了赫蘿的話語。

「爛……好人？」

羅倫斯不禁反問，因為赫蘿的話語太讓他意外了。

赫蘿的手腕仍被羅倫斯緊緊握住，她像個小孩子似的點點頭。

「不是……這樣……嗎？汝是因為帶咱去，才借不到錢……可是汝……可是汝卻……」

「我不是撥開妳的手了嗎？我是生氣了啊。不過，我不應該生氣的。」

赫蘿搖搖頭，用著沒被握住的右手打了一下羅倫斯的胸口。

赫蘿的表情就像明明很想生氣，卻忘了應該怎麼生氣似的。

「咱……咱自己任性，所以才跟汝去。因為咱的任性，造成了反效果，咱當然該挨罵。可是，咱沒預料到會被那樣撥開手，所以，咱很想發脾氣，咱本來很想發脾氣的。」

聽到赫蘿說到這裡，羅倫斯終於明白意思了。

「看到汝那樣的表情，要咱怎麼發脾氣啊？」

赫蘿用沒被握住的右手再次擦了眼淚說：

「所以，咱才更是一肚子火……」

赫蘿因為被撥開手而感到生氣，但立刻又看見羅倫斯察覺自己不對的表情，害她想發脾氣卻不能發。赫蘿應該是這個意思吧？

羅倫斯心想自己當時一定是露出非常沒出息的表情。

不過，想必赫蘿心中的怒火沒有因為這樣就熄滅，因為手被撥開的怒氣沒那麼容易平息。想發脾氣卻發不了脾氣，所以才更火大。

羅倫斯回到旅館時，赫蘿之所以沒有聽他說話，或許是因為赫蘿自己也不知道該怎麼做。赫蘿的反應比羅倫斯快上好幾倍，或許就是因為這樣，害得她不知道該把憤怒的矛頭指向何方。

然後，羅倫斯誤解了赫蘿生氣的理由，留下裝了三枚貴重的盧米歐尼皮袋，離開旅館。這勢必是火上加油的行為。

赫蘿對自己不能發脾氣的事情感到生氣，這時又看見羅倫斯留下貴重的錢，讓她更不能發脾氣，怒火也就越燒越猛烈。

「抱歉……不對不對，我在撥開妳的手時，真的認為自己做了無法挽回的事情。可能賠罪再多次，都不能挽回。」

羅倫斯緩緩道出，赫蘿聽了，用因憤怒而顯得疲累的眼神看向他。

事實上，赫蘿應該是累了吧。無論碰上任何事，赫蘿都能夠靠著轉得快的腦筋及流利的口才解決事情，這樣的她卻氣憤得想要丟椅子。如果是原本的狼模樣，當然可以承受長時間的憤怒情緒，但以她現在這個嬌小身軀不可能承受得了。

「所以，我才會認為自己應該盡力挽回。如果我這樣做帶來了反效果……那個，對不起。」

羅倫斯忍不住詛咒自己如此貧乏的語彙。不過，赫蘿聽了，只是再次用抬高的右手輕輕打了一下羅倫斯的胸口而已。

「……汝啊。」

「嗯？」

「回答咱一個問題。」

看著右手直接抓住胸口衣服的赫蘿，羅倫斯當然沒理由拒絕，於是他點點頭。

然而，赫蘿沒有立刻開口說話，她吞吞吐吐了好一會兒後，終於開口說：

「汝……為什麼會……」

赫蘿的視線瞬間移向羅倫斯。

「這麼爛好人？」

赫蘿這麼說完，便立刻別開視線，彷彿在逃避什麼似的。

不過，赫蘿明明別開視線，表現出一副冷淡的模樣，她的注意力卻是全放在羅倫斯身上。

那感覺像是有所期待。

剛剛還垂著的狼耳朵挺高了一些，尾巴也輕輕地搖擺著。月光從窗戶流瀉進來，映照著赫蘿嬌小的身軀。

如果老實回答，羅倫斯之所以在撥開赫蘿的手時會那麼驚愕，還有拚命籌錢想留盤纏給赫蘿，全都是因為赫蘿是個特別的存在。

這個答案一定也是赫蘿想聽到的答案吧。

羅倫斯低頭看著赫蘿，準備回答她。

這時，羅倫斯看見赫蘿投來憂傷的目光。

等到他察覺時，嘴裡已說出不一樣的答案。

「個性使然吧。」

羅倫斯害怕說出了真心話，會帶來超乎預期的效果。

如果採取正面攻擊，想必難以攻陷的赫蘿在此刻也會投降吧。

羅倫斯不願意這麼做，所以才會那麼回答。因為他覺得這麼做太狡猾了。

這麼做根本是乘人之危。

然而——

「汝、汝這個……」

羅倫斯才發現赫蘿的手微微顫抖著，下一刻赫蘿便已抽出被他抓住的手，使出全力朝他的心窩揮出拳頭，並丟出話語：

「大笨驢！」

赫蘿這一拳比羅倫斯預期的來得重，他的身體因此往後傾。然而，赫蘿瞪著羅倫斯，一副「別想逃跑」的模樣拉住他的衣服。

「個、個性？汝竟然說個性？就算是扯謊，也應該說因為愛上對方，這才是雄性該有的積極表現唄？汝這個大笨驢！」

羅倫斯不自覺地蒙住眼睛，因為他知道赫蘿當然能夠識破他的心聲。

「抱、抱歉。其實我……」

羅倫斯沒再繼續說下去。

因為羅倫斯看見赫蘿揪著他的胸口，展露了笑顏。

「汝啊，凡事吶，有分為就算對方扯謊也好，也都想聽到對方說出口的時候；以及吶，聽到對方晚了一步才說出口，只會想痛快地毆打對方一頓的時候。汝猜猜現在是什麼時候？」

羅倫斯雖然被赫蘿完全沒有笑意的笑臉給懾住，但也勉強地回答了「後者」。結果赫蘿聽了，一副難以置信的表情嘆了口氣後，放開了羅倫斯。

狼耳朵及尾巴不悅地搖動著。不過，這樣的反應讓人很容易明白赫蘿在生氣。

「汝實在是個極其稀有的爛好人！在這種情況下，世上有哪個雄性不會說因為愛上對方，或是對方很重要，總之就是那種會讓雌性飄飄然的甜言蜜語呢？汝心裡在想什麼，咱可是摸得一清二楚。真是難以置信！汝這個令人難以置信的爛好人！」

赫蘿露出的不再是難以置信的眼神，而是蔑視的眼神。然而，羅倫斯並不覺得生氣。

因為羅倫斯知道赫蘿會有這樣的反應，就表示赫蘿希望聽到他說出這些話。

「不過，話說回來，因為汝是個爛好人，所以咱才能夠悠哉地旅行。也許，什麼都想擁有是太貪心了點。」

雖然被批得很慘，但是羅倫斯卻也無法反駁。

羅倫斯心想究竟赫蘿是抱著什麼樣的心情希望他說出口呢？

她只是單純想要撒嬌呢？還是……？

就在羅倫斯想著這些事情時，赫蘿突然伸出手，輕輕滑進了他的懷裡。

羅倫斯心想赫蘿該不會又有什麼企圖，當下起了戒心。然而，赫蘿立刻坦承她的目的：

「就算如此，咱還是希望聽到汝說出口。所以，重來一次。」

羅倫斯在心裡嘀咕著「饒了我吧」，但他知道如果老實說出來，赫蘿一定會氣得火冒三丈。

赫蘿輕輕咳了一下後，看向羅倫斯，那眼神彷彿說她已經準備好了。羅倫斯見狀，深呼吸一口，並定下決心。赫蘿的聲音隨著視線傳來，她的樣子不像在演戲。

「汝……為什麼會這麼爛好人？」

赫蘿濕潤的雙眼露出憂傷的眼神，嘴唇微微地顫抖，她抬頭看向羅倫斯，那模樣比先前還要認真許多。

羅倫斯知道全身的血液都往臉上竄，他下定決心簡短地說：

「因為妳是特別的存在。」

赫蘿聽了，瞬間露出不像裝出來的開心表情，她垂下視線，並把額頭倚在羅倫斯的胸前。

羅倫斯看見超乎他預期的表情，心跳不禁加速。這時，赫蘿突然又抬起頭露出不悅的眼神，接著她抓住羅倫斯的手臂，往自己的背上繞。

赫蘿似乎示意「給我抱緊點」。

羅倫斯瞬間愣了一下，因為赫蘿的舉動讓他覺得太愚蠢了。但是相反地，也讓他覺得可愛。羅倫斯一抱住赫蘿纖細的身體，她的尾巴便滿足地甩了一下。這動作讓羅倫斯覺得開心，便稍加點力道抱緊赫蘿。

雖然經過的時間應該極其短暫，但羅倫斯感覺兩人似乎擁抱了很久。

羅倫斯感覺到赫蘿纖細的背部在顫抖，因此回過神來，他發現赫蘿在他的懷裡笑著。

「啊哈哈哈哈，真是的，咱們到底在做什麼啊？」

「是妳自己要我做的吧？」

羅倫斯放鬆手臂說道。

「呵呵。不過，這也讓汝有了機會預演，是唄？」

赫蘿惡作劇地笑著說。羅倫斯聽了，也不想認真回答她了。

看到羅倫斯聳了聳肩，赫蘿又大笑了起來。

「可是吶，汝啊。」

羅倫斯本以為赫蘿又要說些什麼話調侃他，結果赫蘿卻露出平穩的表情繼續先前的話題說：

「從下次開始，讓咱發發脾氣好嗎？汝什麼都為咱著想，咱很開心。可是吶，有些時候互相發脾氣、互相怒罵，會比較快解決問題。」

雖然赫蘿的提議非常地不可思議，但羅倫斯覺得這聽來似乎也有道理。

換作是羅倫斯，絕對不會有這樣的想法。

不過，這樣的想法讓羅倫斯覺得新鮮，而且很溫暖。

「那，汝啊。光看汝的臉，就知道汝是怎麼籌來的錢有多少？」

「三又七分之二盧米歐尼。」

赫蘿動了動耳朵後，再次把額頭倚在羅倫斯的胸前。羅倫斯心想如果赫蘿是想要擤鼻涕，他就準備推開赫蘿；但他發現赫蘿是在擦眼淚，也就任由赫蘿倚著他。

終於抬起頭來的赫蘿，已恢復了平常的模樣。

然後，她一臉得意地笑了笑後，開口說：

「汝對咱的智慧有所期待，是個正確的選擇。怎麼說呢，咱想到了一個好辦法。」

「什……怎樣的辦法？」

羅倫斯感到既驚訝又期待，身體不由地往前傾，赫蘿露出厭惡的表情推開他說：

「汝別期待過頭啊。萬一行不通，咱可擔當不起……」

赫蘿把話說在前頭，然後用簡短得不能再簡短的一句話說出她提議的方法。

她提的方法非常適合用「既單純又明快」形容。正因為太適合了，以至於羅倫斯的眼珠子差點掉了出來。

「如何？可行嗎？」

「不是啊，想必大家都想過類似這樣的辦法，但事實上都行不通吧？我想，應該也有人實際嘗試過而被逮捕。」

「那是因為那些人都會求助於各種人來完成這檔事，才會被發現唄。一定在第一個關卡就穿幫了唄。」

赫蘿的提議是走私黃金，而且還是用既單純又明快的方法。

不過，羅倫斯不認為賢狼赫蘿會隨便提出危險又不太可能成功的方法。

果然不出羅倫斯所料，赫蘿說明了她認為這個方法有可能成功的根據。

「咱可以對著這對耳朵和尾巴發誓，咱有個人選應該可以實現這個方法。就咱看來，咱甚至可以斷言這個人一定辦得到。可是，老實說，要拜託這個人並非咱本意……咱可是自己就可以輕鬆跳過這個城鎮的城牆吶。但是，在汝陷入窘境的情況下，咱也不能太奢求了。」

羅倫斯當然一下子就知道赫蘿指的人選是誰了。

赫蘿會這麼說，一定是不甘心仰賴那個人的能力吧。

然而，走私黃金不是只要通過關卡就結了這麼單純。因為萬一事跡敗露，絕對逃不過酷刑對待，所以必須事前讓協助者接收報酬，並理解走私所伴隨的危險；如果彼此沒有能夠把性命交給對方的信賴關係，就不可能成功。

問題還不止這些，光是要說服對方負責搬運黃金，心情肯定非常煎熬。儘管報酬給得再高，都改變不了要對方賭上性命放手一搏的事實。

然而，如果真有走私黃金的可能性，現在的羅倫斯當然沒有餘力不去理會這個機會，他不能不去思考這個可能性。

「如果這個人願意協助，就有可能走私成功，是嗎？」

「只要沒發生什麼意外，就應該沒問題唄。」

「這樣啊……」

就在這個瞬間，羅倫斯開始動腦思考起走私黃金時必須有的一些考量。

如果想要走私黃金，就得支付負責搬運黃金的人足以讓他鋌而走險的報酬，還有遮口費。這麼一來，手頭上的三盧米歐尼光是要從其他城鎮走私黃金就不夠了。如果再支付報酬，走私賺來的錢可能會泡湯。而且，就算沒有支付報酬，只有走私三盧米歐尼的黃金，根本也不夠還清借款。所以，必須設法從某處取得資金。赫蘿自己就能夠跳過城牆的關卡，卻特地提出委託別人走私的提議，想必她是察覺到這點吧。不管找誰提供資金都一樣，光是要說明走私方法就很困擾了。而且，除了要確認資金提供者願意協助走私黃金之外，同時還必須信任對方不會背叛自己。問題還不僅如此，最大的問題是根本沒有時間。

就在羅倫斯嚴密思考著這些事情時，突然被拉了一下手，讓他回過神來。

羅倫斯立刻就察覺到了。他的手不是被拉了一下，而是赫蘿鬆開與他十指相扣的手。

「那，其他細節汝自己想唄，咱要睡覺了。」

赫蘿輕輕打了個哈欠，像在嘆氣似地搖了一下尾巴後，便慢吞吞地朝床鋪走去。

「什麼啊，妳要睡了啊？」

羅倫斯原本打算要借用赫蘿的智慧，於是這麼問道。赫蘿躺在床上，把粗陋的棉被拉向自己後，探出頭來看向羅倫斯說：

「咱又不清楚城鎮的詳細狀況。除了走私黃金的可能性之外，其他事就算是咱想動腦，也沒用唄。」

「說的也是」羅倫斯暗自想著。赫蘿繼續笑說：

「還是汝希望咱陪在汝身邊啊？」

羅倫斯想起預演的事，不慌不忙地說：

「是啊，我希望妳陪。」

「太冷了，咱不要。」

赫蘿立刻回答後，便用棉被蓋住頭。她那露在棉被外頭，看起來比棉被還要溫暖的尾巴開心地甩著。

羅倫斯想到一人旅行絕對無法擁有此般樂趣，不禁展開笑顏，接著深深呼吸一口氣。

明天，從太陽升起到日落之前的這段時間，如果不設法採取什麼行動，羅倫斯就得帶著這份樂趣作為伴手禮，去拜見老天爺了。

不過，還有機會。現在能做的，就是把這個機會當成種子撒下，讓種子開出成功的花朵。

羅倫斯坐在被赫蘿纖細的手臂舉起的椅子上，撿起掉落在地上的皮袋。

噹啷！熟悉的錢幣碰撞聲在一片寧靜的房間裡，靜靜地響起。

馬車「喀啦、喀啦、喀啦」地在石塊鋪成的路面行進著。從窗戶往下一看，馬車貨台上載滿了蔬菜，應該是一大早就得去市場報到的商人吧。除了馬車之外，路上也開始有行人三三兩兩地走動著。

才想著教會的早課鐘聲差不多該響了，就聽到大聖堂的鐘聲響徹泛白的天際。儘管這裡距離大聖堂有好一段路，但厚沉的音調卻十分響亮。

接著，在大聖堂的鐘聲還沒停下來之前，散落在城裡四處的小教會跟著敲響鐘聲。這是早晨的小小喧鬧。

對城裡的居民來說，或許已經習以為常；但對於清晨裡只聽得到鳥鳴的旅行商人來說，這些聲音聽來稍嫌刺耳。所以，對於擁有人類遠遠比不過的靈敏耳力的狼來說，似乎顯得相當刺耳。

赫蘿發出不悅的呻吟聲後，緩慢坐起身子。

「……」

「早。」

赫蘿沒有出聲，只是表情不悅地點點頭。

「肚子餓了。」

然後一開口就是這句話。

「廣場上的攤販差不多出來了吧？」

「嗯。」

赫蘿像隻貓一樣伸展身體後，用手梳開儘管剛起床，卻依然柔順如綢緞的長髮。

「那，汝想了一整晚的結論是啥？」

「行得通。」

赫蘿剛梳理完頭髮，正準備開始梳理她真正重視的尾巴，聽到羅倫斯如此明確的回答，她露出驚訝的眼神看向羅倫斯說：

「難得汝說話會這麼白吶。」

「妳這話什麼意思？」

看見赫蘿故意別開視線，羅倫斯沒多理會她，便繼續說：

「不過，必須克服兩個難關。」

「兩個？」

「除了得說服搬運黃金的人之外，還必須說服能夠提供資金採買黃金的出資者。光憑我手頭上的三盧米歐尼，沒辦法支付搬運工的報酬。」

赫蘿稍做思考後，臉上寫著問號看向羅倫斯說：

「汝少算了一道難關吶。汝只剩下今天一天的時間唄？咱們有可能從很近的地方走私黃金進來嗎？」

不愧是自稱賢狼的赫蘿，轉動腦筋的速度快得驚人。

可是，花了一整晚的時間思考，當然能夠想到連賢狼也想不到的地方。

「這個問題我當然也考慮到了，也認為這才是最大的難關。不過，該說是意外呢，還是奇蹟呢，我想到了一個能夠順利解決難關的妙計。」

「喔～？」

看見赫蘿露出彷彿師父在考驗徒弟般的笑容，羅倫斯也有些得意地笑笑。

「只要讓雷瑪里歐商行出資就行了。」

赫蘿輕輕歪頭。

雷瑪里歐商行是與羅倫斯同樣瀕臨破產的商行。即便如此，以雷瑪里歐商行的規模來說，羅倫斯不認為他們會讓自己落得身無分文的下場。為了能夠有起死回生的大逆轉，雷瑪里歐商行一定還擁有堅守不放的資產。羅倫斯打算說服雷瑪里歐商行把這筆貴重的資產拿來走私黃金。雷瑪里歐商行自身也陷入即將破產的窘境，如果這時向他們提出能夠順利走私黃金的妙計，為了度過難關，他們一定願意上賊船。

而且，最重要的一點是，走私黃金最怕的就是遭人告密。也就是說，雷瑪里歐商行一旦接受提議，上了走私黃金的賊船，如果羅倫斯先走上破產之路，那他們勢必會很困擾。一個即將踏上黃泉路的人，是不會懂得客氣的。只要羅倫斯說出雷瑪里歐商行企圖走私黃金，雷瑪里歐商行將永遠失去起死回生的大逆轉機會。

所以，雷瑪里歐商行只能暫時中止向羅倫斯討債。為了防止告密，除了讓羅倫斯也成為共犯外，雷瑪里歐商行別無選擇。

這就是羅倫斯花了一整晚思考出來的結果。

「不過，不管要怎麼行動，現在都得思考沒有時間的問題。」

當下最大的難關就是時間。

「嗯。既然這樣，那吃完早餐後立刻行動唄。」

「早餐？」

「餓肚子就沒有力氣戰鬥，是唄？」

聽到赫蘿這麼一說，羅倫斯想起自己從昨天中午就沒有吃過任何東西。不過，不知道是熬了夜，還是想到接下來的行動讓人心情沉重，羅倫斯沒什麼食慾。

不過，赫蘿走下床後，把長袍當作裙子綁在腰際上，動作迅速地戴上三角頭巾，她精神奕奕地說道：

「咱想吃肉。」

聽到赫蘿一大早就提議要吃肉，就算此刻的羅倫斯身體狀況絕佳，也會露出厭惡的表情。

在攤販吃完早餐後，羅倫斯與赫蘿兩人直接再次前往雷瑪里歐商行拜訪。不過，這回不是坐馬車，而是徒步，所以兩人從正面玄關進入。

因為正面玄關位在大街上，所以店面一如往常。羅倫斯打開沒寫著準備中，也沒寫著營業中的大門走進商行，空氣中彌漫著商行面臨營運困難時所散發的獨特氣味，刺激著羅倫斯的鼻腔。

這空氣顯然不同於滿懷希望的早晨空氣。絕望的氣氛若隱若現，空氣中彌漫著近似飢餓感的焦躁，以及焦躁所散發出來的熱氣。不過是有錢沒錢的差別，竟然能夠讓現場的空氣如此變質。

「呃──請問是哪位呢？」

商行裡有幾名員工表情僵硬地注視著早晨突來的訪客，其中一名看來較為冷靜的中年男子禮貌地搭腔。這名男子的身材過於瘦削，應該是天生的吧。

「我是昨天前來拜訪過的羅倫斯，我有事想與雷瑪里歐先生商量。」

「是這樣啊。那麼，請往這邊……啊，不好意思，您的同伴是？」

「她是我的徒弟。為了圖方便，所以才讓她打扮成城市女孩的模樣。以她的資質，相信過不了多久就會成為遠近馳名的女商人吧。為了讓她多多學習，我希望她可以同席。」

羅倫斯面不改色地扯了個大謊，對方聽了，似乎也認為就是這麼回事。女商人雖然罕見，但立志成為女商人的人並不算少。

「那麼，請往這邊走。」

羅倫斯跟著男子往商行裡面前進，赫蘿也跟在他後頭。一樓辦公室裡的所有員工臉上都掛著黑眼圈，眼睛佈滿了血絲。想必他們就像昨天的羅倫斯一樣，連日熬夜絞盡腦汁思考著如何調度資金吧。

「請在這裡稍等一下。」

男子將羅倫斯兩人帶到位在三樓的房間，這裡平時應該是用來洽談寶石或辛香料等昂貴商品的房間。羅倫斯彎身而坐的不是只貼上布料的硬椅子，而是填充了棉絮，並貼上皮革的軟沙發。

「您是羅倫斯先生沒錯吧?方便請問您有什麼要事嗎?」

「請轉告雷瑪里歐先生，我想與他商量有關能夠還清我欠貴行的債務，視狀況甚至能夠讓貴行還清負債的方法。」

羅倫斯面無懼色，勇敢地直視男子的眼睛這麼說，男子聽了，像是遭到雷擊似地挺直背脊，並且瞪大了眼睛。男子隨後突然露出懷疑的眼神看向羅倫斯，想必他以為羅倫斯是那種闖進陷入危機的商行，然後奪走一切，連根骨頭都不留的盜賊吧。

「您當然會懷疑。所以，我才想與雷瑪里歐先生好好談談。」

男子聽了，似乎因為被對方看出自己的心聲而顯得羞愧。男子慌張地低下頭，說了句「我這就去轉告老闆」，便走出房間。

雷瑪里歐十之八九會上鉤吧，因為羅倫斯剛剛說的話是事實。來到瀕臨破產的商行的訪客，通常盡是些想要分割財產的商人。這些商人想要盡可能地回收寄放在即將沉沒船上的錢，他們就像餓死鬼一樣聚集在商行。在這樣的狀況下，如果有人能夠拿出大逆轉的機會在商行面前晃啊晃，商行不可能不上鉤。

說到赫蘿所提議的走私黃金可能性，不僅是羅倫斯的債務，就算雷瑪里歐商行揹了天文數字的負債，也都有可能創造出足以還清所有債務的利益。

但是，赫蘿想到的點子如果不先讓雷瑪里歐商行上鉤，就無法成功。

還有，萬一事跡敗露，就逃不過死刑。尤其是雷瑪里歐商行的親戚們，恐怕將無法繼續在這個城市生活，這些都是風險。

不過，如果就這麼坐以待斃，最後的結局也是差不了多少。既然是這樣，雷瑪里歐商行一定會願意賭上一把。這麼一來，羅倫斯除了能夠還清欠雷瑪里歐商行的債務之外，同時也作了一個莫大的人情給對方。

面臨的危機越慘重，情勢逆轉時可獲得的利益就越大。

就如在波羅遜被識破騙人招數，而不得不接受羅倫斯強勢交易的拉多培隆商行老闆一樣。

羅倫斯想起這件事不禁苦笑，但他告訴自己忘掉過去，只往前看。

無論如何都得設法讓雷瑪里歐商行加入這場賭局，這是第一個必須克服的難關。羅倫斯深呼吸一次，挺直背脊後，發現有視線集中在他的臉頰上，於是朝那個方向看去。除了赫蘿，當然沒別人了。

「別怕，有咱在。」

赫蘿揚起一邊的嘴角，露出尖牙。那是值得依賴的無敵笑容。

「嗯。」

所以羅倫斯簡短地回答，因為他知道信賴與簡短的話語是成正比的。如果雙方的關係夠親近，根本不需要冗長的合約書，只需要互相握個手就行了。

然後，傳來了敲門聲。

門打開後，與羅倫斯同樣憔悴的漢斯·雷瑪里歐就站在門前。

「有什麼重要的事嗎？」

計畫的第一步就此踏出。

第五幕

不需要想一些多餘的伎倆，首先是明確地表達出目的。

果然不出所料，雷瑪里歐驚訝不已，眼睛都瞪成小豆子了，說：「怎麼可能。」

「就是可能。」

然而，聽到羅倫斯這麼說，雷瑪里歐總算露出了一個在留賓海根擁有商行的商人應有的表情。他露出彷彿在說「愚蠢至極」似的輕蔑笑容，把身子往椅背靠。

「我明白你苦於還債的心情，但你不能因為這樣，就說一些荒唐的話啊。」

雷瑪里歐一副「白白浪費我的時間」的模樣，準備站起身子。羅倫斯見狀，便開口留住他。

「在過去，一定有人用過一樣的方法企圖走私吧？而他們一定也都被逮捕了吧？」

「既然你也知道，那就好溝通了。瀕臨破產的人往往容易把有勇無謀的計畫誤認為是完美的計畫。」

雷瑪里歐會這麼說，想必有一半是在對自己說吧。然而，羅倫斯不氣餒地繼續說：

「可是，如果是委託工夫了得的人來搬運黃金呢？」

雷瑪里歐緊緊盯著羅倫斯看，然後重新坐回椅子上。

「你提出的計畫不可能實現。因為你口中的工夫了得的人不需要特地走私黃金，就能夠賺很多錢，所以他們不會協助走私。如果你是打算從其他地方找人來，最好是死了這條心吧。因為一直有人利用這種方式走私，所以沒在城裡登記的人都必須接受很嚴格的檢查。」

雷瑪里歐會這麼反駁，就表示他有所期待。

「如果有一個工夫了得，卻賺不到錢的人選呢？」

「工夫好的人在留賓海根根本不怕找不到工作，因為他們這種行業隨時都在缺人。」

雷瑪里歐把身子靠向椅背，等待羅倫斯回答。

他的表情和昨晚的赫蘿有些相似。

一邊反駁，卻又一邊等待對方再反駁自己。想死心，卻又死不了心。

羅倫斯深呼吸一口。

「如果有一個工夫好，在城裡雖然有工作，但薪水很低，而且很缺錢的人選呢？更重要的是，這個人對僱主有所不滿。我所知道的這個人的僱主是教會，而走私黃金同時也是反抗教會的行為。只要煽動這個人，告訴他走私黃金不僅能夠賺錢，還能夠給教會一點顏色看，想必他一定會上鉤吧。而且，他背叛的機率還非常低，因為他對教會這個僱主抱有一點怨恨的情感。」

「哪、哪有這麼一切如願的事。」

「做生意會賺錢，也多是這樣啊。不是嗎？」

農作物收成不好時，只有自己買到了農作物。以為自己不小心買了退流行的裝飾品，結果這個裝飾品卻在其他城鎮造成大流行。意外之財大多是平時絕不可能發生的偶然帶來的。

雷瑪里歐的臉變得扭曲。

他的表情說出他很想相信，卻又無法完全相信。

「只要我說出這個人物的名字，相信您就會明白了。」

「既、既然這樣，你們自己走私就好了啊。明知道瓜分的錢會變少，還特地來我這兒提議，這太奇怪了吧？」

雷瑪里歐的話題偏離了走私內容，這表示他先保留了判斷可不可能走私成功的問題。

「有兩個原因使得我們無法獨力走私‥第一個原因，我欠貴行的債務償還期限只到今天，等到太陽下山後，必須為我代償債務的洋行一定會來抓我走。另一個原因是我手頭上的錢，只有這麼一點點。」

羅倫斯放下裝了貴重現金的皮袋，解開繩子並倒出皮袋的內容物。

倒出來的是金幣和銀幣混在一塊兒的三盧米歐尼。

與羅倫斯同樣慘遭瀕臨破產命運的雷瑪里歐看到了現金，眼神閃過一道光芒。

「這裡有三盧米歐尼。您只要向其他商行稍微打聽一下，馬上就能夠知道我是怎麼籌到這些錢了。」

雷瑪里歐聽了，深深吸了一口氣。

相信像雷瑪里歐這般地位的人物，一定能夠當場猜出錢是怎麼籌來的。

「這些真的是我的一切。我拿這些作為擔保，懇求您相信我說的話。另外……」

羅倫斯探出身子，從正面直視雷瑪里歐的眼睛說：

「懇求您暫時中止對我的討債行動，並請貴行提供為了走私黃金所需的資金。」

憔悴不已的雷瑪里歐下巴揪起皺紋，油汗從臉上滲出。

雷瑪里歐沒有當場否定，就表示他還有資金可供走私黃金。

而且，對於走私黃金的期待，也讓他起了想要出資的念頭。

應該再推他一把嗎？可是，如果逼他逼得太緊，反而會引來他不必要的懷疑。

雖然走私黃金能夠帶來莫大的利益，但相對也伴隨著巨大的危險。再說，對現在的雷瑪里歐商行提議出資，或許會被認為是詐欺。

一定有不少企圖讓這艘搖搖欲墜的船早早沉入大海，好趁機撈一筆的不肖之徒登門拜訪雷瑪里歐商行。雷瑪里歐會變得疑神疑鬼，也是很正常的反應。

因此，羅倫斯謹慎地挑選字眼，並準備開口說話。

就在這個瞬間——

「先生啊。」

赫蘿先開了口。

雷瑪里歐驚訝地看向赫蘿，他反覆眨著眼睛，彷彿第一次發現有人站在那裡似的。

羅倫斯也同樣看向赫蘿，而赫蘿則是看著地板說：

「先生還有時間猶豫嗎？」

「什……」

聽到赫蘿說出像是威脅，又像是挑釁的話語，雷瑪里歐緊抿雙唇。這個招數有些時候或許管用，但現在肯定會帶來反效果。

羅倫斯心想情況不妙，於是打算制止赫蘿。然而……

「剛剛好像又有一個人離開這裡了，先生這樣拖拖拉拉行嗎？」

「唔、唔～～」

「咱的耳朵特別靈敏，什麼秘密都聽得一清二楚。先生要咱說出在樓下房間的那些人，計畫丟下先生，然後自己逃跑的內容嗎？」

「唔……」

「啊，又有人離開了。再這樣下去，這家店遲早──」

「不要再說了！」

雷瑪里歐抱著頭大叫。

赫蘿面無表情地注視著雷瑪里歐，她的臉彷彿靜止不動。

羅倫斯內心有些同情雷瑪里歐。商行就像一艘船，當船底破了一個大洞，船員知道無法修補這個大洞時，想必會無視於船長的命令急忙逃命吧。

不過，羅倫斯知道赫蘿是故意針對這點攻擊雷瑪里歐。對於孤獨這個字眼，赫蘿可是比誰都更敏感。

所以，她一定了解雷瑪里歐的苦惱。

「雷瑪里歐先生。」

雖然明白赫蘿內心的感受，但在了解赫蘿的企圖後，羅倫斯見機用平穩的口吻說道：

「我以賭上我的一切得來的三盧米歐尼作為擔保，向您提出採購黃金的交易。我知道有個人選可以完成這項任務，只要支付足夠的酬勞，這個人絕對值得信賴。而且，我相信貴行一定有脫手黃金的管道。您意下如何呢？如果您可以讓我延後還債，並且分給我合理的利益，我願意以對您絕對有利的條件，與貴行一同走私黃金。」

羅倫斯刻意停頓了一下——

「您意下如何？」

雷瑪里歐仍然抱著頭，並把頭垂得低低地。

羅倫斯的這番話是比葡萄酒更強烈的誘惑，相信已從雷瑪里歐的耳朵傳進他的心裡。即便如此，雷瑪里歐還是不肯抬起頭。

時間安靜地流逝。

四周安靜得彷彿整家商行的人，都屏息等待著雷瑪里歐採取行動似的。

「雷瑪里歐先生。」

就在羅倫斯準備再叫一次雷瑪里歐的那一瞬間——

「我明白了……」

消瘦的臉孔抬了起來，那雙眼睛散發出光芒。

「就放手一搏吧！」

羅倫斯不自覺地從椅子上站起來，並伸出手。

背負著破產兩字的兩人握住了彼此的手。

「願神寬恕我等！」

與雷瑪里歐商行確認好有關走私的報酬與工作分配後，羅倫斯與赫蘿兩人來到位在留賓海根東邊的低階教會門前。由於人們認為教會組織的階級越高，就越接近神。因此，教會依照該階級，針對建築物上的裝飾以及時鐘大小等，都有嚴格的規定。

羅倫斯兩人來到的地方屬於中下階級的教會。雖然這所教會被允許加上裝飾，所以不至於顯得簡陋，但是在留賓海根的城裡，這棟建築物算是樸素。

現在的時間正好過了正午，教會裡正在舉辦午間禮拜。

「話說汝啊。」

赫蘿坐在石階上，一邊聽著讚頌聖母的聖歌，她突然開口問道：

「汝有沒有信心騙得過那姑娘？」

「幹嘛講得這麼難聽。」

「咱有說錯否？」

赫蘿很有趣似地問道。羅倫斯露出苦澀的表情，看向前方回答說：

「沒。」

赫蘿輕輕笑笑。

羅倫斯與赫蘿兩人之所以來到這所教會的出入口，為的就是尋找牧羊人諾兒菈。雖然羅倫斯原本不知道諾兒菈的僱主是哪一所教會，但是會僱用女性牧羊人的教會少之又少，羅倫斯一下子就查出來了。

羅倫斯會特地調查，當然不是為了找到諾兒菈與她閒話家常。

羅倫斯是為了拜託她接受走私行動的重要職務，也就是搬運黃金的工作。

然而，諾兒菈不同於羅倫斯等人，她沒有陷入破產的危機。她明明沒有身處危機，卻打算邀她一同走私黃金，這幾乎算是欺騙行為。因為羅倫斯必須說服她，讓她認為值得為了走私成功時可到手的利益去冒險。

走私黃金是賭上性命的行為，這世上會有多少利益值得冒生命危險去爭取呢?所以說穿了還是欺騙。

可是，為了走私黃金，諾兒菈身為牧羊人的能力，以及她在城裡的身分，都是不可或缺的重要要素。

以看待商品的漲跌行情一樣來判斷人的內心，讓羅倫斯覺得良心有些過意不去。如果對方是個商人，下手當然不需要手軟，可是對方是個外行的牧羊人。儘管如此，羅倫斯身為商人的犀利洞察力，還是讓他充分掌握到了諾兒菈的處境。

諾兒菈原本就是容易被視為異端的牧羊人，再加上她還是個女性，是時常被批評為籌謀奸計的惡魔手下。這很容易讓人猜測到教會僱用諾兒菈並非出自於親切，而是為了監視。想必當諾兒菈談起教會僱用她從事牧羊工作時，會有心口不一表現的原因就在此。

而且，諾兒菈說過她想要賺錢當個裁縫工匠。以她的個性來看，她不像個唯利是圖的人。即便如此，她還是想從事護衛工作好賺取外快，這說明了她沒有多餘的錢可以儲蓄。就算不願意去想，也能夠知道諾兒菈所處的勞動環境有多麼嚴酷。

從事既辛苦又嚴酷的牧羊工作，卻一直無法有積蓄；在這樣的狀況下，怎麼可能有辦法開心地迎接明天到來呢？因為持續到來的明天，只代表著永無止盡的辛勞艱苦。

在這時向諾兒菈提出走私黃金的計畫，並告訴她只要加入這個計畫，就不用一點一滴賺錢，而是能夠一次賺到不僅可支付公會加盟金，還可以供她生活好一陣子的金額。並打算以「走私黃金確實存在著危險，但是讓這樣的好機會白白溜走好嗎？」的說詞利誘勸說。

因為這不是逼迫諾兒菈走私黃金，所以其實不算做壞事。然而，羅倫斯的心頭卻湧上了一股罪惡感，因為他知道這筆交易是攻擊諾兒菈的困苦。

話雖如此，但是除了諾兒菈之外，沒有第二人選。

諾兒菈明明是個很有能力的牧羊人，卻只能帶領著少數羊隻到有狼群出沒、不受歡迎的草原去放牧，以及她對教會這個僱主抱有不滿，還有她想要賺錢好實現夢想；這一切的一切就像是上天為了讓羅倫斯成功走私黃金，而特地準備的最佳條件。世上沒有其他人選擁有比她更好的條件了。

然而，羅倫斯還是深深嘆了口氣。想到要說服諾兒菈，還是讓他感到心情沉重。

就在羅倫斯陷入這樣的情緒裡時，他忽然發現赫蘿正在看他。他瞥了赫蘿一眼，發現赫蘿露出一副難以置信的笑臉。

「汝真是爛好人吶。」

赫蘿昨天也說過一樣的話。或許羅倫斯身為一個商人，確實有些太過善良。因為商人當中，隨處可見甚至會拿家人的不幸來換取利益的人。

「不過吶……」

赫蘿站起身子，一邊眺望依舊充滿朝氣的街景，一邊繼續說：

「咱之所以能夠悠哉地旅行，也是託汝是個爛好人的福吶。」

赫蘿若無其事地說道，跟著爬上兩格石階，站到羅倫斯身旁。

「咱可以代替汝攏絡那姑娘，總是得幫汝一點忙唄。」

赫蘿露出一抹微笑說道，但是她的語氣聽來，似乎少了點霸氣。

羅倫斯心裡這麼想，於是看向身旁的赫蘿，他發現赫蘿果然稍微垂著頭。或許因為赫蘿面對著充滿朝氣的街景，讓她的身軀顯得比平常更嬌小。

「妳該不會還在意昨天的事吧？」

赫蘿雖然輕輕搖了搖頭，但是沒有開口說話。這太容易識破她在說謊了。

「如果剛剛的洽談沒有妳幫我對雷瑪里歐施壓，根本就不知道談不談得成。妳已經幫了我很大的忙了。」

雖然赫蘿應該明白這是羅倫斯的真心話，但是她只是輕輕點頭，臉上的表情依舊黯然。

所以羅倫斯輕輕撫摸了赫蘿的頭後，立刻又挪開手說：

「我自己跟她談。這是因為我自己貪心，所以買了價格暴跌的商品而導致失敗。不能因為心情沉重，就要妳幫我開口，這太不像話了。」

雖然羅倫斯是為了赫蘿才這麼說，但是有一半是因為自嘲與自我警惕。他說的話完完全全都是不爭的事實。

「況且，如果連這種事情都要妳幫忙，誰知道以後會被妳嘲笑多久。」

羅倫斯說罷，聳了聳肩。赫蘿停頓了一下後，抬起頭輕輕笑笑，隨後嘆了口氣說：

「什麼嘛。咱本來打算先做一大堆人情給汝，事後再好好討回來。」

「好險，差點就掉進危險的陷阱裡。」

羅倫斯開玩笑地說道，赫蘿聽了，用手臂頂了羅倫斯的額頭。

「也是唄。不過，汝現在一屁股坐進了更大的陷阱裡。咱沒興趣狩獵掉進陷阱的兔子，因為對手太弱了。」

「妳知道人們會故意拿掉進陷阱的柔弱兔子作為誘餌，好設下對付狼的陷阱嗎？」

「至少在設陷阱的時候，聽到長嚎聲不該表現出害怕的樣子唄。一旦表現出害怕情緒，陷阱就沒用了。」

如此沒有攻擊性的挑釁話語互動，只是知心的兩個人彼此打鬧而已。

羅倫斯擺出一副「愚蠢至極」的表情笑著別開臉，赫蘿看了，也忍不住笑了出來。

「不過，商人和軍刀一樣，如果太直就失去用處了，因為一下子就會折斷。」

羅倫斯對著自己如此嘀咕完後，便像在尋找正好響起的鐘聲似的望向天際。天邊雖然有幾朵雲，不過仍是一片明亮的藍天。把視線移向東邊，可看到些許白雲高掛。

今天一整天應該都會是晴朗好天氣吧。天氣晴朗的日子，生意也會很順利。

就在羅倫斯如此想著時，他身後傳來小小的木頭聲。喀叩！那是教會大門打開的聲音。羅倫斯與赫蘿兩人從大門前讓開身子，站到石階的角落。沒一會兒後，結束禮拜的人們一一走出大門，剛祈禱完的人們帶著神清氣爽的表情走下石階。他們為了完成今天剩下來的工作，三三兩兩地聚在一起。想必這樣的光景每天都反覆上演吧。

不久後，走出教會的人變少了。

在「結束禮拜後，最後一個離開教會的人是最具有虔誠信仰的人」這種傳言傳遍世界的時代，不等到祭司發脾氣趕人，人們都不肯離開教會；但是最近已經沒有這樣的事了。

不過，禮拜一結束便急著衝出教會的行為當然也不好。

到了最後，像是從事肉店工作的人、專門剝除動物皮革的工匠，或是從事其它容易被教會盯上的職業的人們緩慢地走出教會。

屬於這些職業之一的牧羊女，果然在最後才走出來。她之所以垂著眼瞼、縮著身體走出來，或許因為教會不是一個能夠放鬆心情的場所。

「午安。」

羅倫斯走到諾兒菈面前，努力露出親切的笑容。羅倫斯之所以笑得出來，全因為這是商談的一部分。

「咦？啊……羅、倫斯先生和赫蘿……小姐？」

諾兒菈愣了一下，她看看赫蘿後，再把視線拉回羅倫斯。

「我們能夠在教會前面偶然相遇，這一定是神的指引。」

羅倫斯一邊加上有些誇大的動作，一邊這麼說道。諾兒菈聽了，一副像是察覺到了什麼似的表情，難為情地笑了笑。

「就算我再遲鈍，也不會被騙。」

「那就好，因為我聽說最近有人會在教會裡喝太多聖血。」

聖血指的就是葡萄酒。如果在諾兒菈喝醉酒時，向她提出走私黃金的事，或許能夠當場說服她；但是到了最後關頭，說不定她會因為害怕而拒絕，這樣就失去說服她的意義了，所幸諾兒菈是清醒的。

「因為我不太會喝酒，所以幾乎不沾酒。」

諾兒菈靦腆地笑笑，然後像是無法鎮靜下來似地別開視線。她的模樣看來，應該是以為羅倫斯是前來通知她有護衛工作可做吧。

因此，羅倫斯不客氣地利用了她的期待。

「其實是有工作想委託妳。」

諾兒菈的眼睛突然一亮，臉上散發出光芒。

「在這種地方不方便談，不如找家攤販坐下來吧。」

羅倫斯之所以沒有提議去酒吧，那是因為在這時間光顧酒吧，只會更引人注目罷了。如果要商量秘密，當然是前往從早上開始就熱鬧不已的廣場比較好。

諾兒菈乖巧地點頭沒表示意見，於是羅倫斯邁開步伐走去，赫蘿跟在他右邊，而諾兒菈則是在左斜後方走著。

三人走過充滿朝氣的喧嚷街道，穿過擁擠人潮來到廣場上。

廣場上依舊是如舉辦祭典般熱鬧，三人很幸運地坐上啤酒屋攤販剛剛空出來的桌位後，羅倫斯點了三杯啤酒。雖然麥芽酒比較便宜，但畢竟諾兒菈也在場，所以羅倫斯不好意思點麥芽酒。

店家雖然很迅速地送上三杯啤酒，但是送酒的動作卻很粗魯。羅倫斯付了一些銅幣換來三杯啤酒，並伸手舉起酒杯。

「慶祝我們重逢！」

叩！酒杯發出響亮的聲響。

「話說，妳好像說過可以到拉姆特拉啊？」

雖然羅倫斯劈頭就提及工作的事，仍未沾上半口啤酒的諾兒菈卻當場露出嚴肅表情看向羅倫斯。赫蘿一邊看著兩人，一邊小口小口地啜飲啤酒。

「是、是的，我可以去。」

「一邊帶著羊隻也行嗎？」

「只要數量不要太多。」

諾兒菈能夠毫不猶豫地回答出口，想必是因為她實際走過好幾次延伸到拉姆特拉的草原與森林吧。

不過，為了謹慎起見，羅倫斯看向赫蘿，以視線詢問她諾兒菈所言是否屬實，赫蘿輕輕點點頭，做出只有羅倫斯察覺得到的回應。

諾兒菈似乎沒有說謊。

為了不讓諾兒菈察覺，羅倫斯深呼吸一次。這類的話題如果說得拐彎抹角，只會讓對方更難以下定決心，於是羅倫斯直接切入話題核心：

「有件工作想拜託妳幫忙，酬勞是二十盧米歐尼。當然了，這酬勞不會是開出那種不值錢的證書，而是以現金支付。」

諾兒菈露出一副彷彿聽到外國語言似的表情，微微傾著頭。事實上，傳入諾兒菈耳中的話語，想必也像從遙遠國度捎來的信件般，花了很長時間才傳到她的腦裡吧。

對有些人來說，二十盧米歐尼就是這麼讓人吃驚的金額。

「不過，這工作伴隨著危險，而這是成功完成任務的酬勞。如果失敗，就沒有酬勞。」

在告訴對方離奇的事情時，只要用手指抵著桌面畫圓圈或打叉，就能夠有效讓對方知道這不是夢境，也不是幻聽。

諾兒菈的視線隨著羅倫斯的手指動作移動，她似乎總算明白這是現實。

然而，諾兒菈似乎還是感覺不到真實感。

「工作內容是帶領羊隻移動，還有盡可能讓羊隻平安回來。這工作不需要具備牧羊工作以外的能力。」

諾兒菈總算開始動起腦筋，她似乎發現了羅倫斯所說的工作內容和酬勞相差懸殊，正準備開口詢問。這時羅倫斯為了讓她沒機會開口，故意說了句「但是」來接續他的話題：

「但是，這工作本身會帶來很大的危險，就跟利益一樣大。」

先告知會有巨大的利益，再告知會有危險。如果兩者都會帶來巨大的震驚，最先告知的一方能夠讓對方留下比較深刻的印象。

「儘管如此，酬勞可是二十盧米歐尼。就算公會加盟費再貴，也頂多是一盧米歐尼。妳可以租房子住，短時間內不用愁吃穿，也可以好好工作。有這麼多錢應該可以輕鬆買到工匠資格吧？這麼一來，妳就是諾兒菈服飾店的女師傅了。」

沒多久後，諾兒菈露出像是感到困惑，又像是快哭出來的表情。龐大的利益讓她越來越有真實感，這麼一來，她當然會想知道這個工作伴隨了怎樣的危險。

諾兒菈已經一口咬住釣餌了，接下來才是決勝負的關鍵。如果搞錯了說話內容的順序，她一定會像個貝類一樣，緊閉保護的外殼。

「啊，對了。妳是打算加盟留賓海根的製衣工匠公會嗎？」

已做好心理準備，並等著聆聽工作危險的諾兒菈頓了一下，那模樣像是期待落了空的感覺。不過，她的思緒是確實放在令人眼花目眩的酬勞，以及還沒被告知的危險上。她似乎沒有多餘的能力去思考看似沒什麼關聯的問題，所以應該能夠聽到老實的回答。

「不、不是，我打算去其他城鎮。」

「是這樣啊。這裡是個大城市，應該會比其他城鎮好吧？要在沒有熟人的地方生活，我想也會挺辛苦的。」

儘管幾乎所有的注意力都放在其他地方上了，諾兒菈似乎還有餘力思考到這些事情不能隨意說出來。

諾兒菈顯得很為難地垂下頭，保持沉默。

不過，羅倫斯是懂得從別人的臉色猜出其內心想法的商人，光是知道這個反應就足夠了。牧羊女的內心清楚可見。

「其實，妳應該希望盡量不要和這裡的教會扯上關係吧？」

這是在套話。

雖然因為套話套得太明顯，赫蘿甚至忍不住瞥了羅倫斯一眼，但是效果絕佳。

「沒、沒那樣……的事……」

「妳越是認真工作，越是拚死拚活守護他們交付給妳的重要羊隻，他們就越是懷疑妳施用了異教魔法。沒錯吧？」

諾兒菈之所以沒有搖頭，也沒有點頭，那是因為她的心聲被道中。

「而且，他們為了剝去妳的虛假外表，讓妳露出真面目來，就叫妳去其他牧羊人絕對不會前往的地方。理由是其他地方是別的牧羊人的地盤，對吧？」

諾兒菈聽到的瞬間，瞪大了眼睛看向羅倫斯。想必她早有一點點這樣的感覺了吧？就算其他牧羊人的地盤再大，只要不惜辛勞走遠一點，一定還有很多安全的地方可去。

「只要妳一天沒有被狼或傭兵襲擊，祭司們勢必會一直逼迫妳去危險的地區吧，而且會每天懷疑妳是不是異教的人。」

在桌子底下緊緊握住的拳頭是為了捏碎疼痛的良心。

羅倫斯將諾兒菈放在小小心中的疑心點了火。事到如今，已經不能反悔了。不管羅倫斯的猜測是對是錯，那都不重要了。

商人和軍刀一樣，如果太直挺就失去用處了。

「我也曾經遇過類似的遭遇，我就明說吧。」
羅倫斯保持看向諾兒菈的視線，然後用不會讓四周的人聽見的聲量說：
「這裡的教會比豬還差勁。」
批評教會是重罪。諾兒菈驚訝地環視四周，在她心中熊熊燃燒著的疑心之火差點就被澆熄了。羅倫斯的雙手肘抵著桌面探出身子。
赫蘿會幫忙留意對話是否會被周圍聽見，並且適時加以提醒。
「所以，我們想出了個計畫。這計畫是稍微刁難一下教會，等我們賺到錢之後，再到其他城鎮去。」
疑心之火化為憤怒之火熊熊燃燒，等到這把火完全燃燒後，將會留下名為確信的燃燒氣體。能夠將反抗教會權力的行為正當化的種子，應該在諾兒菈心中萌芽了。
羅倫斯緩緩道出應該告知的事情。
「這計畫是走私黃金。」
雖然諾兒菈稍微瞪大了眼睛，但是她立即恢復了平靜的表情。她的反應說出驚訝的程度，不過是被稍微強勁的風吹過一樣。
諾兒菈似乎也開始動腦思考，她終於開口說：
「可是……我能做什麼呢？」

很好的問題，看來諾兒菈優秀的不只有牧羊能力而已。

「如妳所知，這裡對於走私黃金的取締嚴格到恐怖的程度。從通往這裡的道路都設有關卡，而且還實施雙重檢查就能看出這點。就算藏在袖子裡，或是和行李混在一起，也會立刻被他們發現。如果想要帶進大量黃金，那更容易被識破。」

諾兒菈像個專心聽佈道的正教徒一樣點點頭，羅倫斯明確地告訴她說：

「我們計畫把黃金藏在羊隻的肚子裡，在不被發現之下，偷偷把大量黃金帶進城裡。」

諾兒菈瞪大了眼睛，一副彷彿就快說出「不會吧」的表情。不久後，羅倫斯的話似乎就像水分滲入堅硬的土塊般，慢慢滲入諾兒菈的腦裡。

不僅限於羊，一天到晚吃草的動物經常會吞下石塊。在草裡面混入顆粒狀的黃金讓羊隻吞下，就跟吞下石塊沒兩樣。不過，在經過關卡時，羊隻有可能因反芻而吐出黃金。所以，擁有了得的牧羊工夫，卻沒擁有大量羊隻，平時只是帶領少數羊隻在人煙稀少之地出沒的諾兒菈，才會被選上。從波羅遜來到這裡時，通過第一層關卡的檢查處相當樸素。如果有很多人利用那條道路，檢查處勢必會更嚴格，規模會更大。

諾兒菈緩緩點點頭，輕聲說了句：「原來如此。」

「可是，只要是受到這個城市政策影響的城鎮，當地的黃金價格都高得驚人。這麼一來，最適合進口黃金的地方就只有異教徒之城拉姆特拉了。另外，如果從拉姆特拉選擇安全的道路行走，會遇上很多人。而且，那裡從以前就一直是其他牧羊人的地盤。我們會選擇妳，正是這個原因。妳在幾乎沒有人經過的地方走動也不會被懷疑，而且那裡還是通往拉姆特拉最近的地方。」

羅倫斯停了下來，他稍微清清喉嚨後，注視著諾兒菈說：

「還有，這裡的教會把妳害得這麼慘，這個計畫同時也是妳報復教會的絕佳機會。因為教會最大的資金來源除了捐贈金之外，就是進出口黃金。但萬一被發現，就得接受嚴厲的刑罰。為了安全起見，完成工作後必須離開這裡。另外，若有必要，或許還得拜託妳解剖羊隻。」

應該沒什麼牧羊人沒解剖過羊隻，也沒什麼牧羊人會覺得解剖羊隻很輕鬆。不過，這是判斷諾兒菈的決心有多強的好方法。

「只是，酬勞有二十盧米歐尼。」

雖然羅倫斯覺得這麼說太狡猾，但是他越是覺得自己狡猾，就表示越有效。

過了不久後，隔著桌子與羅倫斯面對面而坐，那個忍受著寒冷、炎熱、懷疑目光以及殘酷對待，默默牧羊的牧羊女衡量了利益、危險與工作內容後，似乎做出了結論。

她的眼神不再迷濛，表情變得平靜。

諾兒菈小小的嘴巴說出了強而有力的話語：

「請務必讓我參加。」

就在這個瞬間，羅倫斯讓一個人拿性命下了賭注。

然而，羅倫斯毫不猶豫地朝諾兒菈伸出手，因為他知道伸出的手也將握住自己的未來。

「拜託妳了。」

「……我才要麻煩你。」

就在這個瞬間，承諾變得有力，諾兒菈與赫蘿也握了手，三人就這樣成了命運共同體。這三人不是將來一同歡笑，就是一同哭泣。

「那麼，我們來討論細節吧。」

在這之後，羅倫斯向諾兒菈詢問了領出羊隻的時間、羊隻數量，還有拉姆特拉的周邊地形以及可讓羊隻吞下的黃金數量。因為下一步，羅倫斯必須立刻把這些情報帶到雷瑪里歐商行，與他們事前討論。

中午時間轉眼就過了，當結束生意踏上歸途的商人與工匠們開始出現在街上時，羅倫斯總算與諾兒菈討論完細節。諾兒菈從座位上站起來，一直到最後她都沒有沾半口啤酒。

這一切都是在諾兒菈頭腦清醒之下，所做出的決定。

如果不這麼想，羅倫斯看著深深鞠躬，並向提出巨大利益的自己頻頻道謝後才離開的諾兒菈，會忍不住想要追上去，說服她再重新考慮一次。

羅倫斯一口喝盡杯中退了冰的啤酒。這口啤酒比平時來得苦澀，難喝極了。

「汝啊，開心一點唄。難得事情進行得這麼順利。」

赫蘿像是看不下去似地一邊苦笑，一邊說道。

然而，羅倫斯無法拋開一切真正感到開心，因為羅倫斯讓諾兒菈選擇了賭命之路。

「不管有再迷人的利益，也不可能有值得拿性命作賭注的賭局。」

「嗯，是唄。」

「而且，那一直強調利益的說法，就跟詐欺沒兩樣。雖然商人之間都認為會簽訂對自己不利的合約，是那人自己愚蠢。可是，對方是何種人物啊？她只是個牧羊女耶！」

雖然語調沒有變得粗暴，但是羅倫斯正陷在後悔的漩渦之中。

如果放棄身為商人東山再起的可能性，也捨棄一路建立起來的一切人際關係，只想著存活下去，那只需要得到赫蘿的協助就夠了。

然而，對羅倫斯來說，這幾乎等於要他去死。

因此，他把赫蘿的提議視為天賜良機，一心想要實現這提議，所以他欺騙了諾兒菈。

儘管羅倫斯心裡明白，但他還是無法不感到後悔。

「吶，汝啊。」

赫蘿不停搖晃酒杯好一會兒後，她一邊看著杯中的啤酒，一邊說道。

羅倫斯看向赫蘿，赫蘿則是保持視線落在啤酒上。

「汝有聽過羊被咬住喉嚨時，發出的那種難以形容的慘叫嗎？」

赫蘿的話語來得突然，羅倫斯聽了，倒抽了一口氣，這時赫蘿總算看向羅倫斯。

「沒有尖牙，沒有利爪，也沒有快腳逃跑的羊，被擁有尖牙、利爪以及快腳的狼像一陣疾風、如射出的箭矢般迅速咬住喉嚨。汝怎麼看待此事？」

赫蘿就像閒話家常一樣說道。事實上，她確實是在閒話家常。

這是經常發生的事。不，這是無時無地都在發生的事。

為了生存，用盡所有方法獵取食物。這是理所當然的事。

「羊的慘叫很難形容。即便如此，空腹感卻經常讓咱感到不滿。如果說耳朵只能夠選擇一種聲音來聽，那一定會選擇容易聽明白的聲音，是唄？」

這道理羅倫斯明白。

為了生存，所以不得不犧牲些什麼，只有聖人能夠把這件事當成罪過而絕食至死。

只是，這樣的行為並非就一定是對的。

羅倫斯之所以會拿出這個話題來爭議，那是因為他想從別人口中聽到一句話。

「汝沒有那麼壞。」

看見赫蘿露出一副「真是拿你沒輒」的笑臉，羅倫斯覺得在心頭上蒙了一層黑影的芥蒂一洗而去。

這句話正是羅倫斯想聽到的話語。

「哼。真是的，這麼愛撒嬌。」

聽到完全被道出心聲的話語，羅倫斯的表情變得苦澀。然而，赫蘿一口氣喝光剩下的啤酒，站起身子說：

「不過，不管是人類還是狼，都沒辦法獨自過活。偶爾還是會想依賴對方，是唄？」

柔中帶剛指的就是這麼回事吧。

羅倫斯對赫蘿的笑容點點頭，站起身子來。

「不過，汝還真是小看不得吶。」

赫蘿應該是指羅倫斯順利煽動了諾兒菈。不過，如果這點事情都辦不到，怎麼能夠當個商人存活下來呢？

「那當然。妳最好小心點，別也被我煽動了。」

「呵呵呵，咱拭目以待。」

赫蘿像是真的很期待似地露出笑容，羅倫斯心想會被煽動的人八成還是自己吧。雖然羅倫斯沒有說出口，但是他一邁開步伐，赫蘿便緊跟在他身邊走著，並發出竊笑聲，羅倫斯的心聲果然還是被赫蘿聽見了。

「不過，只能努力做出能夠讓大家都笑出來的結果了。」

「這想法很適當，可是……」

赫蘿說到一半停了下來，於是羅倫斯看向她，結果發現赫蘿惡作劇地笑著。

「就咱跟汝兩人暗自竊喜不是更好嗎？」

這提議很吸引人，但還是大家一起笑比較好。

「汝真是爛好人一個。」

「不行嗎？」

「怎麼可能。」

然後，兩人輕輕笑笑並往街上走去。

雖然前面的路並不一定明亮，但至少看得清楚在自己身邊的人。

走私一定會成功。

雖然沒有任何憑據，但羅倫斯就是這麼認為。

「我是雷瑪里歐商行的馬汀・里貝特。」

「我是羅倫斯，這是我的夥伴赫蘿。」

「啊，我、我是諾兒菈・艾倫。」

教會城市留賓海根設有好幾處進出城市的出入口，三人來到東北方的出入口前廣場，再次互道姓名。

市場開放的鐘聲響起前的清晨空氣非常清新，廣場上雖然滿地都是道盡昨夜喧鬧盛況的垃圾，卻也顯得美麗。

不過，在場的人當中，應該只有赫蘿有閒情逸致欣賞街景吧。

其他人的表情無不因為緊張而顯得僵硬。

走私黃金是非常重的罪行，萬一被逮到，依走私的金額多寡，甚至得接受五馬分屍的酷刑。照理說，走私黃金必須經過多次事前討論，以做好萬全的準備。然而很遺憾，這次的狀況無法如此從容。

等著壓垮雷瑪里歐商行，好榨取商行的債權者人數眾多。因為即使是瀕臨破產的商行，仍然擁有土地、房屋，或未收債權等能夠換成現金的資產。

而且，這些債權者不可能等到付款日才前來討債，所以雷瑪里歐商行也被迫於必須早一刻走私黃金，好變賣成現金。

因為這個緣故，諾兒菈結束早晨的禮拜，並從教會帶出羊隻後，便直接前來與羅倫斯會合。

諾兒菈似乎沒料到除了羅倫斯之外，還有其他人會參與走私，當她聽到雷瑪里歐商行的名字時，顯得有些驚訝。不過，她並沒有特別提出質問，應該是覺悟到自己只要善盡本分就好。

「那麼，我們出發吧，生意就像放在廚房裡的活魚。」

意思是說馬上就會發臭。羅倫斯聽到被雷瑪里歐商行的主人漢斯·雷瑪里歐，託付了走私黃金重任的里貝特這麼說，也沒有理由反對，於是表示贊同。當然了，諾兒菈與赫蘿也沒有提出反對意見。

羅倫斯一行人來到出入口，睡眼惺忪打著哈欠的衛兵們雖然投來好奇的目光，但也順利地離開了留賓海根。

羅倫斯身上穿著平時的商人服，里貝特穿著像是要去狩獵的高檔旅行服，正如城裡的商人打扮。赫蘿再度變身成修女的裝扮，而諾兒菈則是跟平常一樣的裝扮。

不過，羅倫斯與里貝特都沒有駕駛馬車。里貝特坐在他牽來的馬兒的馬背上，羅倫斯則是讓赫蘿坐在馬背上，自己拉著韁繩走路。沒坐馬車的原因除了預料得到路況不好之外，更主要的原因是騎馬的速度肯定比馬車快上許多。

在帶領著七隻羊和牧羊犬艾尼克的諾兒菈帶頭之下，一行人朝著東北方的城鎮拉姆特拉一路向前進。

就如羅倫斯兩人從波羅遜前來的時候一樣，這條道路人煙稀少，就算整整走了一天，也不見任何旅人。

一路上大夥沒有什麼交談，只聽得見諾兒菈搖晃的鐘聲以及羊叫。

如果論起算是交談的對話，那麼在天色才剛開始變暗，諾兒菈便停下腳步著手準備野營時，里貝特對她的抱怨算是第一次。里貝特有一雙細長眼睛，以及一頭梳理整齊的金黃色頭髮。他的模樣看來像是受命負責重要洽談、充滿幹勁的年輕商行幹部。他主張諾兒菈應該在更前進一些的地方野營時的說話態度，也顯得神經質。

不過，當羅倫斯向沒有旅行常識的里貝特說明了牧羊人的工作狀況，以及夜晚行走的危險性後，里貝特意外地坦率接受說明。里貝特雖然顯得神經質，但似乎不是頑固的人。

羅倫斯認為里貝特不僅不頑固，平常的他或許會給人更溫厚老實的感覺。羅倫斯之所以會這麼想，是因為里貝特趁羅倫斯為他說明時，用極其認真的口氣說：

「抱歉。因為我太緊張了，所以變得很急躁。」

里貝特是賭上雷瑪里歐商行存亡的代表。相信他的外套內側一定帶著嚴密封緘、用來採買黃金的採買證書，證書上的金額約莫六百盧米歐尼。相信商行主人雷瑪里歐此刻也會雙手合十，不斷地向神明祈禱吧。

「你和我不一樣，你背負著商行的命運，所以當然會這樣了。」

羅倫斯說道，里貝特聽了，稍稍鬆了口氣地露出笑容。

在這之後，一行人度過了平靜的夜晚，迎接清晨到來。

住在城裡的人多半認為吃早餐是種奢侈的行為，所以大部分的人都不吃早餐。不過，過著旅行生活的人認為吃早餐是個常識。

因此，除了里貝特之外，其餘三人都一邊咬著被壓得硬實的麵包以及肉乾，一邊前進。

一行人直到將近正午時分才停下腳步。

這時正好來到微陡的小山丘上，腳下的路面直直往東邊延伸，到了下一座山丘，道路會暫時彎向南邊。這附近一帶的綠草與枯草共生，再適合牧羊不過了。草原向四面八方不斷延伸而去。

不過，如果凝視前方道路延伸方向的相反側，也就是北邊的方向，便可看見遠方有一片近似黑色的綠色森林，再緩緩把視線拉向西方，可看見滿地岩石、坡面陡峭的山丘。

羅倫斯一行人要前進的地方正是森林與陡峭山丘之間的縫隙，是路面沒有被馬車或旅人踏硬的草原。

這片草原被夾在滿地岩石、連徒步都無法越過的山丘，以及甚至騎士們都會望之卻步的陰森森林之間，也是連接至拉姆特拉的唯一捷徑。

雖然這片草原看來沒什麼不對勁，但是卻散發出恐怖的氣氛。只要是個腦筋正常的人，絕對不會想要走過這片草原。望著草原，羅倫斯不禁認為赫蘿嗤之以鼻的異教魔法師召喚狼群的傳言，或許真有其事。

然而，如果沒有越過這裡平安抵達拉姆特拉，並帶著黃金歸來，就沒有明天。每個人互相看著對方，彷彿約好了似的彼此點點頭。

「萬一狼出現了，也請各位不要慌張，我一定會保護大家平安抵達拉姆特拉。」

諾兒菈難得表現得如此強勢，她的發言讓大家感到安心，只有赫蘿顯得有些不是滋味。

羅倫斯心想賢狼赫蘿一定也有她想表達的話語吧。赫蘿一發現羅倫斯的視線，便故意嘟起嘴巴，然後又立刻恢復平時一臉正經的表情。

「願神庇祐我們。」

聽見里貝特的祈禱聲，所有人也隨著他做了同樣的祈禱。

這一天的天氣晴朗。

雖然時而吹來的風會帶來冰冷的空氣並劃過臉頰，但是只要是在行進中，也就不覺寒冷。

徒步的諾兒菈與騎在馬上的里貝特率先走在前頭，兩人後方跟著七隻羊，再更後方是拉著馬兒的羅倫斯與坐在馬上的赫蘿。

一路往北方前進後，草原延伸的方向偏向南方，西邊的山丘逐漸逼近過來，把一行人推向森林的方向。因為擔心馬兒踩到藏在草堆裡的石塊而受傷，所以一行人盡量朝森林的方向前進，當距離近到可看清楚微暗森林的模樣時，令人毛骨悚然的程度也隨之倍增。

羅倫斯心想或許是多心，但他覺得耳中似乎傳來狼的長嚎聲。

「喂。」

「嗯？」

「狼不會來吧？」

羅倫斯忍不住壓低聲量詢問赫蘿。

「來不及了，已經被包圍了。」

即使知道赫蘿是開玩笑，但羅倫斯聽到的瞬間還是不禁倒抽了一口氣。

赫蘿一副開心的模樣沒出聲地笑笑。

「咱可以保證汝的人身安全。可是吶，其他的就沒把握了。」

「所有人都得平安無事，不然就傷腦筋了。」

「這咱真的沒把握，因為森林目前是在下風處。森林裡如果有狼，應該早就發現羊隻，正磨著牙唄。」

被赫蘿這麼一說，羅倫斯不禁覺得森林那頭似乎有視線傳來。

就在這時，羅倫斯聽見動物在地面跑步發出的獨特聲響，驚訝地朝聲音傳來的方向看去，他發現一身黑毛隨風飄起的艾尼克從附近跑過。

艾尼克在追趕兩隻有些落後的羊。

「這狗真聰明。」

羅倫斯別無他意地說出感想，赫蘿聽了，用鼻子輕輕哼了一聲。

「半吊子的聰明只會招來死亡。」

「……什麼意思？」

因為擔心走在前頭的里貝特與諾兒菈萬一聽見對話內容，會惹來不必要的麻煩，所以羅倫斯原本就壓低聲量說話，現在他更壓低了聲量詢問赫蘿。

坐在馬上的赫蘿投來不悅的視線。

「那隻狗察覺到咱的身分。」

「是這樣嗎？」

「雖然只要藏好耳朵和尾巴，就能夠瞞過人類，但是對狗就行不通了。從第一次遇上時，那隻狗就露出教人看了就生氣的目光了，是唄？」

雖然羅倫斯有發現艾尼克會不時地投來視線，但是他不知道原來是這麼回事。

「可是吶，還有更教人生氣的事。」

長袍底下的耳朵動了一下，赫蘿不悅的程度似乎不怎麼低。

「就是那隻狗的眼神。那隻狗的眼神說『如果敢碰羊一根汗毛，隨時咬斷汝的喉嚨！』吶。」

羅倫斯苦笑著說了句「怎麼可能。」結果被赫蘿斜眼一瞪，不禁有些懾住。

「沒有什麼比搞不清楚自己身分的狗更教人生氣了。」

赫蘿別開臉說道。

或許狗與狼就像鴿子與烏鴉的關係一樣惡劣吧。

「不過，咱可是賢狼赫蘿吶，咱怎麼可能理會狗的挑釁。」

赫蘿板著臉說道。看著她的模樣，很難教人不笑出來。

不過，羅倫斯心想不能太惹赫蘿生氣，於是早早收起笑容。

「是啊，那隻狗根本不是妳的對手。不管是力量、智慧，還是尾巴的整齊度都遠不及妳。」

雖然羅倫斯的話顯然是在奉承赫蘿，但是最後的一句話似乎很有效。

外袍底下的耳朵高高挺起，正經八百的虛假表情藏不住赫蘿的得意之情，笑意從她的臉上流露出來。

「嗯，看來汝越來越機靈了。」

雖然羅倫斯確實有越來越懂得應付赫蘿的自信，但是他當然沒有直接說出來，他恭敬地深深垂下頭。

就在兩人如此互動之際，四周的綠草變得稀疏，土黃色的光禿地面露了出來。

朝西邊延伸、如洶湧大海般的山丘已近在眼前。

一行人在時而必須跨過樹根，不算道路的道路上前進。

不久後，每當陣風吹過，樹木搖晃的聲音便會傳進耳中。

不過在那之後，一行人只顧著前進，就是迎接了第二晚，也沒發生什麼事。

據諾兒菈所說，只要天色一亮就出發，中午左右即可抵達拉姆特拉。也就是說，比起正規的道路，捷徑的路程不僅不到一半，甚至只有三分之一或四分之一長。只要在這裡開闢道路，相信會更容易做成拉姆特拉的進出口生意。想想一路經過的地方，也沒發現狼特別多之處，就會讓人覺得應該開一條路。

而且，如果在這裡開闢道路，應該也會比較容易攻擊拉姆特拉吧。以留賓海根的立場來說，照理不可能允許這麼近的地方有異教徒的城鎮存在。留賓海根會允許拉姆特拉存在，或許可以猜測留賓海根是為了在背地裡向拉姆特拉拿取黃金，所以故意不在這裡開闢道路。畢竟當權者總是可以收取賄賂。

羅倫斯一邊仔細思考著這些無關緊要的事情，一邊淺嚐里貝特在勉強吃下淡而無味的晚餐後，拿出來的葡萄酒。因為沒有談話的對象，羅倫斯正閒得發慌。

赫蘿早就喝光葡萄酒，包著棉被倚在羅倫斯身上睡著了。看似不習慣旅行的里貝特也一臉疲憊地坐在火堆前打瞌睡。

羅倫斯稍微轉動了一下視線，便發現方才醒來的諾兒菈在距離火堆較遠的樹底下，撫摸著躺在她腿上的艾尼克。聽諾兒菈說如果待在距離火堆太近的地方，眼睛會習慣光線，這樣萬一發生事情時，就會來不及反應。

諾兒菈似乎察覺到羅倫斯的視線，忽然抬頭看向羅倫斯。

然後，諾兒菈看看自己的手邊，她再次抬頭時，臉上漾起笑容。

羅倫斯一時之間沒能理解諾兒菈為何會笑，但他也看看自己的手邊後，便明白了。

赫蘿的身體滑落了下來，倒在羅倫斯的腿上。諾兒菈應該是在笑彼此的姿勢一樣吧。

然而，羅倫斯當然不敢撫摸赫蘿的頭。因為躺在他腿上睡覺的是比艾尼克更恐怖的狼。

儘管如此，看著赫蘿發出小小呼吸聲，毫無防備地睡著，就越來越無法抵抗想要撫摸赫蘿看看的誘惑。只要像諾兒菈撫摸艾尼克那樣，若無其事地撫摸赫蘿，應該就不會有問題吧。

里貝特已經睡著了，而諾兒菈也一邊撫摸艾尼克，一邊看守著七隻羊。

羅倫斯放下凹凸不平的簡陋木杯，緩緩地把手伸向赫蘿。

羅倫斯雖然曾經撫摸過幾次赫蘿的頭，但還是覺得她很神聖。

羅倫斯的手碰觸到了赫蘿，就在這個瞬間——

「嘖。」

赫蘿突然抬起頭來。

看見羅倫斯慌張地收回手，赫蘿雖然露出懷疑的眼神，但是她的視線立刻移向了其他地方。

羅倫斯才狐疑著到底是怎麼了，就發現諾兒菈不知何時已經站了起來，而她身邊站著露出尖牙的艾尼克。

赫蘿與諾兒菈看的方向相同。兩人都是看向一團漆黑、如黑曜石般的森林。

聽到諾兒菈以一改往常的強硬口吻這麼說道，羅倫斯幾乎反射性想要聽從諾兒菈的意思往後退時，卻被某種東西拉住，讓他站不起身子來。

「羅倫斯先生，往後退。」

羅倫斯納悶著會是什麼東西，結果發現是躺在他腿上的赫蘿把手伸向背後拉住他的衣服。

不僅如此，在羅倫斯提出抗議之前，赫蘿比他更早一步露出責備的眼神，回頭看向他。如果用話語來解釋赫蘿的眼神，或許她是在說「別聽那姑娘的話，乖乖待在咱的背後」。

赫蘿似乎對諾兒菈抱有很強的敵對意識，如果違逆她，不知道有多恐怖。羅倫斯這麼想著，於是在赫蘿站起來後，乖乖跟在她後頭。

諾兒菈似乎沒注意到赫蘿的反應，她正盡忠於自己的工作。她搖晃長棍前端的吊鐘，指示艾尼克跑向沉睡中的羊群，把羊隻趕向火堆旁後，拍了一下仍在睡夢中的里貝特的肩膀。跟著，她把森林裡無限供應的木柴大量丟入火堆中。

諾兒菈的動作熟練，顯得十分冷靜。羅倫斯不禁認為諾兒菈面對人時的懦怯模樣，或許就跟自己面對商人以外的對象時，說話會變得吞吐一樣。

總算醒過來的里貝特察覺緊張的氣氛，他似乎感覺到諾兒菈與赫蘿的視線前方有狼的氣息。

里貝特一邊按住想必是放了六百盧米歐尼採買證書的胸口，一邊往後退，並繞到倒豎起尾巴、露出尖牙的艾尼克背後。

等到一行人完成防禦準備後，四周只傳來羊隻顯得不安的叫聲，以及艾尼克急促的呼吸聲，再加上木柴燃燒的爆裂聲。

漆黑的森林那頭絲毫沒有半點動靜。月亮高掛，寂靜無風。對於只是個商人的羅倫斯來說，他當然感覺不到森林裡有什麼東西存在。

即便如此，不管是諾兒菈、艾尼克，還是赫蘿都仍然看著森林的方向，動也不動。

或許她們在視線前方，捕捉到了在幽暗水池裡游泳的鯰魚。

然而奇怪的是，完全沒有聽到狼群的長嚎聲。羅倫斯也曾經在旅途中多次遭到狼襲擊，每次被襲擊時一定會聽到長嚎，但是現在卻完全沒聽到。

所以，羅倫斯不禁懷疑起森林裡是否真的有狼。

時間就像厚重的棉被緩緩燃燒似地慢慢流逝。

還是沒有聽到長嚎。羅倫斯之所以能夠不被緊張的情緒打敗，全是因為值得他信賴的夥伴赫蘿表現得認真。

然而，里貝特的反應似乎就不同了。因為在他的眼中，諾兒菈與赫蘿都只是小姑娘。

里貝特直到方才仍顯得蒼白的臉已恢復血色，他露出懷疑的眼神不時地看向諾兒菈與赫蘿。

就在里貝特準備開口說話的那一刻，諾兒菈有了動作。

諾兒菈將原本雙手拿著的長棍立在右側後，用左手拿起掛在腰間的號角。赫蘿看見她的舉動顯得有些不開心，想必是因為號角與狼是兩不相容的存在吧。

就像狼會發出長嚎、熊會用背部磨蹭樹皮的舉動一樣，牧羊人會利用號角向四周主張其存在。號角所發出的遲鈍聲音，是任何動物都無法發出的獨特音質，那聲音能夠準確地傳達牧羊人的存在。

響亮的號角聲吹起，並被吸進夜裡的森林中。如果森林裡真有狼群，相信狼群一定知道這裡有個工夫了得的牧羊人。

然而，還是沒有傳來狼群的長嚎，牠們徹底保持沉默。

「……趕走了嗎？」

雖然聽不到長嚎，但是里貝特的聲音取而代之地傳來。

「不知道……不過，至少狼群似乎走遠了。」

聽到諾兒菈不明確的回答，里貝特皺起眉頭。不過，他看見艾尼克不再露出尖牙，開始跑著追趕羊隻，似乎至少肯接受危機已過的事實。

或許里貝特的想法是「動物最了解動物」吧。

「這裡的狼每次都是這樣。很少聽得到牠們發出長嚎，也不會表現出要攻擊的模樣，就只是一直注視著這邊……」

諾兒菈的口吻像在形容從墳墓裡爬出來的屍體似的，雷瑪里歐的年輕幹部聽了，臉色再度泛白。里貝特的個性有別於外表給人的感覺，似乎挺懦弱的。

「不會發出長嚎確實很奇怪吶。」

赫蘿喃喃說道，她仍然看著森林的方向。聽到外表看來是個小女孩，況且也不是牧羊人的赫蘿這麼說，里貝特似乎看不太順眼，他露出不屑的眼神看向赫蘿。

其實這也不是里貝特的個性不好，因為很多住在城裡的人都跟他一個樣。不過，他的反應似乎有些觸怒了赫蘿。

「說不定那不是狼吶。好比說，是死在這裡，最後變成鬼怪的旅人之類的。」

里貝特聽了，臉色登時一片慘白。赫蘿不愧是賢狼，她似乎看出了里貝特膽小的個性。

「可是，汝啊。」

捉弄完可憐的小羊後，赫蘿拉了一下羅倫斯的衣角說道。看見赫蘿壓低聲量說話，於是羅倫斯彎腰讓耳朵湊近赫蘿的嘴邊。

「那話兒有一半是當真的，咱有不好的預感。」

這次的旅行不是單純的商業旅行。這次旅行必須平安抵達拉姆特拉，再回到留賓海根。萬一失敗了，不管是要逃跑，還是任憑命運擺佈，羅倫斯的商人生涯都得宣告結束。

雖然羅倫斯露出「別嚇我啊」的責備眼神看向赫蘿，但是赫蘿不以為意地又看向森林。

赫蘿似乎不是在開玩笑。

「呃……木柴用完了喔。」

或許是想要緩和依舊顯得緊張的氣氛，諾兒菈努力表現得開朗地說道。羅倫斯聽了，也表示贊同。赫蘿總算從森林拉回視線，並點點頭。雖然里貝特也跟著點頭，但是那舉動幾乎像是為了賭一口氣。

「那我去收集一些木柴回來。」

或許諾兒菈是因為自己善於在夜裡看清東西，所以才會這麼說，但是羅倫斯不好意思都交給諾兒菈去做，於是說：「我也一起去吧。」結果赫蘿聽了，也跟著說：「這樣咱也要去。」因為完全不懂起火的步驟，所以不曾動手幫忙起火的里貝特聽了，似乎也覺得不好意思了。

「我、我也來幫忙好了。」

里貝特一邊咳嗽，一邊說道。他八成是害怕自己一個人被留下來吧。

看著這樣的里貝特，赫蘿不懷好意地笑笑。

在那之後，大家在森林裡撿了木柴好一會兒，總覺得一直會聞到動物的腥臭味，是多心嗎？

不過，後來什麼也沒發生，這天晚上也就這樣安靜地度過了。

羅倫斯看見拉姆特拉的街景時，不禁放心地嘆了口氣。

在右手邊有陰森的森林，左手邊有陡峭山丘逼近的草地前進，就彷彿被迫走在不見盡頭的小巷子裡。

不過，羅倫斯放心的嘆息並非因為這樣的路程結束，他走過許多路況更糟的道路。放心的嘆息是因為從昨晚開始，時而感覺得到的可怕視線終於消失了。

因為赫蘿與諾兒菈一路上都顯得神經緊繃，羅倫斯知道不是因為他多心，才感覺有可怕視線。隔在留賓海根與拉姆特拉之間的森林，果然是存在著什麼連騎士團都感到害怕的東西。

話雖如此，既然去程能夠平安走過森林，回程一定也能夠平安走過。雖然森林確實有些恐怖，但是諾兒菈走過好幾次都不曾被襲擊過，所以只要靠著諾兒菈的牧羊工夫和赫蘿的力量，相信一定能夠順利通過。

這麼一來，剩下的難關就只有把黃金帶進城裡的時候了。

因為一行人浩浩蕩蕩地進入拉姆特拉也沒什麼意義，所以就只讓里貝特隻身前往採買黃金。

羅倫斯一邊目送著里貝特的背影，一邊想著這些事情。

「希望可以順利進行。」

諾兒菈這句話應該是指里貝特採買黃金的事吧。

到目前為止，這一切都算是正規的交易行為，所以採買黃金不可能會失敗。但是，如果在這裡指正諾兒菈，就有刻意挑毛病之嫌。

「是啊。」

不過，羅倫斯這麼回答時，故意露出營業用笑容。

那是因為諾兒菈的口氣聽來，就像在閒話家常一樣。

這時，疑問與深深的後悔同時在羅倫斯的心頭再度湧起。

羅倫斯擔心諾兒菈是不是沒理解到如果這次的走私失敗了，會有多麼嚴酷的懲罰等著她。走私黃金時，最有危險的就是牧羊人本人啊。

這次的走私是要把黃金藏在羊隻的肚子裡，再穿過城門。萬一有羊隻反芻，把黃金吐了出來，牧羊人勢必得接受處罰，就連辯解的餘地都沒有。

和這樣的待遇相比，里貝特或羅倫斯只要三緘其口，就有可能免於受罰。

兩者的差別實在太大了，諾兒菈究竟明不明白這樣的狀況呢？

看著諾兒菈一如往常地留意羊隻，或是撫摸每完成一項任務便跑回她身邊的艾尼克的模樣，羅倫斯不禁覺得自己必須確認這件事。

羅倫斯不認為諾兒菈有掌握到可能發生在自己身上的事，以及和她的待遇相比，四周的人又是怎樣的狀況。

如果真是這樣，羅倫斯的所為幾乎算是利用對方無知的詐欺。這麼一想，羅倫斯就能夠確信自己的良心已經在胃袋等著消化了。

然而，如果向諾兒菈確認這件事，而萬一諾兒菈沒察覺到狀況會是如此呢？

說不定她會突然改變態度說只有她有可能會抽到鬼牌，不能協助走私。說什麼也不能讓這樣的事發生，所以羅倫斯雖想問卻問不得。

「話說……」

羅倫斯聽到諾兒菈本人的聲音而回過神來。

然而，羅倫斯抬頭一看，他發現諾兒菈不是在對自己搭腔。

拔了一根芒草，無所事事地在附近走動的赫蘿正看向諾兒菈。

「赫蘿、小姐。」

諾兒菈在說出赫蘿的名字時之所以停頓了一下，或許是因為諾兒菈好不容易才鼓起勇氣向赫蘿搭腔。

就連羅倫斯也察覺到諾兒菈有好幾次想搭腔，只是赫蘿每次都一副冷淡的模樣，所以諾兒菈總是猶豫不決。

羅倫斯在心裡為諾兒菈加油，但是接下來聽到的話讓他吃了一驚。

「妳很了解狼嗎？」

羅倫斯瞬間露出驚訝的表情，反觀賢狼卻是十分狡獪。赫蘿的表情一點也沒有改變，過了一會兒後，她做出微微傾頭的動作。

「啊，不是的，那個……昨天晚上，妳好像很快就察覺到狼群……」

諾兒菈之所以會表現得像是想找個洞鑽進去似的模樣，或許是因為她以為赫蘿曾經是個牧羊人。想必她是在想如果是那樣，彼此都是如同白烏鴉一般稀奇的女牧羊人，或許會有共同話題可以聊聊吧。

如果諾兒菈真是這麼想，或許就會因為這份期待之心，促使她向一直不給她機會搭腔的冷淡赫蘿說話。

「沒的事，咱只是自然而然察覺到而已。」

「是這樣啊……」

「畢竟男人都很沒用吶。」

羅倫斯看見赫蘿一邊惡作劇地笑笑，一邊瞥了他一眼，只好輕輕聳聳肩當作回答。

「咱說得沒錯唄？」

「咦？啊，不、不會啦。」

「喔？那麼，汝的意思是說那傢伙有用啊？」

赫蘿沒有半點猶豫地指向羅倫斯，諾兒菈的視線也隨著移向他。

然後，對上了羅倫斯的視線。

在視線對上的那一瞬間，諾兒菈尷尬地別開視線。然而，當赫蘿再次詢問她時，她一邊很不好意思地不時看向羅倫斯，一邊對走近她身邊的赫蘿說悄悄話。

看那隻傲慢的狼笑得那麼開心，諾兒菈的答案可想而知。

羅倫斯一邊看著兩人的模樣，一邊告訴自己在這種時候只好扮演丑角了。

看見羅倫斯揮動雙手做出投降的動作，諾兒菈也隨著赫蘿笑了出來。

「話說回來吶，對著像咱一樣與男人一同旅行的人，根本就沒必要詢問對方了不了解狼。」

雖然諾兒菈的外表看來比赫蘿年長，但是兩人一交談，赫蘿一下子就佔了優勢。赫蘿一手叉腰，另一隻手豎起食指，然後像是神學者在講解似地開口說：

「聽好啊，對著像咱這樣的人詢問了不了解狼，只會聽到一樣的答案。這是為什麼呢？」

諾兒菈探出身子覆誦了句：「為什麼呢？」

「因為一到了夜晚，狼就會出現，畢竟這麼可愛的兔子就近在眼前吶。每天晚上會被狼吞進肚子裡的兔子，怎可能不了解狼呢？」

諾兒菈瞬間愣了一下後，似乎明白了赫蘿話中的含意。她登時漲紅了臉，身子往後退。她先看看赫蘿，再看看羅倫斯後，垂下了頭。

「呵呵呵呵。嗯，很好的反應。可是吶，汝不妨回想一下咱方才的回答。」

聽到赫蘿打從心底覺得有趣地這麼說道，連耳朵都漲紅了的諾兒莅稍微抬高頭，像是在回想什麼似地別開視線。

然後，諾兒莅輕輕叫了聲「啊」。

「其實真要說起來，咱的夥伴才比較像兔子吶。如果不理睬那傢伙，那傢伙就會因為寂寞難耐而死唄。」

赫蘿雖然一副像是在說悄悄話的模樣，但是她的聲量卻是大到足以讓羅倫斯聽見。羅倫斯聽了，只能頻頻苦笑。不過，看見諾兒莅毫無防備地點點頭，羅倫斯不禁覺得有些受傷。

羅倫斯心想原來自己在諾兒莅的眼裡是那個樣。

「總之，就是這麼回事。所以吶，咱昨晚只是恰巧很快地察覺到狼而已。」

就旁觀者聽來，這似乎是毫不相關的結論。然而，腦子裡塞了太多東西，變得一片混亂的諾兒莅聽了，似乎接受了這個結論。她一邊輕撫好不容易恢復平靜的臉頰，一邊耿直地點點頭。

諾兒莅接著深呼吸一口氣，展露不再緊繃的笑臉說：

「我還以為赫蘿小姐是牧羊人呢。」

「因為咱一下子就察覺到狼的關係嗎？」

「這也是原因之一。」

諾兒莅說到這裡，先停了下來。她看向即使主人正在談天說笑，仍盡忠職守的黑毛騎士，繼續說道：

「因為艾尼克好像非常在意赫蘿小姐。」

「嗯，那是因為啊……」

大膽到一旦知道不會被識破，就敢在別人面前露出尾巴來的赫蘿，完全沒有因此動搖。她甚至一邊展露微笑，一邊在胸前交叉雙手看著艾尼克。

「在飼主面前，這話兒是有些難以啟齒。不過，想必是因為愛上咱的關係唄。」

彷彿聽見赫蘿說的話似的，艾尼克瞬間看向赫蘿她們，才又開始在羊群四周跑動。

反觀騎士主人的反應，卻是一副晴天霹靂的模樣。

「咦？那、那個，妳是說艾尼克嗎？」

「這沒什麼，汝不用覺得難過。對雄性太寵溺的話，雄性一下子就會囂張起來。因為汝這麼愛護那隻狗，想必那隻狗一定認為暫時不會失去汝的寵愛唄。所以吶，那隻狗一定有了偶爾想和其他人打情罵俏的欲望。如果坐擁堆積如山的美味麵包，偶爾也會想喝點湯，是唄？」

聽著赫蘿一路說來的內容，羅倫斯不禁頻頻皺眉。然而，這番話似乎有讓諾兒菈心生同感之處，她表示贊同地點點頭。

「也就是說吶，偶爾得表現冷淡一些，才是好的駕馭法。」

雖然諾兒菈像是聽見了世間真理似地深深點頭，但是她忽然喊了一聲艾尼克的名字，跟著蹲了下來。

「將來這孩子如果再移情別戀，我會照妳說的那樣做。」

「聰明的選擇。」

被迫背上子虛罪名的艾尼克像是在喊冤似地吠了一聲，但是諾兒菈一用力抱緊牠，牠便立刻安靜了下來。

「只是，趁著還能夠誇獎牠的時候，我想要再多誇獎牠一些。」

諾兒菈說罷，在艾尼克稍微垂下的耳上，輕輕吻了一下。

赫蘿注視著諾兒菈的模樣，嘴角微微上揚。

當羅倫斯發現赫蘿露出不合時宜、一副有些難以置信的笑容時，赫蘿正好看向他。

「因為不管這次的走私成功還是失敗，我勢必得辭掉牧羊人的工作。」

諾兒菈一邊抱緊艾尼克，一邊沉靜地說道。從她的話語當中，很容易就能夠聽出她是非常理性、並且掌握了一切的狀況，才下定決心。

諾兒菈早已掌握了自己所處的立場，以及有可能發生的事態。

也就是說，羅倫斯感到擔憂完全是自尋苦惱。

外表看似懦弱的諾兒菈在被趕出貧民救濟院後，想必是歷經了各種辛勞才熬到現在。她和嬌生慣養的貴族女孩不同。

除了這點之外，羅倫斯也同時重新領悟到了赫蘿的厲害。

赫蘿輕輕鬆鬆看出羅倫斯的心聲，她藉由掌握與諾兒菈對話的主導權，以極其自然的方式引導諾兒菈說出對這次走私的決心。

但是，赫蘿卻對羅倫斯露出一副「真是拿你沒輒」的無奈笑容。

羅倫斯不禁認為「男人都很沒用」這句話不無道理。

羅倫斯露出一副慘敗的模樣蒙住眼睛，然後張開雙手呈大字型平躺在地上。

冬天將近的秋季大地雖然有些冰冷，但是浮在天空的斷斷續續白雲，卻給人很溫暖的感覺。

走私一定可以成功。

羅倫斯一邊仰頭看著搖搖晃晃走到他身邊的羊隻，一邊帶著確信在心中嘀咕著。

過了好一會兒後，里貝特騎著馬悠然歸來。

當人們帶著巨款在身上時，總會把四周的人都看成小偷。不過，里貝特不愧是大城市裡的年輕商行幹部，在這方面，他似乎很有膽量。

里貝特買到大小正好可以放在手掌心上的黃金顆粒，他讓所有人確認過所有裝滿這些黃金的袋子後，以沒有特別提心吊膽的態度把黃金收在衣服內側，跟著輕輕拍了拍黃金。

「再來就是把這些平安帶回去，再伺機讓羊隻吞下去。」

里貝特之所以會像在做確認似地這麼說道，想必是為了強調難題還在後頭吧。

「然後，再讓羊隻通過城門。有關如何在城裡接手羊隻的事，就照事前討論的程序進行。沒問題吧？」

「沒問題。」

看見諾兒菈點點頭，里貝特也點頭回應，然後他直直看向前方說：

「那麼，出發吧。如黃金般燦爛的未來正等著我們。」

於是，一行人再度往森林與山丘之間走去。

清晨，羅倫斯覺得有冰冷的東西碰觸到臉頰，所以醒了過來。

羅倫斯以為又是羊在舔他的臉頰，但是張開眼睛一看，卻發現視線前方的天空被一層烏雲覆蓋。似乎就快下雨了，這個季節很少有這樣的現象。

不僅如此，氣溫還很低。只是稍稍挪動一下頭的位置，被當成枕頭的樹根便立刻傳來冰冷的感覺。羅倫斯抬頭一看，發現火堆已經熄滅了。由於從諾兒菈入睡到大家醒來之前，會有一段時間沒人守著火堆，因此大家說好讓諾兒菈叫醒一個人，由這個早起的人負責守火堆。然而，今天輪到負責守火堆的里貝特卻打著瞌睡，手上還拿著想必是他準備丟進火堆中的樹枝。

看著里貝特那少根筋的模樣，羅倫斯想發脾氣也發不起來。

「……噴。」

因為羅倫斯坐起身子，與羅倫斯共享一床棉被的赫蘿似乎因此醒了過來。

然而，羅倫斯連跟赫蘿說聲早的時間都沒有，赫蘿便投來極度不悅的視線，跟著立刻用力奪走棉被。

赫蘿的舉動彷彿在說「既然起床了，那就沒必要蓋棉被了唄」。

羅倫斯心想如果反抗，赫蘿有可能真的發脾氣，雖然他並不甘願這麼早起，但也無奈地站起身子。因為天氣一冷，羊隻們便會彼此緊靠在一起不動，所以沒了工作可做的艾尼克在火堆旁閒躺著。當然了，牠是依偎在心愛的主人身邊。艾尼克保持躺著的姿勢，用哀怨的眼神注視著羅倫斯一邊讓關節發出聲響，一邊站起身子，然後把木柴丟進火堆中。

看著枯樹枝點著火，發出「啪嚓」聲響，艾尼克滿足地打了個哈欠。羅倫斯看著艾尼克的模樣，不禁聯想到赫蘿，於是笑笑。

不過，這天氣還真是寒冷，感覺冬天好像突然降臨了。

雖然看天空的模樣就能夠明白為什麼會這麼冷，但是明天中午就能夠抵達留賓海根了，希望雨可以撐到那時再下。

然而，從天空的模樣看來，這似乎是不可能的事。羅倫斯懷恨望向天空，輕輕嘆了口氣。他心想到了傍晚……最遲到了晚上也一定會下雨吧。

只要走進森林深處，就能夠利用長得茂盛的樹林來躲雨，但是總不能帶著羊群走進森林吧。而且，森林裡還是教人覺得毛骨悚然。說什麼也都得避免在森林裡過夜，頂多只能在森林邊緣躲雨罷了。

羅倫斯一邊看著火堆的火勢逐漸旺盛地燃燒起來，一邊想著這些事情時，忽然感覺到有東西披在他背上。

羅倫斯心想「什麼東西啊」，於是回過頭一看，他發現身邊出現一張熟悉的面孔。

那是臉頰上留有明顯樹根痕跡的赫蘿。

「這邊比較溫暖。」

羅倫斯當然沒有老實到會就這麼相信赫蘿說的話。

因為赫蘿是特地把棉被蓋在羅倫斯背上，好讓兩人能夠共享一床棉被。赫蘿剛剛雖然搶了棉被，但或許她覺得自己做得太過火了吧。因為在旅途中，不管什麼人都會感覺到飢餓與寒冷。

只不過，赫蘿既然沒有開口道歉，羅倫斯當然沒必要開口原諒她。

雖然羅倫斯沒有開口原諒赫蘿，但是他一邊把原本用來攪拌木炭的樹枝也丟進火堆中，一邊若無其事地開口詢問：

「對了，妳懂得看天氣嗎？」

「懂。今天中午過後會下雨。」

赫蘿的聲音聽來似乎還帶著睡意。

「不過，這任誰看了天空也知道。」

羅倫斯捉弄著赫蘿這麼說道，赫蘿聽了，輕輕用頭頂了羅倫斯的肩膀取代皺眉的動作。

「如果可以，真希望可以在下雨前快馬回到留賓海根。然後坐在暖爐前面，喝熱湯、吃熱騰騰的馬鈴薯，這主意怎樣？」

「沒得挑剔，還有吶……」

「梳理尾巴對吧？」

羅倫斯把聲音壓得更低地說，赫蘿聽了，一邊嘆氣一邊點點頭回應：

「咱也很想盡早回到旅館，可是……」

赫蘿說到這裡，露出哀怨的表情看向天空。

寒風吹動赫蘿的瀏海，瀏海似乎碰觸到她的睫毛，赫蘿瞇起眼睛說：

「會有一陣雨，這根本不是咱所願。」

赫蘿的話讓羅倫斯記起他初遇見赫蘿時，赫蘿掌控了一大塊麥子產地，並且被尊稱為豐收之神。因為在秋季收割期落下的寒雨最不受農村歡迎，所以既使赫蘿已離開麥田的現在，或許還是會有些排斥吧。

似乎因為發生了很多事情，所以赫蘿本人不願意多回憶起在麥田裡的事。不過，或許她骨子裡依舊是個豐收之神。

話說回來，就算不是豐收之神，也沒有人會喜歡在這麼寒冷的時候下雨。看這般寒冷程度，說不定還可能下起雨雪呢。

羅倫斯光是想像下起雨雪的狀況就覺得全身冷了起來，於是他毫不吝嗇地把大量木柴丟進火堆中燃燒。

羅倫斯心想還要等上好一會兒，大家才會起床。

然而，羅倫斯當時並沒有察覺到一件事。

他沒有察覺到赫蘿不可能說出沒意義的話。

第六幕

純白色的氣息拖著一道白線往身後飄去。雖然吐出氣的瞬間，臉頰會感覺到一陣溫暖，但是立刻就會轉為伴隨疼痛的冰冷感。

逐漸轉黑的天空終於承受不住沉重的烏雲，在中午過後下起如碎冰般的濛濛細雨。雖然雨水冰冷得讓人陷入整張臉浸泡在冰水裡般的錯覺，但是竄進衣服裡的空氣卻又帶來冰涼的舒服感。

不管是人、是馬、是羊、還是狗，無不拚命奔跑。

好幾次都感覺得到牠們的視線傳來，感覺得到牠們存在的次數更是數不清。

然而，不管再怎麼戒備，都聽不到長嚎聲，也看不到半根毛髮；時間久了，也就因為寒冷與疲勞而變得不在意了。

牠們彷彿正等待此刻到來，好趁虛而入。

當赫蘿察覺時，一行人已經陷入狼群的布陣之中。

「艾尼克！」

諾兒菈的聲音響起，黑色長毛的艾尼克拖長著白色氣息往後方奔去，並追趕著落後的小羊。

小羊已分辨不出追趕自己的是狗、還是狼，只顧著拚命往前奔跑。然而，狼發出的長嚎聲引起陣陣回音，彷彿嘲笑小羊似的。

狼群所在的位置非常明確。方才好幾次試著集中羊群時，總會發出長嚎聲的狼群就在右手邊的山丘上。相對地，左側的森林卻極少傳來長嚎聲。然而，等到森林傳來長嚎聲時，也一併傳來了狼的腳步聲和呼吸聲。

狼群在樹林下方長出的雜草和羊齒草背後，與一行人並行奔跑。

羅倫斯與赫蘿騎在同一匹馬上，里貝特也同樣騎在馬上；被雨水和汗水淋濕的瀏海貼在諾兒菈的額頭上，她一邊奔跑，一邊利用長棍及艾尼克控制羊群。

與狼群對抗時，一旦被牠們以圓形包圍住，幾乎可說是死路一條。狼群在狩獵時，為了不讓任何一個同伴受傷，牠們會極度謹慎地行動。牠們不會有即使犧牲一匹狼當作誘餌，也要狩獵的想法，也不會有一匹勇敢的狼獨自展開突擊的舉動。牠們的行動極度謹慎，而且狡猾。

因此，對於想要縮小包圍範圍的狼群，只要占住一個位置能夠確實反擊一匹以上的狼，狼群就無法展開襲擊。

赫蘿快速向羅倫斯這樣說明，而諾兒菈也確實如赫蘿所說的一般採取行動。

狼時而會從森林探出頭來，企圖阻擋一行人前進，但是諾兒菈總會命令艾尼克往前，或是親自往前予以制止。

每當狼群採取行動想要慢慢縮小包圍範圍時，諾兒菈會讓羊隻朝不同的方向奔跑，以破壞狼群陣形。對牧羊人而言，羊隻並非應該善加保護的可憐幼兒，而是用來保護牧羊人本身的盾牌，也是武器。

此刻根本沒有羅倫斯與里貝特出場的機會。里貝特光是要一手抓緊韁繩，一手按住外套以免內側的黃金掉落，就已經到了他的能力極限。

至於羅倫斯，他能做的只是向赫蘿詢問有沒有辦法解危而已。

「汝問是否行得通嗎？」

因為路面崎嶇，所以騎在快步前進的馬背上十分辛苦，會斷斷續續受到頭部彷彿快與身軀分離的衝擊。羅倫斯光是要讓自己和坐在眼前的赫蘿不從馬背上摔落，就耗費了相當大的精力。

「應該算是可唄。」

赫蘿會回答得含糊不清，似乎不是因為擔心一說話就會咬到舌頭。

「汝啊。」

「怎樣？」

「咱收回剛剛的說明。」

就在羅倫斯打算反問赫蘿「剛剛的說明？」時，他聽見斜後方的森林傳來雜草被踩平的聲響，隨後又傳來動物爪子緊抓住地面的聲音。

一股彷彿背部就快長出翅膀來的惡寒襲上羅倫斯心頭，那不是因為炎熱或寒冷而產生的惡寒。那是告知危險、如墳墓裡散發出來的冰冷。

「艾尼克！」

與羊群一同跑在相當前頭的諾兒菈以超出凡人的直覺發現後方的狼，她立刻揮舞長棍，召回黑毛騎士。然而想要脫險，除了跑到前方的山丘之外，別無他路。

而狼群當然也知道這點。

褐色疾風以驚人的氣勢朝羅倫斯的馬兒腳邊逼近。

羅倫斯心想碰碰運氣吧，於是握緊韁繩並準備用力拉扯韁繩，但卻被赫蘿以手制止。

接著，赫蘿回過頭輕聲說：

「退下。」

羅倫斯在氣勢如怒濤般狂奔而來的狼，突然像是被箭矢射中似的往旁邊跳開，並站住不動時，才發現赫蘿不是對著其他人，而是對著狼說話。

這時並非只有諾兒菈與羅倫斯感到吃驚，站住不動的狼本身顯然也吃了一驚。

然而，羅倫斯既沒能夠誇獎赫蘿的厲害，也沒能夠謝謝她救了自己。

赫蘿帶點紅色的琥珀色瞳孔，就像燒得火紅的紅寶石。

那不是赫蘿身為人類時的眼睛，而是讓人甚至不敢注視的狼眼睛。

「人吶……」

令人毛骨悚然的冷漠聲音，與羅倫斯第一次看見赫蘿的真實模樣時所聽到的聲音一樣。

「在這種時候似乎會說：『最近的年輕人……』唄。」

羅倫斯納悶赫蘿怎麼會突然說出這樣的話，但是沒多久後，他就領會到這句話的意思。

雖說一行人目前暫時脫險了，但是不明白怎麼回事的諾兒菈瞬間露出充滿疑問的表情。然而，她沒有時間多思考。諾兒菈重新處理起眼前的危機，艾尼克確實地一一執行主人不斷發出的新指令。

里貝特只是死命地抱住馬兒，並小心地不讓黃金掉落。

照這樣的速度前進，應該可以在日落前離開森林。

想要脫離這個危機，只能把一切放在這個希望上。

然後，那聲音響起了。

羅倫斯一時之間以為那是風聲，因為他看見如冰塊在空中飛舞般的濛濛細雨，輕飄飄地向上浮起。

然而，羅倫斯的直覺立刻告訴他那不是風。

因為如果是風，不可能會讓人覺得身體最深處都像結了冰似的。

隨後響起了巨大的聲響。

彷彿要把森林劈開似的巨大咆哮聲從側邊傳來，就快要震破羅倫斯一行人的鼓膜。

「唔……！」

那是會讓人們忘了呼吸的壓倒性咆哮聲。

馬兒停下了腳步，羊隻停下了腳步，就連勇敢的牧羊犬也停止了動作。

猛烈的咆哮聲就像木樁似地把人牢牢釘在地上。

每個人都像尊銅像一樣僵著身子注視森林的方向。

就只有赫蘿一人除外。

「汝啊。」

四周一切靜止不動，當下只聽得到濛濛細雨打在地面上的聲音。赫蘿一邊注視著森林，一邊輕聲呼喚羅倫斯：

「這裡得由咱來處理，讓小姑娘和那小子先走之後，汝也避開一下。」

「幹、幹嘛突然這麼說？」

在一片寂靜中，諾兒菈與里貝特專心注視著森林，完全沒有發現羅倫斯與赫蘿的對話。

然而，他們並非沒有發現。

而是他們就像被獵犬盯上的小鳥一樣，即使知道獵人把手伸向自己，也絕對無法飛走。

他們無法把視線從森林移開。

「因為森林裡的狼不是普通的狼，汝也感覺得到唄？」

赫蘿保持身體不動，只緩慢地把視線移向羅倫斯。

羅倫斯看見赫蘿的眼神不禁感到腿軟。

赫蘿的眼神已經無法用不悅來形容。她的眼神是彷彿下一刻就會踹起路邊的石頭，拿石頭出氣的危險眼神。

赫蘿呼出的空氣，有如惡魔的坐騎在地獄裡呼氣般緩緩飄動。

「只要咱接手處理，狼群就不會再攻擊羊。狼群的目標不是羊。」

赫蘿說罷，再次看向森林。

「廉價的自尊、粗劣的傲氣，無論哪個後生小輩都很重視這些東西。」

羅倫斯感覺到幾乎整個人被他抱在懷裡的赫蘿驀地膨脹了起來。

他花了一些時間才會意過來，那是長袍底下的尾巴發出唰唰唰的聲響。

「瞧！汝不搭腔就沒有人會動。汝是咱的搭檔，搭檔不就該分工合作嗎？」

看著忽然緩和了表情的赫蘿，羅倫斯沒多思考便點點頭。

羅倫斯心想自己是個商人，除了生意之外，他什麼都不懂。

那麼赫蘿呢？如果要回答這個問題，答案會是沒有人比她更了解狼。

「這裡交給我們處理，請兩位帶著黃金照原先的計畫行動。」

雖然羅倫斯的聲量並不大，但是諾兒菈和里貝特都像在半夜裡聽見叫聲似地縮了一下身子，跟著回過神來。

兩人都沒有提出反對意見。遇上危險時，以在場者中最沒有幫助的弱者作為誘餌，讓有任務在身的強者存活下去是不二法則。

不過，兩人都露出了質疑的眼神。眼神中訴說著：「這樣真的好嗎？」

儘管說是不二法則，姑且不論冷血絕情的傭兵會怎麼反應，但如果是一般的旅人，一定會感到躊躇。

「咱們就在留賓海根的城牆前會合，到時大家都是有錢人。」

赫蘿當然不可能拿自己當誘餌，想必她是打算反擊吧。其他人並不知道實情，可是也不能向他們說明，所以赫蘿才會露出輕快的笑容這麼說道。

赫蘿這招確實抓住了人性。看見懷抱必死決心的人以笑臉談著渺茫的希望，人們就不會辜負他的決心。這隻賢狼十分清楚，人們很快就會被如此類似騎士故事的情節吸引。

所以，聽到赫蘿說的話後，里貝特先點點頭，諾兒菈也遲了一步點點頭。

當諾兒菈一揮舞長棍，靜止的時間開始流動了起來。

里貝特說道。諾兒菈以強烈的視線取代話語看向赫蘿後，立刻別開視線。羊隻開始向前跑

「祝您們成功！」

去，里貝特的馬兒也追在羊群後頭奔跑。

赫蘿確認大家都離開後，把身子轉向羅倫斯並開口說：

「汝得離遠一點。要是靠得太近，咱會很難出手。汝應該懂唄？」

在赫蘿準備跳下馬之前，羅倫斯抓住赫蘿纖細的手取代了他的回答。

「我可不准妳輸啊。」

赫蘿的手熱得嚇人，她用力地握緊羅倫斯的手。

「汝要是個好雄性，這時候就應該要親吻咱。」

赫蘿不懷好意地笑著，她自顧自地說完話後，便立刻板起臉，跟著跳下馬。

「啊，對了，幫咱保管一下這個。」

赫蘿說罷，便解開腰帶並脫下長袍，然後丟給了羅倫斯。

赫蘿柔順的亞麻色長髮、尖起的狼耳朵，以及毛髮濃密的狼尾巴露了出來。

還有掛在赫蘿略顯搖晃的脖子上、裝有麥子的小皮袋。

「咱是希望能盡量和平地解決事情。可是，誰知道會怎樣呢？咱如果在會合的時候赤裸著全身會太冷，況且汝也會很傷腦筋唄？」

赫蘿笑著說罷，便把視線移向森林，然後動也不動。

取而代之的，赫蘿尾巴的毛像是遭到雷擊似地一根一根地豎起。

羅倫斯猶豫著不知道應該向赫蘿說什麼。

最後，羅倫斯說出一句簡短的話：

「等會見。」

羅倫斯沒有等待赫蘿回答，便騎馬離去。

如果說不想留在那裡，那是騙人的。

但是，就算留在那裡，又能夠做什麼呢？況且，又不是沒看過赫蘿的真實模樣。就算對手是傭兵軍隊，相信赫蘿也能夠平安逃過吧。

羅倫斯讓馬兒奔馳，濛濛細雨越下越大。

羅倫斯的臉變得扭曲，但是並非因為寒冷。

羅倫斯第一次咒罵自己沒有成為騎士。

在短暫的時間內，諾兒菈與里貝特似乎前進了相當長一段距離。羅倫斯照著吩咐，快馬前進以拉長與赫蘿之間的距離，儘管他以相當快的速度前進了好一段路途，卻仍然沒看見諾兒菈他們的身影。

羅倫斯心想四周已經感覺不到令人毛骨悚然的視線，或許他們見機決定拚命往前跑去了吧。

如果換成是羅倫斯站在諾兒菈他們的立場，他一定會這麼做，並且一邊想著不能讓羅倫斯與赫蘿白白送死。

羅倫斯這麼想著，不禁稍微苦笑，同時也擔心起自己一人會不會迷失方向。

然而，羅倫斯的顧慮一下子就煙消雲散了。雖然羅倫斯的方向感並不好，但是只要日落後便停下腳步，應該就不會迷失方向。

因為右手邊是陡峭的山丘，而左手邊是一大片森林，所以前進的方向不可能會偏離太多。

而且，前方可看見路面經過某種程度的割草處理，可稱之為道路的道路出現；只要沿著這條路前進，一定能夠通往留賓海根。即使看不見諾兒菈他們的身影，似乎也沒什麼好擔心的。

比起擔心迷路，更教人擔心馬兒會因為踩到石頭而摔倒。羅倫斯拉緊韁繩讓馬兒放慢腳步後，回過頭看向後方。

雖然已經來到看不見赫蘿身影的距離，但是如果狼群改變主意，決定攻擊羅倫斯，想必這一小段距離很快就會被追上了吧。

就算不能回去找赫蘿，至少能夠留在這裡等她吧；羅倫斯揮開這股誘惑，面向前方讓馬兒繼續前進。

羅倫斯手上的長袍還殘留著赫蘿的體溫。分手時收下衣服的感覺像是收下遺物似的，這讓羅倫斯覺得很不吉利，不禁用力握緊長袍。

可是，萬一赫蘿被迫得變身成狼的模樣，到時沒有衣服可穿也不行。

比起身為商人的羅倫斯，赫蘿似乎更有合理的思考能力。

羅倫斯做了一次深呼吸，並同時嘆了口氣後拍打長袍。把沾在長袍上的許多應該是來自尾巴的褐色毛髮拍落，然後把長袍折疊整齊並塞進外套底下。他心想雖然長袍早已經淋濕了一大半，但是收在外套底下總比被夾在腋下的好；赫蘿接下最危險的任務，與她會合時如果長袍已經濕透了，那就太對不起她了。

雨勢逐漸增強，到了晚上或許會下起大雨來。

在這之後，羅倫斯騎馬前進了一小段路，他心想這個距離應該夠遠了，於是讓馬兒在路中央停下腳步。如果彼此距離太遠，會合時會很麻煩。因為赫蘿如果是保持人類模樣，她就必須徒步到這裡來。

可是，站在路中央淋雨根本是個自殺行為。羅倫斯的身體早已冰冷，握住轀繩的手也失去了知覺。還是先到森林那邊避避難，然後再注意赫蘿有沒有路過好了。不然還來不及與赫蘿會合，可能就先凍死了。

羅倫斯移動到寂靜森林邊緣的樹蔭下，並跳下馬回頭看向道路。山丘與森林之間的距離拉得很遠。照這樣的情形看來，或許諾兒菈他們已經把森林拋在後頭，前進到通往留賓海根的道路了。

因為大家以比平時快上許多的速度一路狂奔前進，所以這是很有可能的事。

這麼一來，就真的只剩下讓羊隻吞下黃金，然後帶進留賓海根的動作而已。

只要這個動作能夠順利地完成，想必走私黃金不但能夠一次解決債務，還能夠帶來無法估量的利益。

羅倫斯與雷瑪里歐商行約定好的應得利益，是除了一筆勾銷羅倫斯的債務之外，再分給他一百五十盧米歐尼。雖然這是筆大得驚人的金額，但是與走私黃金的利益相比，可說少之又少。雖然走私的黃金採買金額只有六百盧米歐尼，但是在不被課稅的情況下帶進城裡，就能夠變賣到將近十倍的金額。如果羅倫斯貪心一點，或許可以要求更多的利益。不管怎麼說，羅倫斯都是走私黃金的共犯，對方不可能不接受他的要求。

不過，羅倫斯告誡自己不可以有這樣的想法。太貪心總會引來意外的災難。這是世間常理，也是真理。

羅倫斯為了忘卻寒冷，一邊思考著各種事情，一邊收集沒被雨淋濕的枯樹枝，他從纏在馬上的行李取出一些做好嚴密防水措施的稻草，並以之點火。

四周完全沒有半點動靜，安靜得就好像沒有任何動物存在似的。

羅倫斯想利用火堆的火烤乾衣服，當他取出長袍時，不禁想著赫蘿不知道有沒有事。

如果太認真去想這件事，就會變得坐立難安，所以羅倫斯告訴自己盡量不要去想。然而，思緒總是無法自制地想起這件事。羅倫斯覺得無力是一種罪。

在這之後，羅倫斯一直注視著除了下著濛濛細雨之外，沒有任何變化的草原。

這毫無變化的景色不知道注視了多久，身上的衣服都已經烘乾了，最先點燃的木柴也已經化成灰燼。

去看看狀況好了。

就在這股誘惑像麵包一樣開始不斷膨脹的時候——

眼前的景色起了變化，羅倫斯揉揉眼睛再看一眼。沒錯，那是人影。

「赫蘿！」

羅倫斯不自覺地站起身子，抓緊赫蘿已經乾了的長袍叫了一聲後，跑了出去。這種地方不可能會有人偶然路過。

然而，當羅倫斯跑進雨中後，便立刻發現那人影不是赫蘿。

羅倫斯看見三個人影，而且還騎著馬。

「是羅倫斯先生嗎？」

騎在馬上的三人似乎察覺到聲音從某處傳來。

羅倫斯一聽見他們呼喊自己的名字，便立刻猜出三人是雷瑪里歐商行的人。

雖然知道他們的身分了，但是他們為什麼會出現在這裡呢？

「羅倫斯先生，幸好您平安無事。」

對於三人的長相，羅倫斯都不熟悉。其中一人揹著弓箭，一人腰際上掛著劍，還有一人則是拿著長槍。無論是從容貌、還是從體格看來，三人都顯得比典型城鎮商人的里貝特更習慣旅行，他們很自然地穿著雨具，一副隨時能夠迎戰的模樣。

「里貝特先生把一切都告訴我們了。我們無法在商行裡靜靜等待，所以到森林外面等候您。啊啊，總之幸好您平安無——」

然而，對方沒再繼續說下去。

看起來比羅倫斯年長一些的三人，同時把視線移向羅倫斯手上的長袍。

因為赫蘿穿的長袍很小，一眼就能看出是女裝。

想必三人看到這件長袍，應該不會想出太好的結論吧。

他們八成以為羅倫斯是拿著赫蘿的遺物，正因為悲傷而飽受摧殘的可憐男子吧。他們一定也聽到了羅倫斯剛剛呼喊赫蘿的聲音。

果然不出所料，三人紛紛露出了同情的表情看向羅倫斯。

羅倫斯原本思考著應該如何解開這個誤會，但是他忽然察覺到三人的反應有些奇怪。

儘管那只是一瞬間的反應，羅倫斯還是察覺到三人在那之後同時做了一次深呼吸，跟著露出有些鬆了口氣的表情。

想必三人一定都以為自己沒有把情緒表現在臉上吧。不過，商人是不可能漏看任何表情的。他們應該是慶幸著羅倫斯沒有因為過度悲觀而情緒激動吧。

「那麼，您的行李呢？」

假設三人以為赫蘿被狼殺害了，而羅倫斯是個失去心愛夥伴的可憐男子，那麼，他們如此改變話題算是合格的表現。如果過於提及夥伴的事，可憐男子的情緒有可能會因此失控。因為顯得越是冷靜的人，越有可能是個危險人物。

不過，羅倫斯心想如果特地說明這一切都是誤會，會使自己顯得很愚蠢，於是他乖乖地指向後方說：

「在那邊，還有馬。」

「這樣啊，那我們先避避雨吧。」

雖然對方說話的口吻平淡，但是跳下馬的三人表情都相當緊繃。

或許他們以為在最糟糕的情況下，得親眼目睹被狼咬得四分五裂的屍體吧。

羅倫斯一邊這麼想著，一邊轉過身準備為三人帶路。

就在轉過身沒幾秒鐘後，羅倫斯因為過於詫異而變得腦海一片空白。

「我不會要求您別責怪我們。」

對方以冷靜的口吻說道。

羅倫斯的右手臂被反扣在背後，長槍矛頭指著他的腰際，劍刃抵著他的頸部。

從羅倫斯臉頰滑落的水滴並不僅是雨水。

「……雷瑪里歐商行背叛了嗎？」

羅倫斯勉強說道，他的聲音差點被肩關節發出的嘎吱慘叫蓋過。

羅倫斯心想幸好赫蘿的衣服沒有掉落在地上。

「這是以防萬一。」

對方似乎打算捆綁羅倫斯，而收起抵著羅倫斯頸部的劍刃。

接著從羅倫斯手中奪走赫蘿的衣服，開始像對待貨物般進行綑綁。

「我們聽到有女人，原本覺得心情有些沉重，就這點來說，還挺幸運的。」

原來三人方才露出鬆了口氣的表情，是因為沒見到赫蘿。

因為他們知道對手如果必須保護某個人，勢必會演變成見血的場面。

「這聽來或許像在找藉口，不過我們已經到了沒後路可退的境地，所以必須盡全力排除所有危險性。」

這口吻聽來，顯然是假設羅倫斯會勒索雷瑪里歐商行。瀕臨破產的雷瑪里歐商行就算能藉由走私黃金而起死回生，但如果走私黃金的事實被外人知道，他們的處境就會跟被人拿著小刀架在脖子上沒兩樣。

羅倫斯暗自說：「我怎麼可能做那麼愚蠢的事！」但是他又記起自己在沒多久前，腦海裡盡是想著這件事。

沒有人面對巨款不會因慾望而盲目。只要是身在生意界的人，都明白這個事實。

「這件衣服就留給您好了。」

對方說罷，便把赫蘿的衣服塞進羅倫斯被綑綁住的手裡。

羅倫斯用盡全身力氣抓緊衣服，勉強封鎖住內心對於遭到背叛的憤怒。

三人會特地綑綁住羅倫斯，就表示他們沒打算此刻就要了羅倫斯的命。羅倫斯告訴自己為了保住生命，不能夠反抗。不過，羅倫斯當然輕易猜想得到三人也沒打算讓他活命。

想必三人是認為只要把羅倫斯留在這既寒冷、又有狼群出沒的森林裡，羅倫斯不是凍死，就是會被狼咬死。這判斷很正確。

然而，三人忽略了極重要的一點。那就是他們以為已經喪命的赫蘿其實還活著。

羅倫斯只要與赫蘿會合，就不怕沒得報仇。

不能在這裡被殺死，說什麼也要他們付出背叛的代價。

這股憤怒在羅倫斯心中化為如冰冷石塊般的硬物，他讓自己扮演起溫馴的小羊。

「不能向您說一聲後會有期，實在教人心痛。」

聽到對方自顧自地這麼說道，羅倫斯感到太陽穴一陣熱，他克制著不讓自己回過頭。

「不過，一想到接下來要處理的事，還真教人鬱悶。」

「喂！」

說話的人是雷瑪里歐商行的手下，他在提醒同伴不要多嘴。

都這種時候了，還有什麼事情能夠讓他們更鬱悶？

而且，他們還覺得這件事情不應該讓羅倫斯知道。

「有什麼關係，就讓我說嘛。我不說出來更難過，你自己不也是嗎？」

出聲提醒同伴的人反被同伴這麼一說，剎那間說不出話來。羅倫斯拋開憤怒情緒思考著。

他們到底在說什麼？

「可是，那女孩不是這個男人帶來的嗎？如果被他知道了——」

羅倫斯當場回過頭。

他在心中吶喊著：「不會吧！」

「你看吧！」

羅倫斯正準備使出全力踢開眼前男子的瞬間，他的臉重重吃了一拳。

驚人的衝擊力撞上羅倫斯的臉，當他發現時，自己已經趴倒在地面上。

羅倫斯分不清塞在鼻孔裡的是泥濘，還是鼻血。不過，猛烈的憤怒情緒隨著不停轉動的視野，在他腦海裡四處竄跑。

眼冒金星的羅倫斯甚至不清楚自己的身體狀況。

儘管如此，他卻確實理解了傳進耳中的一字一句。

「也把那女孩綁起來，像這傢伙一樣丟在森林裡，你們覺得怎樣？狼會幫我們處理掉她吧？」

「說什麼傻話。我是不知道她會什麼樣的異教魔法，可是她卻能一隻不少地帶著羊群穿過那片森林。就算矇住她的眼睛，綁住她的雙手，把她帶到這裡來，她也會存活下去吧。到時候，就換我們死路一條了。嗯，不過，你說覺得鬱悶，我也有同感。如果對那女孩下手，恐怕有好一段時間都會沒有食慾吧。」

兩人對話中所指的女孩肯定是諾兒菈。

而且，兩人的對話還是以殺害諾兒菈為前提。

如果他們想殺死羅倫斯的理由，是認為羅倫斯有可能勒索雷瑪里歐商行，諾兒菈當然也有這個可能性。

恐怕他們是打算，在諾兒菈通過從這個地區通往留賓海根的道路途中所設的關卡，把羊隻交給其他牧羊人後，再殺害她吧。因為諾兒菈是唯一在這一帶走動，不會遭人懷疑的牧羊人，所以在通過關卡之前，他們應該不會殺害諾兒菈。

「不用刺這傢伙一刀置他於死地嗎？」

「你想刺啊？」

「還是不要殺太多人的好。」

「我贊成。」

「反正我們也把他的馬牽來了，差不多該走了吧。動作不快一點的話，等會兒會被里貝特先生罵個臭頭。」

腳步聲逐漸遠去，接著傳來了馬兒奔去的聲音。

在那之後，傳進羅倫斯耳裡的只有濛濛細雨拍打地面的聲音。羅倫斯不禁因為自己的沒出息，而落下眼淚。

無力是一種罪。

羅倫斯緊閉雙眼想著。

他想如果自己擁有赫蘿般的力量，就不會讓赫蘿獨自面對危險，也不會心甘情願地接受無情的背叛，更不會只能聽著別人如何計畫殺害自己邀請來一同工作的人。

諾兒菈和赫蘿不同。她既不會使用異教魔法，也沒擁有特別的力量。一旦用刀劍砍殺，想必可輕易劃開她的皮肉，使鮮血湧出吧。

雖然艾尼克應該能幫她，但是諾兒菈因此獲救的可能性等於零。再怎麼優秀的狗，如果沒預警地遭到襲擊，也是無能為力。

無論如何都想救諾兒菈一命。

羅倫斯的腦海裡浮現在一覽拉姆特拉街景的山丘上，與他交談的諾兒菈身影。

諾兒菈是個膽量過人、頭腦遠比她的外表看來聰明，帶著與赫蘿不同智慧的女孩。

諾兒菈明白不管這次的走私成功，亦或失敗，她勢必得辭掉牧羊人的工作。這表示她把莫大的希望寄託在這次的走私上。

從工作嚴酷的牧羊人搖身變成裁縫師，這幾乎是遙不可及的空想。想必有可能實現這個空想的機會，讓諾兒菈的心情雀躍無比吧。單純因為懷抱著希望，就感到欣喜雀躍確實是愚人所為。但是這個希望如果是因為遭人背叛而消失，那就另當別論了。

諾兒菈一定會完成她的任務吧。那麼，她就有權力收取酬勞。關於這點，羅倫斯當然也一樣有權力。不過，羅倫斯還擁有希望，因為他只要與赫蘿會合，就不怕沒得報仇。

諾兒菈一旦遭到攻擊，就什麼都沒了。

一股焦躁感讓羅倫斯感覺身體像是快要撕裂開來，他把這股焦躁感化為力量硬是拉高撲倒在地的身體。羅倫斯的雙手被綑綁在背後，他以頭部抵著地面，把膝蓋挪到肚臍的位置，然後一鼓作氣地抬高頭並撐起身子。

羅倫斯發現塞住兩邊鼻孔的東西似乎一邊是泥濘，一邊是鼻血。他一用力噴出兩邊鼻孔裡的東西，冰冷的空氣隨即鑽進他的鼻孔裡，企圖冷卻他沸騰的血液。當然了，羅倫斯沸騰的血液不可能被冷卻。

羅倫斯站起身子，搖搖晃晃地邁開步伐。他好不容易走到馬兒被牽走的躲雨位置時，才發現自己被綁在背後的手仍然抓著赫蘿的衣服。

雖然火堆裡的火因為被踢散開來而熄滅了，但是火紅的木炭仍然帶有熱度。

羅倫斯把赫蘿的衣服放在不會被雨淋濕的位置後，深呼吸一口氣。

然後，他在被踢散開來的木炭當中找出一塊最大的木炭，謹慎地在木炭旁邊蹲下身子，並確認了好幾次位置。

羅倫斯瞬間定下決心。

他讓身體往後傾，並讓木炭碰觸到手腕附近的部位。

隨著繩索燒焦所發出的噗嘶噗嘶聲響傳來，猛烈的熱度也襲上羅倫斯的手腕，羅倫斯緊閉雙眼，並咬緊牙根忍受著高溫。

緊接著，羅倫斯用力一撐，手腕突然獲得了自由。

順利鬆綁了。

羅倫斯立刻站起身子，並看向手腕。他發現手腕上雖然有幾處灼傷，但是傷得並不嚴重。

不過，羅倫斯當然沒有愚蠢到當場找一根能夠當成棍棒的粗樹枝，然後拿著粗樹枝追上雷瑪里歐商行的手下。

羅倫斯知道等赫蘿出現是最佳良策，也是唯一的選擇。單以一個旅行商人的力量，未免也太無力了。

商人沒有像騎士或是住在城裡的人那般的自尊。只要是為了賺錢，商人隨時都做好了舔他人鞋底的準備。

既然如此，為何心中還會湧上這股恥辱感？

羅倫斯杵在原地不動，仰頭望向天空。

羅倫斯不禁覺得為他遮雨的樹葉，就代表著上天只允許他趴倒在地的旨意。他痛苦難耐地垂下視線。

眼前再次出現赫蘿的長袍。

因為自己的無力感，羅倫斯的眼淚再次落下。

「好感人的重逢啊。」

當羅倫斯因坐立難安，終於忍不住在雨中奔跑沒多久後，遇上同樣氣喘吁吁跑來的赫蘿。

保持人類模樣的赫蘿沒有受傷，和分手時的模樣沒什麼兩樣。只不過她褲子的膝蓋部位沾上了污泥，可能是在途中跌倒了吧。

「汝的樣子真是慘不忍睹吶。」

赫蘿一臉開心地笑著說道。

「被反咬了。」

「咱可沒有善良到看見汝的模樣，會以為汝是跌倒了。」

赫蘿輕輕笑笑後，保持笑容地嘆了口氣。

「咱多多少少也感覺到了，是商行的人唄？」

赫蘿之所以沒有表現出驚訝，也不顯得慌張，或許是她真的有些感覺到了吧。然而，如果明白這次的工作必須建立在彼此的信賴上，才有可能成功的話，想必赫蘿也無法隨便把這種事說出口。就算羅倫斯事前知道這種事，也只會苦於處理。因為無可否認的，少了雷瑪里歐商行的協助，就什麼事都做不成。

赫蘿盡興地笑完後走近羅倫斯，她用鼻子嗅了嗅，跟著抓起羅倫斯的手。赫蘿似乎發現了羅倫斯手腕上的灼傷。

「真是的，汝根本不用這麼做。就算再遠，咱都會去接汝的。」

赫蘿再次嗅了嗅，接著把手伸進羅倫斯的外套底下，取出折疊整齊的長袍。

赫蘿先是露出有些驚訝的表情，然後用有點濕的長袍擦了臉。她原本被濛濛細雨淋得濕答答的臉乾爽了許多。

「呵呵呵呵。汝這傢伙也真是奇怪，把咱的衣服當成寶一樣。」

赫蘿像是看見了什麼耀眼的東西似的，一臉開心地看著她剛用來擦臉、折疊整齊的長袍，但是她的尾巴卻是和她的表情相反地，瞬間膨脹了起來。

等到赫蘿再次看向羅倫斯時，儘管笑臉依舊，她的眼睛卻呈現出灼熱的火紅色，彷彿眼睛就快融掉了似的。

「汝啊，咱知道汝也有很多話想說。但是，可以讓咱先說嗎？」

赫蘿咧嘴一笑時，露出了嘴唇底下的兩根尖牙。

「咱或許會殺人。」

在羅倫斯插嘴說話前，赫蘿搶先一步繼續說：

「汝啊，如果這個計畫沒有成功，咱就不能和汝悠哉地旅行；對咱而言，這樣子太教人感傷了。所以咱忍下來。咱一心想要和平地解決事情，趕緊和汝會合，然後在暖爐前面喝熱湯、吃馬鈴薯，所以忍了下來。咱是約伊茲的賢狼赫蘿吶，咱可以輕鬆原諒後生小輩的傲慢態度……」

羅倫斯把視線移向赫蘿膝蓋上的污泥。

如果森林裡的狼不是普通的狼，而且狼群想要襲擊的對象也不是羊隻的話，可猜想出來的可能性也就不多。

地盤意識。

這麼一來，赫蘿為了和平地解決事情，所採取的行動顯而易見。

如果說賢狼是被區區石頭絆倒，不可能跌得兩邊膝蓋都著地這麼難看吧。

「不，咱說汝啊，那件事就算了，咱是賢狼赫蘿吶。就算被要求像隻狗一樣，咱、咱也不、不會生氣。可是，現在這是怎麼回事啊？站在咱眼前的根本就是隻鼻青臉腫、一身泥濘又濕漉漉的大笨鼠。咱的夥伴是因為太笨，所以被絆住腳摔跤了嗎？連手腕都燒傷了？是啊，就是唄，站在咱眼前的就是個愚蠢的大笨蛋。自己都已經變得不像人樣了，還把咱的衣服折得好好地收著，深怕被淋濕了。真是沒見過這麼笨的人了，沒得救了。真是難以置信的爛好人一個。」

赫蘿一口氣說到這裡後，用力地吸了口氣，跟著用一隻手擦了眼角。

「那麼，汝啊。目的地是留賓海根沒錯唄？」

赫蘿突然恢復平常的態度說道。

不過，赫蘿的手腳同樣微微顫抖著，顫抖的原因怎麼看都不是因為寒冷。想必這是赫蘿真正感到憤怒時的模樣吧。

「現在出發，可以趁著黑夜進到城裡。一向都是由首領負起背叛的責任，這是世間真理。」

赫蘿把手中的長袍塞給了羅倫斯，從脖子取下原本掛著的皮袋後，解開袋口把幾粒麥子丟入口中；她的動作絲毫沒有停頓。

「等等，在那之前得先找到里貝特他們。」

然而，總算找到機會插嘴的羅倫斯立刻說道。

赫蘿挑起一邊的眉毛說：

「汝啊，冷靜一點想想唄。遭人背叛就得復仇，這就是罪與罰。不過，沒經過思考只顧著報復，那就太無趣了。如果沒奪走對方的一切，怎可能甘心呢？咱說得不對嗎？這樣一來，要是先襲擊打傷汝的傢伙，接下來會很難處理黃金。所以，先襲擊首領的住家，讓對方後悔莫及後，再襲擊那些正好抵達留賓海根的背叛者。然後剖開羊的肚子取出黃金後，咱倆直接前往其他城鎮就行了，事後的處理回頭再說。咱認為這是最好的辦法。」

儘管怒氣攻心，赫蘿的反應依舊是這麼地快。赫蘿的提議幾乎與羅倫斯所想的最佳行動一模一樣。

然而，羅倫斯有必須放棄這個最佳選擇的理由。

「我本來也是這麼想。但還是得先找到里貝特，而且得要儘早找到。」

「汝的辦法比咱的辦法還要好，沒錯唄？」

赫蘿咕嚕一聲吞下麥粒後，向羅倫斯問道。

赫蘿的臉上不帶一絲表情，讓人看不出她在思考些什麼。萬一說錯了什麼話，隱藏在這張假面具底下、正翻騰著的激動情緒有可能就這麼撲向羅倫斯。

就算如此，羅倫斯還是無法棄諾兒菈於不顧。

「雷瑪里歐商行打算殺了諾兒菈。」

赫蘿露出一抹淺笑。

「想必那些蠢材也打算殺了汝唄。不過，汝沒有死。既然這樣，那姑娘說不定也平安逃過一劫了，是唄？」

「如果妳願意去救諾兒菈，她一定能獲救。」

「是麼？」

看見赫蘿惡作劇地笑著看向自己，羅倫斯感到有些生氣。

為何赫蘿要說這樣的話呢？

而且，已經沒有太多時間猶豫了。如果諾兒菈他們徹夜不停地前進，或許他們會不等到天亮，就強行通過留賓海根的關卡。如果是那樣，諾兒菈一定會在通過關卡不久後立刻被殺。

這個可能性很高。

「就算對手是上百名武裝士兵，妳也能夠兩三下就解決了吧。」

羅倫斯不耐煩地說道，赫蘿聽了，緩緩搖搖頭。

「不是那樣的問題。」

那是什麼樣的問題？羅倫斯沒能夠接著這麼說。

「咱是狼吶，那姑娘是牧羊人吶。兩者的關係不可能會好唄。」

都什麼時候了，還在提這種事；這樣的想法浮現在羅倫斯的腦海中，但隨即又消失了。他察覺到了一件嚴重的事情。

如果赫蘿以狼的模樣襲擊了里貝特等人，說不定諾兒菈會挺身保護里貝特等人，不受到赫蘿的傷害。

到時候有可能向諾兒菈說明因為里貝特等人打算殺了她，所以前來救她嗎？有可能讓諾兒菈明白里貝特等人才是壞人嗎？

如果辦不到這些事，那赫蘿不就成了壞人？

赫蘿原本就很討厭牧羊人了，她不願意主動去救諾兒菈的心情顯而易見。再說，也不能勉強她去救諾兒菈。

畢竟赫蘿沒有義務救諾兒菈。

「我知道這件事對妳一點好處都沒有，甚至還有可能造成不愉快的結果。即便如此，我還是想拜託妳去做。明明知道有人會沒道理地被殺害，卻要我視而不見，我辦不到。」

赫蘿一副很無趣的模樣別開了臉，羅倫斯探出身子懇求她。除了赫蘿之外，沒有人能夠救諾兒菈了。

「當然了，我會答謝妳的。」

赫蘿一邊的耳朵稍微動了一下，她看向羅倫斯說：

「……怎麼答謝？」

「只要妳不要求我拿諾兒菈的性命來答謝妳，我願意盡最大能力回應妳的要求。」

羅倫斯因為擔心赫蘿真的會這麼要求他，於是先設下了防線這麼說道，赫蘿聽了，表情變得苦澀。或許她原本真的打算這麼要求。

「拜託妳，只有妳做得到。」

赫蘿依舊一副很無趣的表情，不滿地搖晃著有些被雨淋濕的尾巴。她雙手交叉在胸前，手上拿著裝有麥子的皮袋，口中吐出又細又長的白色氣息。

「赫蘿……」

依羅倫斯的能力來說，他能夠答謝赫蘿的範圍有限。再說，就算不是這樣，赫蘿為了讓黃金走私順利地進行，似乎甘願受辱。赫蘿的膝蓋上沾有污泥，又提到被要求像狗一樣，這很容易讓人想像得到她被迫做了什麼。

赫蘿忍受這般屈辱，和平地解決了事情回來，卻發現她的夥伴沒兩三下就遭人背叛，還一副愚蠢的模樣。

赫蘿沒有責備這樣的羅倫斯，她甚至願意變身成狼的模樣，前往雷瑪里歐商行替羅倫斯報仇。羅倫斯心想光是這樣他就應該心存感激了，如果再要求赫蘿做更多的事，或許就太自私了。

但是，赫蘿最後深深嘆了口氣。

她露出很為難的表情笑笑說：

「別那樣子叫咱啊。」

然後，赫蘿深深吸了口氣說：

「喏！這個汝拿著。還有，衣服也脫了比較好唄？還要重新買過太費事了，是唄？」

「妳願意去救她嗎？」

「不過，咱有條件。」

赫蘿一邊解開綁緊褲子的腰帶，一邊說道。羅倫斯看不出赫蘿的情緒，他吞了口口水，等待赫蘿說話。

「如果有人觸怒了咱，咱不保證那人的性命安全。這點汝得接受。」

赫蘿的意思是諾兒菈如果視赫蘿為敵人，挺身保護里貝特等人，赫蘿就不會饒過她。

赫蘿是在開玩笑嗎？

不，她一定是認真的吧。

赫蘿說話時並沒有投來視線，她的呼吸不疾不徐。

因此，羅倫斯用做生意的精打細算頭腦認真地思考後，回答說：

「我接受。不過，我相信妳。」

一縷白色氣息飄飄升起，赫蘿因為屈服而笑了出來。

「汝的口才越來越好了吶。唉，咱真是找了個麻煩的傢伙當旅伴吶。」

赫蘿說罷，輕輕甩甩頭，一鼓作氣脫去上衣和褲子，並粗魯地脫下鞋子，然後抓起所有衣物整個丟向羅倫斯。

剎那間肌膚白皙、曲線平滑的裸體如幻覺般出現在冰冷的濛濛細雨之中。

「喏，怎麼還沒聽到誇獎的話呢？」

赫蘿一手叉腰，先轉過身子再回頭這麼說道。

羅倫斯心想如果只要誇獎赫蘿就能夠答謝她，那也太划算了。

「喔，很漂亮的尾巴。」

「雖然說得有些生硬，不過，就算了唄。」

然後，赫蘿轉回身子說：

「那，汝先閉一下眼睛唄。」

赫蘿明明能夠若無其事地袒露裸體，但似乎不願意讓人看見她變身時的模樣。

不過，羅倫斯絲毫沒有要反駁的意思。在港口城鎮帕茲歐發生那場騷動時，羅倫斯就已經十分明白赫蘿這方面的複雜心境。

羅倫斯閉上眼睛，稍做等待。

不久後，先是傳來如群鼠逃竄而去般的唰唰聲音後，又傳來巨大物體膨脹起來的聲音。接著羅倫斯聽到巨大物體揮動的聲音，最後響起「噠、噠」的動物踩踏地面聲。

羅倫斯感覺有熱氣吹著他的臉。

睜開眼睛一看，發現一口就能夠輕鬆吞下他的巨大嘴巴就近在眼前。

『如果汝表現出害怕的模樣，咱本來打算咬碎汝的頭吶。』

「不過，還是覺得有點恐怖。」

雖然赫蘿帶點紅色的琥珀色瞳孔直直盯著羅倫斯看，但是羅倫斯還是老實地這麼回答。

因為他相信赫蘿。

或許是因為赫蘿笑了吧，滿口利牙的嘴巴變得有些扭曲。

『汝要咱用嘴巴含著汝呢？還是要坐在背上？』

「拜託別用嘴巴。」

『說不定挺舒適的呢？』

「也可能因為太溫暖，就直接跑到胃裡去了。」

『呵呵呵。喏，坐到背上來唄。汝就是用力地拉扯毛，咱也不會覺得痛。所以吶，大膽坐上來無妨。』

赫蘿的身體散發出不可思議的熱氣，在她身邊就好像在火堆旁一樣溫暖。

儘管赫蘿散發出彷彿雨滴都會退避三舍的存在感，讓羅倫斯有些畏縮；但羅倫斯還是有些粗魯地用鞋帶綑綁住赫蘿交給他的衣服和鞋子，以腋下把衣物一夾，便下定決心照著赫蘿所說，用力地抓住毛髮，跳上赫蘿的背。

羅倫斯聞到一股有別於人類、屬於動物的獨特體味。很不可思議的，這味道讓羅倫斯覺得與人類模樣時的赫蘿所散發出來的味道一樣。

『如果汝從咱背上掉下來，咱就用嘴巴叼著汝走。』

「我絕對不會掉下來的。」

羅倫斯感覺得到赫蘿在笑。

『汝啊。』

「什麼事？」

時間停滯了一下。

『咱真的很討厭牧羊人。』

雖然羅倫斯瞬間心想「還要再說啊？」但是立刻又想到這一定是赫蘿很單純、不帶任何虛假的真心話，於是向她指出了一件事實。

「諾兒菈她明白不管這次的走私是失敗亦或成功，她都得辭掉牧羊人的工作。」

一陣震動隨著模糊的聲音傳到羅倫斯的手上，似乎是赫蘿的喉嚨發出低吟。

『咱要吃都吃不完的蜂蜜醃漬桃子作為答禮。』

赫蘿說完話的瞬間，一股彷彿在斜坡上快速滑落似的感覺襲上羅倫斯，到了下一刻，赫蘿的巨大身體已跑了出去。

羅倫斯拚命抓住毛髮，並把身體貼在赫蘿的背上；赫蘿以驚人的速度向前跑去，羅倫斯死命地不讓自己從她的背上掉落。風聲彷彿流動的濁流似地，從羅倫斯耳邊呼嘯而過。

然而，第一次看見赫蘿的狼模樣時，雖然讓人覺得神聖且敬畏不已；但是此刻在她的背上，卻讓人有難以形容的溫暖感受。

赫蘿的體力沒有極限，奔跑的速度也比馬兒快上許多。不過，在離開森林時，天色已經開始變暗了。

赫蘿的腳每抓住地面一次，四周就像一根蠟燭被吹熄似的逐漸變暗。雨還是不停地下，從赫蘿巨大嘴巴吐出來的氣息，有如雲朵般不斷地流向後方。

終於來到通往留賓海根的道路。赫蘿毫不猶豫地向右轉，並且更加快了速度。

赫蘿的背部下方時而會傳來有別於一般呼吸聲的聲音，那或許是赫蘿低吼的聲音吧。

赫蘿說過她或許會殺人。

可是，赫蘿會這麼說出口，應該就表示她會在快要殺死對方前停手吧。

如果不是這樣，赫蘿應該不會用「或許」來表現。因為這世上肯定沒有人能夠抵擋赫蘿那巨大腳掌上的利爪，或者是長滿尖牙的巨大嘴巴。

『汝啊。』

就在羅倫斯想著這些事情時，赫蘿突然開口呼喚他。雖然赫蘿的口吻像是要閒話家常似的，但是她的聲音卻充滿了緊張感。

『差不多快到了。汝就是一直坐在咱的背上，咱也無所謂。不過，汝會比較傷腦筋唄？所以咱會先跳過那些傢伙的頭頂。跳過去之後，咱會壓低身子，到時候汝就趁機趕緊跳下去。』

「知道了。」

『汝如果動作慢吞吞，咱會甩開汝。』

羅倫斯之所以沒能夠回答赫蘿，那是因為原本速度就相當驚人的赫蘿把步伐邁得更大了。

羅倫斯心想如果坐在箭矢上，想必就是這樣的感覺吧。在以這般速度前進之中，羅倫斯聽見赫蘿深深吸了口氣的聲音。

緊接著，如雷貫耳的咆哮聲響起。

忽然間，赫蘿蹬踏地面所傳來的震動消失了。

赫蘿飛了起來。

羅倫斯清楚地感覺到只有在從馬背上或是崖邊掉落時，能夠感受得到的飄浮感，這感覺持續了很久，時間長得令羅倫斯心生恐懼。羅倫斯不禁覺得自己好像失去立足點，他害怕得緊抓住赫蘿的身體，心中不停地吶喊：「還沒到嗎？還沒到嗎？還沒到嗎？」

當赫蘿的腳抓住地面的衝擊力總算傳來時，羅倫斯已經嚇得連命都快沒了。

赫蘿突然減慢速度，羅倫斯的身體差一些就要再次飛了出去。赫蘿轉過身子並俯臥在地面。

『好了。』

聽到赫蘿輕聲這麼說道，羅倫斯記起剛剛赫蘿吩咐他的事。羅倫斯在騰空的驚魂未定之下，好不容易從赫蘿的背上跳下來。羅倫斯還來不及為自己沒跌倒，而能夠安全落地鬆口氣，赫蘿便立刻站起身子。

『接下來交給咱唄。』

赫蘿丟下這句話後，便跑了出去；羅倫斯也急忙跟著跑出去。

轉眼間赫蘿的身體就已經跳進狩獵場，在天色已暗得讓視線模糊不清的視野中，羅倫斯看見突然遭到巨狼襲擊的人們驚惶失措的模樣。

現場的人數應該有將近二十人左右，雷瑪里歐商行的人無不發出尖叫聲，羅倫斯在當中好不容易找到了諾兒菈的身影。他心想幸好趕上了。

所有人都陷入混亂的漩渦之中，雖然其中有幾個人揮舞著長槍，但是他們的動作簡直跟舉白旗投降沒什麼兩樣。他們只是把長槍矛頭指向天空，左右揮舞著長槍而已。現場混亂的程度可想而知。

在這片混亂當中，時而看得見如泥塊般的東西騰空飛起。雖然在黑暗中看不清楚那是什麼東西，不過，那應該是人吧。因為看得見腳下突然失去立足點的人，不斷拍動手臂試圖找回地面。赫蘿如果當真用力揮動她的腳掌，被打到的人一定會當場死亡，想必赫蘿是故意把人撈起再丟出去的吧。

人一個個陸續騰空飛起，胡亂丟出的長劍發出尖細刺耳的聲音往高空彈去。長劍在一片黑暗之中彈至完全看不見的高度，等到羅倫斯接近到聽得見赫蘿呼吸聲的距離時，長劍也同時落在他的正旁邊。

從長劍的劍柄深深插入地面的狀況看來，想像得到被撥開的長劍彈得有多麼高。

雷瑪里歐商行的人們似乎把一切都賭在這次的走私上，如果只是要殺死羅倫斯和諾兒菈，根本不需要派出這麼多人。

不過，大多數的人都已經像隻昏厥過去的青蛙一樣趴倒在地面，還不斷被因為過度驚恐而不停繞著圓圈打轉的羊群踐踏。

「保護牧羊人和羊隻！」

在如此慘狀當中傳來的這句話讓羅倫斯吃了一驚。

那是里貝特的聲音。

仔細觀察後，羅倫斯發現商行的年輕幹部是在場者中，還能理性採取行動的少數人之一。

里貝特控制著眼見就要陷入恐慌狀態的馬兒，在距離較遠的地方手持長槍大喊著。

里貝特在旅途中表現得怯懦的模樣，或許是為了讓羅倫斯掉以輕心的演技。

倘若里貝特是以非比尋常的周到性和狡猾度，計謀成功地背叛這次的走私，那麼他會演點戲來配合計畫並不足以為奇。

「保護牧羊人！快跑！給我快跑！」

里貝特的聲音再次響起。雖說他們打算殺害諾兒菈，但是在通過關卡之前，諾兒菈仍然是重要的運送人員。

然而，儘管里貝特發出如此果敢的命令，而商行的手下也勇敢地準備執行這項命令；但是他們的信心卻全在赫蘿彷彿等著這個最佳良機，以力挫對方的一擊之下潰敗，最後終於有幾人尖叫著開始逃跑。赫蘿無視於依舊勇敢地拿著槍、劍準備迎戰的人們，她朝著被恐懼感逼著到處跑的人們追去。

這簡直是惡魔才會有的舉動。

赫蘿追上逃跑的人們，朝他們的背部踩下後，便立刻翻轉他們的身體，再用鼻尖一甩高因為遭到殘酷且毫不留情的追擊，而完全喪失勇氣癱軟在地的人們。

赫蘿在一眨眼的時間內完成這一切動作。

現場站著的人數減少了。

只剩下騎在馬背上的里貝特，以及因恐懼而呆立不動的諾兒菈，還有勇敢地想要保護諾兒菈而露出尖牙的艾尼克。

赫蘿甩了一次頭。

隨之向外四濺的液體讓人分不清是雨水、是口水，還是對手的鮮血。

「牧、牧、牧、牧羊人，保護我，保護我！」

里貝特一邊按住胸口，一邊發出如尖叫般的聲音，他按住胸口的手無法確定是要保護就快停止跳動的心臟，還是保護黃金。

里貝特臉上的表情，猶如教會雕刻家所雕刻出來的懼怕恐怖地獄的罪人般，他奇蹟似地駕御馬兒繞到諾兒菈的背後，與羊群一同站著。

雖說諾兒菈是個牧羊人，但她還是個體型比較瘦弱的女孩。

看見這樣的光景，羅倫斯不禁覺得噁心。而且，里貝特原本還計謀要將擋在他前面的諾兒菈連同羅倫斯一起殺害。

然而，牧羊女雖然因為恐懼而快要癱軟下來，但是她似乎想起了自己的職責。

諾兒菈用手舉高長棍，長棍上端的吊鐘就快因為顫抖的手而發出聲響，艾尼克壓低身子做出隨時準備接受指令的姿勢。

相對的赫蘿也是從正面直直地注視諾兒菈，她的巨大身軀有如投石器般壓低。

羅倫斯驚訝不已，他發現赫蘿是認真的。照這樣下去，諾兒菈會被殺。

因為四周一片黑暗，再加上突然被赫蘿襲擊所造成的混亂，諾兒菈他們完全沒有發現羅倫斯就在距離不遠的地方。

羅倫斯覺得只要自己出面表示那隻狼是赫蘿，諾兒菈應該會相信他。

雖然被里貝特知道赫蘿是狼會有危險，但是羅倫斯做出理性的判斷。

赫蘿不可能讓里貝特逃過一劫。

既然這樣，那就應該說出來。

就在羅倫斯打算開口說話的瞬間──

「牧羊人！如果妳保護我，就給妳三百盧米歐尼的酬勞。」

在恐懼之中，諾兒菈幾乎是靠著無意識的使命感準備揮動長棍，她表現出不同的情緒。

三百盧米歐尼就是會讓人有如此反應的金額。

諾兒菈長棍上端的吊鐘不再發出聲音，她的臉上開始慢慢出現意志。

如蛇一般狡猾的里貝特似乎察覺到了諾兒菈的反應。

里貝特讓馬兒掉頭，一溜煙地逃跑而去。

在被里貝特潑了一盆冷水後，羅倫斯再次準備開口說話。

為了盡守身為牧羊人的職責，諾兒菈準備揮動長棍。

來不及了。

在緩緩流動的時間之中，這句話在羅倫斯的腦海裡炸裂開來。

艾尼克與赫蘿的體型大小雖然不同，但是雙方都擺出同樣的姿勢，如同箭矢即將射出的瞬間般，彷彿下一刻就會飛射出去似的扭曲空氣縈繞在雙方身上。

諾兒菈的長棍直直指向赫蘿，並靜止不動。

羅倫斯感覺到生鏽的小小吊鐘似乎發出鏗鏘的一聲。

「嘖……！」

羅倫斯大喊了一聲。他不知道自己喊的是赫蘿，亦或諾兒菈。他甚至不知道自己喊出來的是不是名字。

羅倫斯用緊張到了極限的視線，仔細地捕捉著赫蘿與諾兒菈的身影。

他看見了勇敢的牧羊犬，以及甚至讓人感到神聖的狼蹬踏地面的瞬間。

想必到了下一刻，羅倫斯會看見的景象，將是赫蘿從正面用爪子撕裂艾尼克蹬踏地面而騰空飛起的身軀，而赫蘿的爪子也會直接伸向牧羊犬的主人吧。

在這之後，相信赫蘿抓住地面的腳會伸向更前方，當場把最令人唾棄的存在，處理成連肉店的人看了，都不忍卒睹的醜陋肉塊吧。

後悔。

後悔的情緒貫穿羅倫斯的心中，即便他根本不知道自己應該對什麼感到後悔。

就在這時。

「艾尼克，等一下！」

這個聲音彷彿是讓時間倒流的魔法口令。

赫蘿的巨大身軀如投石器投出巨大石塊般騰空飛起，她飛越過了緊抱住同樣準備騰空飛起的勇敢黑毛騎士的諾兒菈上方，也飛越過了東逃西竄的羊群頭頂。

赫蘿的腳抓住地面後，便朝著騎馬逃跑、為了金錢甘心淪落當一頭豬的里貝特逼近。

在赫蘿前方的男子回過頭來，看向身後朝自己逼近的狼。羅倫斯剎那間看見了男子臉上悲慘的表情。

緊接著，一陣彷彿就快撕裂空氣似的尖叫聲傳來，但沒多久後就立刻安靜了下來。

赫蘿小跑了一會兒後，停下腳步。

諾兒菈依然緊抱著艾尼克。

羅倫斯當然明白諾兒菈的反應並非因為過度恐懼，才做出求饒的舉動。

諾兒菈的反應是因為她察覺到了。雖然羅倫斯不確定諾兒菈是察覺那隻狼是赫蘿，還是了解對方對自己沒有敵意，但是他知道諾兒菈發現不應該教唆艾尼克展開攻擊。

諾兒菈寧願丟開牧羊人絕對不得鬆手的長棍，也要抱住艾尼克。

這樣的舉動不可能是因為恐懼。

「諾兒菈！」

羅倫斯之所以不自覺地呼喊諾兒菈並跑向前去，是因為他擔心諾兒菈是否真的平安無事。

一直緊抱著艾尼克不動的諾兒菈聽了，驚訝地抬起頭；她看見羅倫斯後，再次露出驚訝的表情。然後，諾兒菈緩緩回過頭看向赫蘿，這次她沒有表現得很驚訝。

諾兒菈露出了似懂非懂的表情。

羅倫斯先表達了內心的感受。

「還好妳沒事。」

看著造成這場大騷動的元兇——狼還好好活著，卻聽到這樣的話語，任誰都會不知道該如何反應吧。諾兒菈的反應正是一副不知道該做出哪種表情的模樣，茫然地注視著羅倫斯。

「那隻狼是赫蘿，我的夥伴赫蘿。」

諾兒菈之所以會露出僵硬的笑容，或許是因為她以為羅倫斯在開玩笑吧。

然而，當赫蘿大步走近羅倫斯時，諾兒菈還是忍不住倒抽了一口氣。因為赫蘿的嘴巴上垂掛著人類的下半身。

「妳沒殺死他啊？」

羅倫斯對拿諾兒菈當擋箭牌的里貝特，產生了近似殺意的想法。如果換成是羅倫斯，相信他已經殺死里貝特了吧。

想必赫蘿本人是因為口中含著里貝特的上半身，所以無法回答吧。她甩了甩頭取代回答，並把可悲的男子吐了出來。隨著物品滑落的噁心聲音傳來，全身沾滿唾液、筋疲力盡的里貝特也被拋在地面上。

『咱原本是想乾脆一口吞下這傢伙，可是吶……』

赫蘿說罷，回過頭來，她稍微笑了笑。

『咱的肚子不喜歡黃金。』

赫蘿用鼻子輕輕哼了一聲後，稍微動了動下巴指向里貝特。

她的意思是要羅倫斯趕緊拿黃金。

「我記得好像是收在外套裡面……哇，黏答答的。」

聽到羅倫斯抱怨，赫蘿用她的大鼻子頂了一下羅倫斯。羅倫斯無奈只好把手伸向還冒著些許熱氣、全身黏答答的里貝特，在他的外套裡翻找，並順利找到裝有黃金的袋子。

「找到了，是真的黃金。」

羅倫斯解開袋口一看，觸感冰涼的粒狀黃金就裝在袋子裡。

「諾兒菈。」

羅倫斯呼喊諾兒菈的名字後，把裝有黃金的袋子丟給她。

雖然赫蘿瞬間露出責備的目光看向羅倫斯，但是羅倫斯沒有予以理會。

「咦？啊，這、這個……」

「任務還沒結束，妳的任務是把那些黃金帶進城裡。」

巨大的狼嘴巴深深嘆了口氣。諾兒菈驚訝地看向赫蘿，但立刻又把視線移回羅倫斯身上。

「可、可是，那個……為、為什麼您還活著呢？」

羅倫斯聽了這話，不禁露出苦笑。里貝特和他的同伴會合之後，一定是假裝派人前往解救羅倫斯們。

然後，派出去的人回來後，一定也對諾兒菈說羅倫斯與赫蘿已經死了。

羅倫斯開始在腦海裡組織著話語好說明這一切，忽然間他察覺到空氣有動靜，於是他回頭一看，便發現赫蘿抬高巨大前腳並一鼓作氣地踩下。

「嘎啊啊啊啊！」

在彷彿粗大樹枝被折斷般的聲音響起後，如雷貫耳的尖叫聲迴盪在黑暗中。

羅倫斯雖然覺得做得有些過火，但又覺得對方活該；這兩種情緒在他的內心交錯。

尖叫聲停下來後，被赫蘿的前腳踩斷左腳的里貝特醒了過來，他的嘴巴一張一合地動著。

「晚安，里貝特先生。您好嗎？」

「哇啊啊……啊、啊？為、為什麼你會哇啊啊啊啊！」

「赫蘿，蜂蜜醃漬桃子。」

羅倫斯對著憤怒之火再次燃起的赫蘿說出這句魔法咒語後，赫蘿心不甘情不願地放輕踩踏斷腳的力量。

「里貝特先生啊，里貝特先生。您可不可以向諾兒菈小姐說明一下，您穿衣服時是怎麼扣錯鈕釦的啊？」

油汗不斷從里貝特的額頭滑落，他因為疼痛與恐懼而變得扭曲的臉，瞬間恢復了商人的表情。那是盡可能地掌握狀況，以確保自己的人身安全、一個精打細算的商人會有的表情。

「里貝特先生？」

「不、不是我，是雷瑪里歐下的命令。我有阻止過他，我告訴他做出背叛的事會觸怒神明。真的，我真的反對了。」

「如您所見，這隻狼不是隻普通的狼。您可以當牠是萬能之神的代理者──也就是說，說謊沒有用喔。」

里貝特聽了羅倫斯的話後，驀地閉上嘴巴，並露出絕望的眼神看向赫蘿。

赫蘿緩慢地、緩慢地從尖牙之間吐出白色氣息。

「一一一一開始、我我、我是認為支付的酬勞太多了，雷瑪里歐也是這樣認為；而且，照這樣下去，賺來的錢光是支付債務就沒了，根本無法支付酬勞。雷瑪里歐要我想辦法解決，我只能想辦法了，我別無選擇啊。你、你應該懂吧？你和我同樣都是商──」

里貝特之所以沒再繼續說下去，是因為羅倫斯用力地毆打了他的鼻頭。

「別拿我跟你相提並論。」

『呵呵呵呵。』

赫蘿大笑後，將前腳從再次暈厥過去的里貝特身上挪開。

「就是這麼回事。我還聽到他們計畫殺害妳的對話。我可以向妳發誓，雷瑪里歐商行背叛了我們。」

諾兒菈雖然一臉呆然，但似乎也開始慢慢理解了狀況。

她緩慢地把視線移向羅倫斯。

「可、可是，那麼，那片森林裡的狼呢？」

『那是別隻狼。』

聽到赫蘿從旁插嘴的聲音，諾兒菈尖叫了一小聲。不過，她似乎只是單純被嚇到了而已。不管怎麼說，赫蘿的聲音非常地響亮。

『咱是約伊茲的賢狼赫蘿。雖然那片森林裡的狼，是只懂得守護地盤的後生小輩。不過……看到咱拿出誠意來之後，對方還懂得應該避免無謂的紛爭。』

雖然諾兒菈露出半信半疑的眼神聽著赫蘿說話，但是過了不久後，她一鬆開抱住艾尼克的手，便一副傷腦筋的表情笑著說：

「跟我說這是赫蘿小姐，我就覺得能夠相信這是真的，總覺得非常不可思議。」

『順道一提，那隻狗並沒有愛上咱。那隻狗只是察覺到了咱的真實身分而已。咱就藉此替那隻狗洗刷冤屈唄。』

「咦？」

艾尼克一副生氣的模樣，對著露出驚訝表情的諾兒菈吠了一聲。

「那麼，諾兒菈，我們回到剛剛的話題吧。」

羅倫斯雖然心想一直變換話題有些過意不去，但是這次的事情還沒有結束。

黃金依然在城外，而羅倫斯的負債也依然存在。再說，也必須謹慎思考如何處理雷瑪里歐商行的問題。

「我們現在正身處不幸意外的漩渦之中。不過，因為有神明庇祐，黃金還安然在我們手上。如果里貝特說的話可以信任，那些黃金就有六百盧米歐尼的價值。但是，如果把黃金帶進留賓海根，找門路賣了之後，就可以換得十倍的金額。也就是六千盧米歐尼。」

就是羅倫斯聽了，也覺得這金額沒有真實感，諾兒菈聽了，似乎甚至覺得害怕。

「不過，六千盧米歐尼這般的巨額已經超過我們應得的酬勞。我們犯不著冒險，也已經得到六百盧米歐尼。不過……」

「不、過？」

「不過，雖然是雷瑪里歐商行的手下害我們無法順利完成這次走私，但事實上如果少了他們的資金，我們也買不到那些黃金。而且，那些黃金如果被帶走了，他們就會變得身無分文，最後也會走上破產之路吧。所以……」

赫蘿用鼻尖輕輕撞了一下羅倫斯的側臉，她當然不是在跟羅倫斯嬉鬧。

赫蘿是察覺到了羅倫斯打算怎麼做。

「所以，我在這裡提出一個提議。」

『汝啊。』

赫蘿用著不悅的口吻從旁插嘴說道。然而，羅倫斯並不打算讓步。

「赫蘿，我們不是活在騎士道故事的世界裡。不會在遭到背叛後復仇，復仇完了後一切就結束；沒這回事。在這之後，還是必須過活。而且，對方遭到復仇後，說不定會再報復。」

『既然這樣……』

「妳可別說要咬死倒在地上的傢伙啊。」

『唔……』

「而且，我們明天用來買麵包的錢如果沾了人血，就無法用得心安理得。凡事有很多種結束的方式，如果明天也想活下去，就得選擇能夠讓日子延續到明天的方式。對吧？」

赫蘿閉上了琥珀色的眼睛。

然後，別開了臉。

「如果不是有妳在，我現在早就凍死在森林邊了。所以，我知道如果沒有妳，我什麼都辦不到，還有我也很感謝妳接受我的要求。只是……」

『夠了、夠了，咱的旅伴真是個麻煩的傢伙。』

赫蘿說罷，用下巴輕輕敲了一下羅倫斯的頭。羅倫斯心想雖然疼痛，但是如果這樣赫蘿就願意接受他的任性，那也太划算了。

「那這樣，我就照我所想的去做。」

『去做唄。咱順便再這麼說好了，汝有可能再對咱提出的所有麻煩提議，咱也一併接受。汝就照自己所想的去做唄。』

羅倫斯聽了，感謝赫蘿的心情讓他的嘴角上揚。他深呼吸一口氣後，重新面向諾兒菈說：

「久等了，我提出以下的建議。」

諾兒菈原本像在觀賞不可思議的短篇喜劇似的，看著赫蘿與羅倫斯的互動；但當她聽見羅倫斯這麼說道，便挺直背脊抬高頭。

「要不要把妳手上的黃金帶進留賓海根，請由妳來決定。」

「咦？」

諾兒菈當然會有這樣的疑問。現在一行人處於不必冒險，就可以得到六百盧米歐尼巨款的狀態。六千盧米歐尼確實是金額更驚人的巨額，但是如果想要得到，還得再賭上一次性命。

「不過，如果把黃金帶進留賓海根並以高額轉手，莫大的利益除了能夠解救我們，同時也能夠解救雷瑪里歐商行。」

諾兒菈聽了，「啊」的一聲輕輕叫了出來。

「相反地，如果把黃金帶走，倒在這裡的傢伙們、還有他們在留賓海根的家人們、或是其他同伴，從明天起都得過著地獄般的生活。或許會有幾個人能夠免於地獄生活，但是，他們心中永遠會住著三個惡魔——也就是我、赫蘿，還有妳。」

如果想要像羅倫斯一樣以行商過活，要是與擁有多名員工的商行結下深仇大恨，往後的生活將會充滿危險。所謂生意是人與人之間的互動，想必仇家總有一天會找上門來，動武報復吧。

而且，還有一件重要的事。

「當然了，如果到了連語言都不通的異國，或許就能夠當一切都沒發生過般生活。但是，就算不再有遭人報復的危險，假設某一天在某處看到像馬兒一樣遭人使喚的奴隸似曾相識，妳認為那一天可能好好吃飯嗎？」

羅倫斯說到這裡先停了下來，他等待著話語滲入諾兒菈的腦中。

「不過，對於雷瑪里歐商行，我當然會要求他們彌補過錯囉。」

赫蘿不懷好意地笑了。

「所以，我們將準備前往雷瑪里歐商行，請妳在明天早上之前做出決定。然後，如果妳決定要帶黃金進留賓海根，我們就約在當初討論走私事宜的廣場見面吧。我先進了城後，會找好能夠信任的肉店，並在留賓海根東門進來的地方等妳一天。如果妳沒有帶進城裡來……這個嘛，我們就在波羅遜見面吧。」

這個提案當然留了一個背叛的餘地。

也就是諾兒菈把所有黃金帶到其他城鎮去的可能性。

然而，為了往後能夠不留禍根地安穩生活，透過諾兒菈把黃金帶進留賓海根，解救了雷瑪里歐商行後，再分配利益是最好的選擇。

另外，當然也必須考量到諾兒菈走私失敗時的對策。凡是犯下走私罪行的人，都會在城裡的廣場上處刑示眾。所以只要到時候請赫蘿救出諾兒菈就行了。赫蘿剛剛提到的所有麻煩事，指的就是這個。

雖然也不是特地要給諾兒菈思考的時間，但是羅倫斯一邊等待諾兒菈回答，一邊一一綑綁雷瑪里歐商行的手下。因為沒有繩索，所以羅倫斯扯下他們的衣袖當繩索用。就算他們合力解開繩索，應該也沒有人會再血氣方剛地想要反擊了吧。

「那麼，諾兒菈，我們再見吧。」

羅倫斯綑綁好所有人，並讓赫蘿把綁到一半醒了過來的人再一招擊昏後，他開口這麼說道。

這種事情硬是要說服對方也沒有用。

而是應該確認對方的可信度，讓事情往有利的方向進展。

羅倫斯用眼神催促赫蘿後，邁開了步伐。

雨不知何時已經停了。

朦朧的月亮從厚厚的雲層背後露出臉來。

「羅、羅倫斯先生。」

諾兒菈的聲音叫住了羅倫斯。

「我們、再、見面吧。」

羅倫斯回頭一看，諾兒菈已站起身子，手上還拿著牧羊人的長棍。

「下次見面時，我們就是有錢人了。」

諾兒菈聽了，展露笑顏地點點頭。

艾尼克吠了一聲後，開始追趕羊隻，讓羊隻聚集在一塊兒。

『那麼，汝啊。』

走了一會兒後，就在羅倫斯打算開口要求坐上赫蘿的背部時，被搶先了一步說話。

羅倫斯心想赫蘿一定是故意等待這個時機說話，他有些生氣地反問：

「幹嘛？」

『該告訴咱實際的狀況了唄。』

走在羅倫斯身旁的赫蘿用巨大的眼睛看向他，說謊沒有用——這是羅倫斯之前向里貝特說過的話。

羅倫斯自覺到表情因痛苦而變得扭曲。

「讓我耍帥一下嘛。」

『呵呵呵，咱、不、要。』

看著赫蘿開心地甩著巨大尾巴的模樣，羅倫斯心想赫蘿一定會打破砂鍋問到底。

羅倫斯早早死了想要隱瞞赫蘿的心。

「黃金的量太少了。」

『喔？』

「那些量絕對不到六百盧米歐尼，頂多只有一百。」

『分贓之後，再還清汝的債務就沒了。也就是說，不走私就賺不到錢。』

赫蘿用巨大尾巴的尾端輕拂羅倫斯的頸部。看見羅倫斯絕情地撥開尾巴，赫蘿開心地用喉嚨發出聲音。

「想必雷瑪里歐商行實際上已經被逼得走投無路了吧。他們得靠著走私好不容易籌到一百盧米歐尼買來的黃金，才能夠化解危機——實際的狀況應該就是這樣吧。當然了，他們一開始就知道沒辦法支付我們足夠的遮口費。不過，也是因為這樣，他們才會接受像我們這般處境的人所提出的走私提議。」

即便如此，以羅倫斯的立場來說，他也只能夠選擇信任雷瑪里歐商行。

『嗯。不過，汝還真是想到了個很好的藉口吶。照那樣的說法，汝簡直是個聖人。』

「我有一半是出自真心。」

『……』

赫蘿用鼻子哼笑了一聲後，便停下腳步並俯臥在地面。

『坐上來。』

「盤問完了嗎？」

『看汝這麼愚蠢，咱都不想問了。』

赫蘿瞇起琥珀色的眼睛，把巨大的臉貼近羅倫斯。

雖然赫蘿只要輕輕用點力，羅倫斯肯定會被推倒，但是羅倫斯對赫蘿已經不再有恐懼感了。

「不過，解救雷瑪里歐商行也不算是幫助他人。」

『喔？』

羅倫斯抓住赫蘿身體上的毛髮，一邊抬起腳，一邊說：

「這也算是為我們爭取更多的利益。」

羅倫斯說罷，一鼓作氣地跳上去。

『更多的利益啊？就是咱的智慧也想不到要怎麼做吶。』

「商人能夠把各式各樣的東西換成金錢，我偶爾也得表現一下身為商人的長處吧？」

羅倫斯本以為赫蘿會取笑他，但是赫蘿卻只是純粹感到開心地笑著說：

『那就瞧瞧汝的本領唄。』

赫蘿說罷，便緩緩站起身子踏步走去，跟著跑了起來。

金色的月亮若隱若現地懸掛在黑色的天空。

或許是因為中午過後下了場雨，留賓海根的夜晚顯得寂靜無聲。

「……這、這一定是有什麼地方出了錯，就像湯裡忘了放鹽一樣。」

羅倫斯當然十分了解無論在任何狀況下，商人都會選擇先說謊。

不過，商人就算是互相說謊，仍然會非常重視彼此的信賴關係，所以才教人覺得不可思議。

羅倫斯不禁感同身受。

「我、我不知道里貝特對你說了些什麼。他一定是一副像在神壇前面告解似的模樣，把事情全盤托出。不過，他說的都是謊言，那傢伙滿口謊言。我本來就打算找機會開除他；沒錯，就是這樣。」

由於對方說話的聲音拉得太高以至於變得沙啞，因此羅倫斯幾乎聽不清楚說話的內容。不過，這又不是在洽談採買商品的銀幣枚數，只要能夠理解大概的意思就夠了。

「雷瑪里歐先生。」

「是、是、咿咿咿！」

雷瑪里歐之所以會在最後發出短短的尖叫聲，是因為赫蘿從方才就用巨大的嘴巴含住了雷瑪里歐一半的頭，而赫蘿加重了下巴的力量。

幸好雷瑪里歐是半夜裡一個人在商行內等待手下們歸來。

赫蘿方才以令人難以置信的輕盈身手躍過城牆，進到城裡來。羅倫斯原本打算保守地假裝遭到盜賊偷襲，帶著恢復人類模樣的赫蘿進城，但赫蘿似乎能夠感覺到城牆另一邊的動靜，她說了句沒問題就直接跳過城牆。赫蘿令人嘆為觀止的跳躍動作讓羅倫斯不禁心想：如果有資金根本不用這麼辛苦，只要拜託赫蘿就能夠走私成功了吧。

羅倫斯兩人很幸運地在沒被發現的情況之下進到城裡，赫蘿暫時恢復成人類模樣，而兩人也順利抵達雷瑪里歐商行。

雷瑪里歐一心以為是手下們歸來，當他看見羅倫斯兩人時的表情再錯愕不過了。

而現在，雷瑪里歐被綑綁起來且倒臥在地。比老虎鉗更恐怖、滿嘴尖牙的下巴夾著他的頭部，他一副快要因為過度恐懼而暴斃似的模樣。

羅倫斯原本心想讓赫蘿的狼模樣被看見可能會有危險，但後來又想起自己與雷瑪里歐擁有走私黃金的共同秘密。萬一雷瑪里歐打算向教會舉發赫蘿，只要揭露這個秘密就行了，因為羅倫斯手上有堆積如山的證據。

如果說雙方都握有對方把柄能夠互鬥，商人是不會特地把對方的把柄說出來。

而且，一方面因為赫蘿想要恐嚇雷瑪里歐一解她心中的鬱悶，另一方面是考慮到在雷瑪里歐心中植入壓倒性的恐懼感，是預防今後遭到報復的最佳手段，所以就故意讓赫蘿以狼模樣現身。

不用說也明白，這當然帶來了絕佳的效果。

「現在夾住您的『下巴』呢，嗯，可謂真相的下巴吧。只要說謊，很快就會被識破。還有，這隻狼因為在寒夜之中跑了很長一段路，所以正飢腸轆轆。如果說了太多謊，恐怕牠會一口吃了您的腦袋。」

「嘎吱」一聲，赫蘿的牙齒稍微陷進了雷瑪里歐的太陽穴裡。

雷瑪里歐嚇得甚至叫不出聲音來。

「還有啊，雷瑪里歐先生。我並不是因為遭到您們背叛，所以才前來復仇。我是來跟您談談生意的。」

聽到「生意」兩字，雷瑪里歐的眼睛重新閃起光芒。談生意往往會帶來交易，想必雷瑪里歐是認為只要還有交易的餘地，就不會被殺害了吧。

「接下來要商談，所以，您大可以朝對您有利的方向盡情地撒謊。不過，這隻狼絕對比我聰明得多，牠可以看出您的話背後再背後的意思。如果您說了欠缺考量的話，身高可是會縮短一大截的。您明白了吧？」

雷瑪里歐因為被咬住太陽穴，使得他無法點頭，但是羅倫斯憑感覺知道他想點頭。

「那麼，開始進行商談。」

羅倫斯直率地說：

「當我們走私成功之際，可否請您用五百盧米歐尼買下那些黃金？」

雷瑪里歐睜大了眼睛。

「我們依然是走私的共犯。您該不會以為我們搶走了黃金，還前來找您報仇吧？」

看著頭髮泛白的雷瑪里歐像個孩子似地點點頭，羅倫斯不禁苦笑。

「當然您也可能搶走黃金，不過應該沒問題吧？只是，如果不先說好走私成功時的利益分配，我擔心到時候會有糾紛。您說對吧？」

赫蘿的喉嚨發出愉快的笑聲，隨著喉嚨的震動搖來晃去的雷瑪里歐也露出了僵硬的笑容。

「那麼，我再重複一遍。當我們走私成功之際，可否請您用五百盧米歐尼買下那些黃金？」

然而，雷瑪里歐心裡明白從拉姆特拉採買來的黃金金額，他一副絕望的表情扭曲著臉說：

「怎、怎麼可能辦得到這種事……」

「我當然不會要求您支付現金。這樣吧，就請您寫借據好了。」

雷瑪里歐聽到的瞬間，展露了堂堂一家商行之主應有的智慧。

雷瑪里歐似乎立刻理解了羅倫斯話中的意思，他露出苦澀的表情，拼命哀求羅倫斯大發慈悲地說道：

「五、五百也未免……」

「太貴了嗎？既然這樣，那好吧。就搶走您準備好乘夜逃跑用的所有財產，然後再把黃金賣給別人好了。不然……」

羅倫斯說罷，看了赫蘿一眼後，再補充著說：

「也可以把您的性命賣給站在那裡的惡魔。」

赫蘿雖然討厭被人稱呼為神明，但是她似乎挺中意被稱呼為惡魔。

赫蘿甩動尾巴發出唰唰聲響，裝模作樣地緩緩吐出溫熱的氣息。

雷瑪里歐臉上的情緒急速消失。

如果羅倫斯沒看錯，雷瑪里歐的表情就像隻小羊一樣，臉上寫著「悉聽遵便」。

「雷瑪里歐先生，我呢，覺得一次的失敗就讓人失去一切，未免太嚴苛了，畢竟我們不可能完全預測得了商品價格的暴漲暴跌。因此，我希望雷瑪里歐先生能夠再努力一次。不過，答禮我是一定會拿的，這個答禮就是五百盧米歐尼。您是在留賓海根擁有如此氣派卸貨處的堂堂商行之主，若是給您十年，五百盧米歐尼根本不算貴吧？」

雷瑪里歐聽了這番話，瞬間睜大了眼睛，不久後流下了眼淚。

如果能夠重振商行，以十年為期限償還五百盧米歐尼絕非強人所難之事。因為商行賺的利潤可是旅行商人的好幾倍。

想必雷瑪里歐是為了自己有可能再以商行主人的身分東山再起，而流下眼淚的吧。

「那麼就請雷瑪里歐先生寫借據吧，赫蘿。」

被點了名的赫蘿一副「好啦、好啦」的模樣嘆了口氣後，鬆開嘴巴並用鼻尖稍微頂了一下雷瑪里歐的頭。

羅倫斯解開綁住雷瑪里歐手臂的繩索，接續說：

「借據分成十張，一年一張，共十年份。第一年只要寫十盧米歐尼就可以了。最後一年的金額是一百盧米歐尼。您明白意思吧？」

羅倫斯的意思是要雷瑪里歐每年增加償還的金額。十張借據加起來會有五百五十盧米歐尼，羅倫斯心想收取這點利息算是合理吧。

當然了，只要商行東山再起步上軌道，要還清這個金額並不困難。

「那麼，就請您在那張書桌寫借據。」

雷瑪里歐點點頭，在羅倫斯的攙扶下站起身子後，便用著仍被綑綁住的雙腳一小步地一小步地走近書桌。

「請、請問，債權人是……」

雷瑪里歐回過頭來這麼說道，羅倫斯以笑臉回答他說：

「羅恩商業公會。」

雷瑪里歐之所以會露出哀傷的笑容，是因為他領悟到了自己絕對逃不過這個借據的約束。

如果以羅倫斯個人名義為債權人，一旦若干年後雷瑪里歐商行累積了實力，羅倫斯就有可能遭到報復或被倒債。再說，一想到每年得來催促有過糾紛的人們還債，就讓羅倫斯覺得鬱悶。

另外更重要的一點，就是現在的雷瑪里歐商行是個窮光蛋。在這樣的狀況下，就算寫再多的借據，羅倫斯在未來的一年內也根本拿不到錢。即使一筆勾銷羅倫斯欠雷瑪里歐商行的債務，走私黃金的轉手利益光是用來支付諾兒菈的酬勞，以及還清雷瑪里歐商行的債務好重振商行，應該就見底了。運氣背一點，說不定連諾兒菈的酬勞都付不出來。

因此，只要以羅倫斯所屬的商業公會為債務人，就可以解決這一切的問題。羅倫斯只要把這些借據便宜賣給羅恩商業公會，就能夠與雷瑪里歐商行不再有任何瓜葛，又能夠立刻把長達十年的借款換成現金。

不僅如此，倒商業公會債的行為，就跟對城鎮開戰沒兩樣。雷瑪里歐商行絕對無法賴掉這筆借款。

「您真是個可怕的人。」

羅倫斯一本正經地回答說：

「沒這隻狼可怕。」

聽了這句玩笑話後，笑得最開心的當然是赫蘿本人了。

「那麼，接下來就祈禱走私能夠順利成功吧。」

終幕

在那之後，可說是忙得團團轉。

首先，在雷瑪里歐商行洗了沾上鮮血和泥濘的髒衣服，並趁著利用暖爐烘乾衣服的空檔，穿上借來的衣服拿著借據直奔羅恩商業公會。因為赫蘿說她肚子餓了，所以就與她在徹夜營業的酒吧前面分手。想必赫蘿是「自己好好善後」的意思吧。

羅倫斯一進到洋行，結束今天的生意、正在飲酒作樂的同鄉們無不熱烈地歡迎著他。在羅倫斯臉上的傷惹來大家一陣冷嘲熱諷追究原因之後，他終於來到了葉克柏的面前。

等半天，也沒見到早就該來討債的雷瑪里歐商行手下前來，也不見闖禍的羅倫斯身影，再加上羅倫斯到處借錢的抱怨風聲，想必這件事一定讓葉克柏氣到恨不得把羅倫斯碎屍萬段吧。

不出所料，葉克柏一看到羅倫斯，便神情憤怒地用拳頭賞了羅倫斯的腦袋一記。

然後，葉克柏板不住臉，喜極而泣地張開手臂為羅倫斯的平安表現出喜悅之情。

接下來，羅倫斯把借據交給葉克柏，說出一些暗示走私黃金的話語後，葉克柏似乎就明白了事情的大概經過。他一邊大笑，一邊從洋行最裡面拿出平時很難見得到、裝有盧米歐尼金幣的袋子，並當場以現金買下借據。

不過，葉克柏是個老經驗的商人。因為考慮到走私失敗的可能性，葉克柏以雷瑪里歐商行所擁有的未收款項、和土地住屋等資產被清算之際，他能夠拿回的金額買下了收據。一般來說，在清算破產商行的財產之際，債權人能夠分配到的金額是依照其擁有的債權比例。因此，當走私黃金失敗時，就算雷瑪里歐商行宣告倒閉，五百盧米歐尼的借據也不會當場變成廢紙。重點在於，葉克柏用可與走私風險相平衡的金額買下了借據。

考量過這些可能性，並在相當寬鬆的標準核定之下，葉克柏暫時先支付了三十盧米歐尼。如果走私成功了，葉克柏答應羅倫斯會再追加支付一百盧米歐尼。雖然這金額比借據的票面金額少了許多，但是雷瑪里歐商行東山再起後，很有可能在十年期限未到之前倒閉。所以，這金額算是合理的價格。

羅倫斯先從收下的現金當中，拿出二十盧米歐尼交給了葉克柏，這是為了乞求葉克柏原諒他引起這次的騷動，而害得羅恩商業工會的名譽受損。剩下的現金羅倫斯打算用來支付解剖羊隻所需的場地租金以及遮口費。

這麼一來，假設走私黃金成功，羅倫斯得從追加收取的一百盧米歐尼當中，拿出二十盧米歐尼支付諾兒菈的酬勞，還必須前往借過錢的多家商行一一還錢謝罪。假設這必須花費三十盧米歐尼，他的手頭上還會剩下五十盧米歐尼。

這樣總算可以回到與前往波羅遜銷售胡椒時相同的狀況。

羅倫斯一度甚至做好了自己得上奴隸船的心理準備，因此這樣的結果只能用奇蹟來形容。

在這之後，羅倫斯透過公會同鄉的介紹，找到口風緊又能夠信賴的肉店，他付給了肉店十盧米歐尼作為工資，並要求肉店承諾從諾兒菈手中收下羊隻後，願意不多問地幫忙解剖羊隻。肉店收下了如此高額的工資，想必他們不會特別多問什麼，而讓事情順利進行吧。

在完成這些事前準備後，羅倫斯趁著回到雷瑪里歐商行拿衣服之際，要求雷瑪里歐去帶回在寒風中顫抖著彼此依偎的手下們，並去提醒他們不要多嘴；同時也命令雷瑪里歐帶回險些被他遺忘了的馬兒。因為羅倫斯的口氣相當嚴厲，所以雷瑪里歐應該會立刻採取行動吧。

等到羅倫斯完成所有一切的準備時，已到了破曉時分。

因為昨天的那場雨使得清晨的空氣格外冰冷，羅倫斯獨自安靜地走在路上。

羅倫斯準備前往的地方是因為賄賂了城裡的達官顯要，所以能夠徹夜營業的酒吧。

在街景被黎明獨特的青白色彩籠罩之下，羅倫斯看見了點著燈光，顯得不合時宜的酒吧。

「歡迎光臨。」

店內傳來的聲音聽來慵懶，但似乎不是因為這裡是家違法經營的酒吧。想必純粹是因為熬夜，所以想睡覺了吧。

店內的客人大約有五成多，大家似乎都因夜晚結束而感到悲傷般靜靜喝著酒，所以店內安靜得嚇人。

「汝啊。」

羅倫斯一朝聲音傳來的方向看去，便發現赫蘿不知何時已經拿著小桶子和麵包站在他的身旁。如果打扮成城市女孩的赫蘿，在徹夜營業的酒吧出現一事被聖職者發現，想必會造成難以收拾的大問題；但是從四周客人並不怎麼在意的反應看來，這種事情似乎偶爾會發生。

赫蘿向酒吧裡的老闆使了一下眼色後，一臉睡意的老闆便立刻露出笑臉揮揮手。或許赫蘿手上拿的商品是她巧妙地說了什麼話，讓老闆請客的也說不定。

「汝啊，走吧。」

羅倫斯本打算再多坐一會兒休息一下，卻被赫蘿強硬地拉著離開。

「歡迎再來。」

聽著後方傳來的聲音，走出了酒吧。因為沒有目的地可去，於是在路上走著。

外面的溫度很低。因為濕氣也很重，所以吐出來的氣息遲遲無法散去。

「喏，汝啊，麵包。」

聽到赫蘿這麼說道，羅倫斯才發現自己從昨天中午到現在都沒吃過任何東西，或許是這個緣故，肚子突然咕嚕咕嚕叫了起來。羅倫斯從笑得開心的赫蘿手中接過夾了蔬菜和培根的麵包，不客氣地大咬一口。

「還有這個。」

羅倫斯一接過赫蘿的小手也能夠拿得動的小桶子，便發現小桶子帶著微微的熱度。他拔掉塞子喝了一口後，發現桶子裡裝的是蜂蜜酒加上牛奶的熱飲。

「挺機靈的嘛。」

熱騰騰的甜酒是再好不過了的招待。

「那麼，汝啊。」

雖然赫蘿應該不是故意讓人吃點好吃的食物，好放鬆對方的口風；但是等到羅倫斯吃了有一會兒時間後，赫蘿果然開口說話了。

「咱有兩件事情想問汝。」

羅倫斯做好心理準備，等著接受赫蘿的詢問。

隔了好一會兒後，赫蘿沒看向羅倫斯便開口問說：

「汝信任那姑娘到什麼程度？」

羅倫斯隱約預料到赫蘿會提出這樣的質疑。

但是，問題本身沒有明確地指出是在什麼時候、什麼地方，以及在什麼樣的狀況下，由此可見在赫蘿心中，這或許也是個不明確的疑問。

羅倫斯喝了口甜酒，同樣沒看向赫蘿便回答說：

「我不知道自己信任她到什麼程度。不過，就算諾兒菈直接拿著黃金逃到其他地方去，我們也能夠輕鬆地追到她。我沒有信任她到預料到會有這樣的情況發生之下，還把黃金交給她。」

赫蘿沉默不語。

「如果不把黃金帶到相當遠的地方，黃金根本賣不出去。而且，牧羊女在沒有門路的情況下變賣黃金，這麼稀奇的事很快就會傳開來，我們很容易就能夠追到她的。」

羅倫斯能夠確定的，是他沒有打從心底信任諾兒菈。因為商人的本性使然，所以羅倫斯無法不去思考有什麼萬一發生。

「是麼？也罷，差不多是這樣唄。」

「另一件事情呢？」

聽到羅倫斯主動這麼問道，赫蘿露出不帶感情的眼神看向羅倫斯。

赫蘿的眼神應該不是在生氣，她應該是覺得迷惑。

只是，赫蘿對什麼感到迷惑呢？這點倒是讓羅倫斯覺得比較在意。

羅倫斯不認為會有什麼問題讓赫蘿不知道該如何發問。

「不管妳問我什麼，我都會回答，這次我欠妳一個超級大的人情。」

羅倫斯咬了口只是隔了短短時間就變得冰冷的麵包，再喝了口酒，連同麵包一起吞下去。

清晨的金黃色陽光，開始射向籠罩在黎明青白色空氣下的石板道路。

「妳不問嗎？」

羅倫斯再次問道，赫蘿聽了，輕輕深呼吸一次。

然後，她抓住了羅倫斯的衣角。

赫蘿那小小的手之所以會顫抖，是天氣冷的緣故嗎？還是有其他原因呢？

「汝……」

「嗯。」

「汝還記得嗎？」

赫蘿投來不安的眼神。

「咱與狗跟姑娘準備交手時，汝叫了誰的名字？」

赫蘿似乎不是在開玩笑，她的眼神十分認真。

「咱那時全身血液都衝上了腦門，沒聽見汝叫了誰。可是，這卻教咱如此在意。那時汝應該是叫了其中一人的名字，汝記得嗎？」

羅倫斯在太陽逐漸升起的街上緩緩走著，他感到迷惑。

應該怎麼回答呢？

如果要羅倫斯老實地回答，那答案會是他已經不記得了。

但是，如果赫蘿其實知道羅倫斯叫了誰的名字，而她只是想要確認羅倫斯的答案呢？

如果羅倫斯是叫了赫蘿的名字，那就沒有問題。問題在於如果當時叫了諾兒菈的名字呢？

如果叫了諾兒菈的名字，而羅倫斯回答不知道，那會變成羅倫斯在自己都不記得說了什麼的緊急狀況下，反射性地叫了諾兒菈的名字。

這麼一來，赫蘿絕對會生氣。在這種時候，乖乖回答諾兒菈才是正確答案；並且想一個適當的理由，解釋為何叫了諾兒菈的名字就好了。

另外還有一個可能性，那就是假設赫蘿真的沒聽見。

這個時候當然該回答「赫蘿」，才是正確答案。

一路思考到這裡，羅倫斯發現自己真是愚蠢至極。

羅倫斯心想：走在他身旁的可是賢狼赫蘿啊！如果說謊，赫蘿可以很輕易地識破吶。

既然這樣，那正確答案就是這個。

「我叫了妳的名字。」

眼神顯得不安的赫蘿像隻遭到背叛的幼犬似的睜大眼睛後，瞬間露出了憎惡的眼神說：

「汝竟敢扯謊！」

赫蘿加重了抓住衣角的力道，羅倫斯立刻回答說：

「是啊，我扯了謊，因為事實上我不記得了。不過呢……」

綁在頭上的三角頭巾底下的耳朵動了一下，想必赫蘿的表情也不及耳朵反應得快吧。

相信赫蘿一定立刻知道羅倫斯方才說的話沒有虛假。

「我想在那樣的情況下，我肯定是叫了妳的名字。」

羅倫斯直直地注視著赫蘿這麼說道。赫蘿聽了，用著與臉上浮現憎惡表情時同樣快的速度，露出懷疑的眼神注視羅倫斯。

對於無法判斷是否為謊言的話語，赫蘿也只能夠靠頭腦來判斷。

羅倫斯發表了在他思考得到的範圍內，最具有說服力的說法。

「當時是分秒必爭的狀況，我一定是無意識地選擇了叫妳的名字。妳知道為什麼嗎？」

赫蘿加重了手的力道。

「因為妳的名字短了一個字。」

羅倫斯覺得自己彷彿聽見了赫蘿的表情從臉上退去的聲音。

「而且，如果是叫了諾兒菈，就是說得再快，也聽得出來吧？相反地，赫蘿兩字卻是剎那間就說完了。如果全身血液都衝上了腦門，很有可能會聽不見。如何？相當具有說服力——」

「閉嘴！」

羅倫斯之所以沒能夠把話說完，是因為赫蘿用拳頭打了一下他的嘴角說：

雖說是被赫蘿柔軟的小拳頭打到，但是卻讓羅倫斯覺得挺痛的。因為他被雷瑪里歐商行的傢伙毆打時，嘴唇有些裂了。

「因為短了一個字，所以叫了咱的名字？汝這個大笨驢！」

赫蘿說罷，用力拉扯羅倫斯的衣服。

「咱氣的是汝當真這麼認為！」

然後，赫蘿推開羅倫斯，別過臉去。

雖然羅倫斯心想就算容易被識破，或許也應該扯謊比較好，但是他又想到不管說什麼，赫蘿一定都會生氣。他的直覺這樣告訴他。

兩人不知不覺地來到了東門附近，路上開始出現即將展開一天生活的人們。

赫蘿獨自走在羅倫斯前頭。正當羅倫斯想著該怎麼辦時，赫蘿不知怎地突然停下腳步。

「汝啊。」

接著維持著原本的姿勢——

「汝叫名字看看。」

背對著羅倫斯簡短地說道。

然後，羅倫斯在赫蘿身後看見了上端掛有吊鐘的長棍。

緊跟著傳來羊叫聲。

羅倫斯在赫蘿後方看見了帶著牧羊犬的牧羊女。

走私黃金成功了，這當然是件令人高興的事。羅倫斯有可能一時會叫出諾兒菈的名字。

羅倫斯察覺到了赫蘿這個顯而易見的巧妙行動後，不禁展開笑顏。

於是，羅倫斯在開口準備叫出「那個」名字的瞬間，故意打了個噴嚏。

「哈啾！」

這麼一來，誰都永遠無法知道羅倫斯到底叫了哪一個名字。

赫蘿回過頭來，一副被擺了一道的模樣露出苦澀的表情。

羅倫斯無視於赫蘿的反應，他用力地揮手。

羅倫斯做出在旅途中遇到牧羊人時的動作，依順時鐘方向畫了三次圓圈。

諾兒菈察覺到羅倫斯的動作後，也做出了回應。

赫蘿再次回過頭看向諾兒菈的方向，羅倫斯正等待著這一刻到來。

「赫蘿。」

狼耳朵動了一下。

「果然還是赫蘿比較好叫。」

赫蘿一副甘心屈服的模樣，一縷白色氣息從她的嘴角湧出。

「……大笨驢。」

赫蘿顯得難為情的笑容比晚秋的溫暖陽光更教人喜歡。

完

後記

好久不見，我是支倉凍砂。沒想到第二集發行了，真是令人驚訝。

不過，如果要說有什麼事情最令人驚訝，那就是當我著手撰寫第二集時，才發現已經把兩位主角的個性忘得一乾二淨了。

或許各位會覺得這怎麼可能，但這是千真萬確的事情，就是我本人也相當吃驚。

俗話說小雞只要走三步，就會忘光一切事情；這個形容用在光是看了網路上的恐怖小說，就害怕得不敢上廁所的弱雞男身上，或許非常地貼切。

說到驚訝，還有一件令人驚訝的事情。什麼事情呢？那就是我買了股票。因為我想難得我靠商人主角的小說獲得獎金，於是我用了一半的獎金買了某支股票。我在第一集的後記也曾經提到過，我這人平時就愛幻想著自己買了股票，然後資產跟著不斷倍增的畫面暗自發笑。所以我大發妄想地想要趁此機會圓夢，但不知道是不是哪裡的大戶集團設下了陷阱，從我買了股票的那天開始，股價連續跌了兩個星期，就算是整體股市有九成以上的股票都上漲的日子也下跌。老實說，在我現在寫著這篇「後記」的視窗背後，投資工具的軟體也同時在運作，並且逐一傳達即時股價讓我知道。今天的股價似乎只是小幅度的波動，股價果然還是下跌，看來投資股票並不像小說情節般那麼順利。怎麼會這樣呢……

如此沒出息的我，還請各位今後也多多指教。

另外，繼第一集之後，再次為我畫出魅力插圖的文倉十老師，感謝您再次畫出完全如我想像的插圖。還有我的責任編輯，很抱歉這次讓您修改了許多日文的錯誤。我希望下次、下次能夠做到開會一次就搞定的程度。

最後，我要感謝拿起這本書閱讀的讀者們。

那麼，我們第三集再見了。

支倉凍砂

櫂末高彰
Takaaki Kaima
學校的階梯
Gakko no Kaidan
1
Kadokawa Fantastic Novels

國家圖書館出版品預行編目資料

狼與辛香料 / 支倉凍砂作 ; 林冠汾譯. -- 初
版. -- 臺北市 : 臺灣國際角川, 2007.07-
冊 ; 公分. -- (Kadokawa fantastic
novels)
譯自 : 狼と香辛料
ISBN 978-986-174-451-3(第2冊 : 平裝)

861.57 96013203

狼與辛香料 II

（原著名：狼と香辛料II）

2007年8月9日　初版第1刷發行
2024年6月17日　初版第20刷發行

作　者：支倉凍砂
插　畫：文倉十
日版設計：渡辺宏一
譯　者：林冠汾

發行人：台灣角川股份有限公司
總監：呂慧君
總編輯：蔡佩芬
主編：林秀儒
編輯：黎夢萍
設計指導：陳晞叡
美術設計：莊捷寧
印務：李明修（主任）、張加恩（主任）、張凱棋、潘尚琪

發行所：台灣角川股份有限公司
地址：104台北市中山區松江路223號3樓
電話：（02）2515-3000
傳真：（02）2515-0033
網址：www.kadokawa.com.tw
劃撥帳戶：台灣角川股份有限公司
劃撥帳號：19487412
法律顧問：有澤法律事務所
製版：巨茂科技印刷有限公司
ISBN：978-986-174-451-3

SPICE & WOLF II
©ISUNA HASEKURA 2006
Edited by 電撃文庫
First published in Japan in 2006 by KADOKAWA CORPORATION, Tokyo.
Complex Chinese translation rights arranged with KADOKAWA CORPORATION, Tokyo.